Les chroniques des Elfes

LLIANE

JEAN-LOUIS FETJAINE

Les chroniques des Elfes

LLIANE

Fleuve Noir

ISBN 978-2-265-08576-3

Pour Flo.

LES PERSONNAGES

Arianwen : reine des Hauts-Elfes d'Eliande, mère de Lliane.

Blodeuwez : amie de Lliane.

Lliane : princesse d'Eliande, fille d'Arianwen et de Morvryn.

Calen : héraut des Daerden.

Dìnris : maître argentier de Cill Dara, compagnon de Morvryn.

Freïhr : fils de Ketill, barbare de Seuil-des-Roches.

Gorlois : chevalier au service du duc d'Erbin.

Gwydion : aîné de la forêt, druide d'Eliande.

Ithilion : Daerden, maître du Bois Haut.

Ker : roi des hommes de Loth.

Ketill : chef du village barbare de Seuil-des-Roches.

Llandon : chasseur de Cill Dara.

Maheolas : novice accompagnant le père Edern.

Edern : moine menant un groupe de colons.

Morvryn : époux d'Arianwen, roi sous la forêt d'Eliande.

Narwain : Ban Drui du Bosquet des Sept Arbres.

Olwenn : barde de Cill Dara.

Pellehun : fils de Ker, prince de Loth.

Wefreld : baron du bourg de Bassecombe.

Ainsi parlait Gwydion :

« Où que porte le regard, le monde était une forêt. Jusqu'au pied des montagnes, jusqu'au bord des plages, les arbres recouvraient la terre, les hautes herbes enfouissaient les collines et les pierres elles-mêmes se revêtaient de mousse, de lichen ou de lierre. C'était un monde de murmures, que le vent caressait et que la pluie faisait étinceler.

Sans doute ne pouvait-il durer toujours, mais ceux qui l'habitaient n'en connaissaient pas d'autre et ne cherchaient pas à le changer. Un loup ne change pas la forêt, ni un cerf, ni un papillon. Il y vit, sans notion de bien ou de mal, sans idée de lendemain et encore moins d'au-delà.

Il n'y avait pas d'au-delà.

Il n'y avait pas de temps, ni de passé, ni d'avenir.

Puis les dieux vinrent l'habiter, portés par de sombres nuages, au vent du nord. Ce n'étaient pas des dieux bons, mais des êtres difformes qui se répandirent à la surface du monde comme un nuage de cendres, et avec eux ils apportèrent la guerre et la destruction. Ces êtres monstrueux, inachevés, n'avaient qu'une jambe et qu'un bras. Leur nom, tel qu'il nous est parvenu, était Fomoraig. De tels êtres ne pouvaient régner sur la terre. Bientôt, ils durent affronter des démons nés de la foudre ou surgis de l'En dessous. On dit qu'ils se nommaient Fir et que certains d'entre eux vivent encore dans les Terres Gastes, dans la nuit et le feu perpétuels.

Nul ne sait combien d'années ou de siècles durèrent les batailles entre ces peuples monstrueux, mais il ne fait pas de doute que la vie telle que nous la connaissons aurait à jamais disparu si les tribus de la Déesse Dana n'avaient à leur tour quitté leur lointain exil d'Emain Ablach, la Terre de la promesse, pour se mesurer à ces dieux monstrueux, les chasser et enfin apporter la paix.

Nous, les elfes, sommes les enfants de Dana. Et voici notre histoire[1]*... »*

1. La légende des Tuatha Dé Danaan – les tribus de la Déesse Dana – est rapportée par Christian-J. Guyonvarc'h dans *Textes mythologiques irlandais*, vol.1 – Ogam-Celticum.

1. LES COLONS

À la tombée du crépuscule, il cessa enfin de pleuvoir. Peu à peu, la rumeur des conversations s'arrêta, les yeux se levèrent instinctivement vers le ciel et des sourires hésitants apparurent sur les visages du petit groupe de femmes et d'enfants entassés là depuis des jours. Puis tous les regards se tournèrent vers le frère Edern, comme si le brusque silence qui venait de succéder au battement incessant de la pluie sur le toit de leur hutte était une sorte de miracle fragile que lui seul pourrait rendre réel. Le vieux moine sourit, posa son écuelle et, s'appuyant sur le novice qui l'assistait, se redressa avec un long soupir. À l'instant où il écartait le manteau de laine détrempé faisant office de porte à leur refuge, les nuages noirs qui noyaient le pays se dissipèrent et un rayon de clarté vint illuminer la forêt ruisselante. Par une trouée de ciel bleu, Edern sentit la chaleur du soleil sur son visage ridé et remercia Dieu de mettre ainsi un terme à leurs épreuves, ne fût-ce que pour quelques heures.

Depuis qu'il s'était enfoncé dans la forêt à la tête de sa troupe de colons, les averses et un vent cinglant n'avaient cessé de les accabler. Il était vite devenu impossible de faire du feu et c'est à peine s'ils étaient parvenus à construire cet abri où dormir à peu près au sec. Quelques jours encore de ce temps de gueux, et les moins hardis auraient commencé à se replier vers les villages de la plaine, au moins pour passer l'hiver. La promesse d'une terre libre offerte à quiconque acceptait de s'aventurer dans les bois pour défricher et construire une église ne suffirait pas quand les vivres viendraient à manquer et qu'il ne leur resterait plus que du gibier, à peine cuit sur des feux de brindilles crachotants.

Tout au long de ces interminables journées, tandis que ses ouailles sortaient sous une pluie battante pour glaner de quoi manger, frère Edern n'avait cessé de prier pour que Dieu veuille éloigner le mauvais temps. Il en était même venu à douter du bien-fondé de sa mission, tant l'acharnement du ciel semblait la contrarier.

Ce simple rayon de soleil effaça ses doutes. Comment le Seigneur n'aurait-il pas voulu qu'on élève un temple à son nom, au cœur de cette forêt sauvage et déserte ?

Lentement, le moine s'avança dans la clairière, savourant la plénitude de cet instant. Dans un lent froissement apaisé, une brise agitait les frondaisons, comme si les arbres trempés s'ébrouaient. À la lueur dorée du couchant, leur feuillage roussi par l'automne étincelait avec une grâce telle qu'il en eut la gorge serrée et que son plaisir en fut terni. Comparée à tant de beauté, son œuvre – ou celle des hommes qui l'avaient accompagné – formait un contraste cruel. Les quelques arpents qu'ils avaient défrichés s'étaient transformés en un véritable marécage, un infâme margouillis de boue, de sciure et de branchages d'où émergeaient les souches des arbres abattus et les empilements blanchâtres de leurs troncs dépecés. On eût dit un champ de bataille parsemé de cadavres, sombre et triste, d'une laideur déprimante.

Tandis que femmes et enfants sortaient à leur tour en saluant à hauts cris le retour du soleil, le moine s'éloigna, agacé par leur bruit et leur joie imbécile. Sans qu'il parvienne à en comprendre la raison, un sentiment diffus commençait à l'oppresser. Quelque chose n'allait pas... Ses premiers pas dans la fange suffirent à souiller d'une boue noirâtre ses pieds nus chaussés de sandales et le bas de sa robe de bure, mais il n'y prêta garde, guère plus qu'au jeune novice qui s'était approché et sur lequel il s'appuya d'un geste coutumier. Ils cheminèrent ainsi jusqu'au sommet d'un promontoire dominant la clairière. Là seulement, Edern sembla s'apercevoir de la présence de l'adolescent à ses côtés.

— Neddig, mon fils, est-ce que tu les vois ? murmura-t-il en plissant les yeux et en tendant le cou. Est-ce que tu les entends ?

— Qui, mon père ?

L'âge avait brouillé la vue du vieil homme, qui ne distinguait plus grand-chose au-delà de trois pas, et moins encore aux dernières heures du jour, quand les ombres commençaient à s'allonger. D'un geste impatient, il désigna la muraille indistincte des arbres, à un jet de pierre devant lui.

— Là-bas ! Tu ne vois rien ? Écoute !

Neddig scruta la ligne sombre de la lisière durant un instant, puis il haussa les épaules.

— Il n'y a rien.

— Justement, oui...

Edern recula instinctivement. C'était cela... Ce silence.

Hormis le piaillement des femmes et des enfants autour de la cabane, on n'entendait rien. Ainsi qu'ils le faisaient chaque jour, les hommes étaient sortis au petit matin, les uns pour chasser, les autres pour abattre des arbres ou défricher les broussailles. Mais le moine ne percevait ni leurs voix, ni le martèlement de leurs cognées. Peut-être s'étaient-ils tout simplement mis à l'abri. Qui sait s'ils n'avaient pas trouvé une grotte ou quelque autre refuge naturel... Peut-être l'un d'eux s'était-il blessé. Peut-être avaient-ils été attaqués par une bête. Ou peut-être était-ce pire...

— Va! dit-il en repoussant le novice d'un geste plus brusque qu'il ne l'aurait voulu. Toi et Maheolas, courez jusqu'aux bois, dites aux hommes de rentrer!

— Qu'y a-t-il, mon père?

— Je ne sais pas... Un pressentiment.

Le vieux moine soupira et hocha la tête.

— Je sais ce que tu te dis, mais vas-y. Allez, fais vite, ne t'occupe pas de moi, j'arriverai bien à rentrer tout seul.

Le jeune garçon s'éloigna de lui en réprimant un haussement d'épaules. Ce n'était guère difficile de deviner ce qu'il pensait. Le vieil Edern se faisait toujours du mauvais sang pour rien. Pour une fois qu'il faisait beau, ne pouvait-il simplement profiter de l'accalmie et les laisser en paix? Emporté par la pente, Neddig accéléra le pas et en quelques foulées se retrouva en bas de la butte, parmi les femmes et les enfants. Maheolas était parmi eux, guère plus âgé, guère mieux vêtu, trop jeune encore pour comprendre qu'il ne convenait pas de se mêler ainsi aux gueux, quand on se destinait à servir Dieu. Quel besoin le père avait-il de ce gamin chétif, qui ne savait pas trois mots de latin et traçait ses lettres comme un rustre?

D'un geste sec, il le fit venir à lui et se mit en route vers la lisière sans l'attendre.

— Où allons-nous? demanda Maheolas en se hâtant à sa hauteur.

— Le père veut que nous rassemblions les hommes.

— Pourquoi?

— Tu poses toujours trop de questions et jamais les

bonnes, grommela Neddig en ramassant un bâton pour écarter les broussailles. Et puis passe devant, que je n'aie pas à te surveiller !

L'adolescent obéit, avec un empressement servile qui agaça son aîné. C'était toujours ainsi, depuis qu'il avait été admis au monastère. Sans doute Maheolas s'efforçait-il de bien faire, mais il y avait chez lui quelque chose qui suscitait l'inimitié et qui, aux yeux de Neddig, devrait en fin de compte l'empêcher d'être autorisé à prononcer ses vœux. Il fallait être à demi aveugle, comme le père Edern, pour ne pas s'en apercevoir.

En le regardant leur ouvrir un chemin à travers les fougères, le novice se demanda si l'aspect seul de Maheolas était la cause de son discrédit. Ce n'était pas qu'il fût laid, au contraire. On aurait même pu le trouver beau, malgré la pâleur de son teint qu'accentuaient ses cheveux courts, aussi noirs que la nuit. Peut-être était-ce à cause de sa maigreur. Il n'était pas le seul à n'avoir que la peau sur les os, en ces temps où les enfants ne mangeaient que lorsque les adultes étaient repus, mais son émaciation avait quelque chose d'effrayant, plus encore que son regard sombre, traversé parfois d'une lueur sauvage. L'une et l'autre ensemble lui donnaient une allure sournoise, fuyante, d'autant plus déplaisante que Maheolas ne semblait jamais s'autoriser la moindre plainte, ni un quelconque mouvement d'humeur, usant au contraire en toutes circonstances et envers chacun de cette humilité obséquieuse qui lui tenait lieu de sentiment chrétien. Neddig ne connaissait pas son histoire et ne se serait pas abaissé à s'y intéresser, mais sans doute était-il orphelin. Au mieux, peut-être était-il le bâtard de quelque chevalier du roi Ker. Qu'importe... S'il lui avait ordonné de passer devant lui, c'était surtout parce que ce n'était pas le genre de personne qu'on voulait avoir dans le dos au beau milieu d'une forêt hostile.

— Où est-ce qu'ils sont ? demanda tout à coup Maheolas en s'arrêtant. On devrait déjà les avoir rejoints, non ?

Neddig ne répondit pas. La question l'avait arraché au fiel de ses pensées et il réalisa qu'il s'était laissé guider à travers les bois, au soleil couchant, par un apprenti qui ignorait où il allait. Dressant l'oreille, le moine guetta des bruits de voix, le choc des cognées contre les troncs ou tout autre signe de présence humaine à proximité. Il n'y avait rien. Pas un bruit, pas une fumée, pas même un chant d'oiseau. Tout juste le lent froissement des feuilles hautes caressées par la brise et le craquement des écorces.

— Tu t'es trompé, dit-il à voix basse, comme s'il craignait de briser ce silence. Ce n'est pas par là...

Empoignant son bâton à deux mains à la façon d'un épieu, Neddig fit demi-tour et repartit sur leurs traces, lentement tout d'abord, puis d'un pas de plus en plus rapide alors que la lumière déclinait et qu'une peur irraisonnée s'emparait de tout son être. Il entendait le souffle de Maheolas derrière lui et sans doute fuyait-il tout autant son jeune compagnon que les dangers de la nuit. Courant à présent, il repoussa une branche qui se rabattit vivement après son passage et frappa l'adolescent de plein fouet. Le novice l'entendit crier, courut encore quelques instants, puis jeta un coup d'œil en arrière, réduisit son allure et s'arrêta enfin, vaguement honteux de ses actes et de sa frayeur.

— Maheolas !

Ce dernier ne répondit pas. Peut-être la branche l'avait-elle assommé. Ce ne serait pas étonnant, un gringalet comme lui...

— Maheolas, ho ! Ça va ?

Neddig revint sur ses pas, haletant et le sang battant aux tempes. Il repoussa la branche du pin qu'il avait écartée quelques instants plus tôt dans sa fuite, s'attendant à découvrir le corps inanimé de son compagnon. Il n'y avait rien. Le novice s'accroupit pour écarter du bout de son bâton les fougères alentour, en vain. Il se redressa, de nouveau gagné par l'agacement, tout remords disparu, et lorsqu'il se retourna son cœur se vida. Devant l'arbre se tenait un être tout aussi fluet et pâle que son compagnon, mais vêtu d'une tunique couleur de sous-bois et portant des cheveux aussi longs que ceux d'une fille.

Un elfe.

Le père Edern n'en parlait jamais, ni quiconque au monastère. Mais les vieilles, au village, avaient toutes sortes d'histoires sur les elfes. Neddig essaya de se souvenir si ces histoires lui faisaient peur. Tout ce dont il se rappelait, c'était que les elfes étaient supposés voir la nuit, comme des chats. Quant à celui-là, il ne bougeait pas (il ou elle ? Peut-être était-ce une fille, après tout), mais ses yeux en amande, d'un vert intense, étaient fixés sur lui et n'exprimaient rien d'aimable.

— Mon compagnon, dit Neddig, en montrant les fougères alentour. Il a dû être blessé…

— *Gwannathag, echil…*

— Que dis-tu ?

Neddig commença à battre en retraite. L'elfe ne bougeait toujours pas. Il n'était même pas sûr que ce soit lui qui ait parlé, tant son visage était resté impassible. Plus le novice reculait et plus sa mince silhouette devenait indistincte dans la pénombre du crépuscule. Quelques pas encore et il devint impossible de le discerner, même en écarquillant les yeux. Alors, d'un seul coup, Neddig fit demi-tour et se mit à courir, décrivant un long arc de cercle à travers les buissons pour revenir vers le campement, à toutes jambes.

La lueur d'un feu le guida heureusement jusqu'à la clairière, dans laquelle il déboucha comme un diable, hors d'haleine, le visage rougi et marqué d'écorchures, sa robe de bure griffée d'accrocs. La nuit était tombée et il ne vit rien de plus que des silhouettes se profilant devant les flammes. Deux d'entre elles, qu'il ne chercha pas même à reconnaître, se dirigeaient vers lui, tandis qu'il s'efforçait de retrouver un peu de retenue. Des femmes, sans doute, à en juger par leur minceur et leur petite taille. Il s'avança vers elles avec l'intention de leur demander où se trouvait le père lorsqu'il remarqua à la lueur du bûcher des formes allongées qu'il avait pris tout d'abord pour des troncs d'arbres débités. Dans le même instant, il réalisa qu'il s'agissait de cadavres et que les deux êtres qui s'avançaient vers lui n'étaient pas des femmes.

La dague d'argent du plus proche d'entre eux lui trancha la gorge avant qu'il ait eu le temps de crier.

Au matin, Maheolas s'éveilla sous un ciel vert, luminescent, si étrange qu'il lui fallut un moment pour réaliser qu'il gisait à terre sous des fougères et se souvenir du choc qui l'avait laissé sans connaissance. Du sang avait séché sur son visage. Prudemment, il tâta du bout des doigts l'entaille qui lui barrait le front et gémit en y découvrant une bosse aussi large que la paume. Il voulut se redresser, mais le moindre mouvement ravivait la douleur. Frissonnant dans ses vêtements trempés d'une boue glacée qui lui collaient à la peau, il était transi et brûlant de fièvre à la fois. Sans doute eût-il éprouvé de la peur si la colère, la faim et le froid n'avaient occupé tout son esprit.

Neddig l'avait assommé et abandonné dans la forêt, à la merci des loups, des serpents et de Dieu sait quelles autres bêtes immondes qui grouillaient sous les fourrés. Ce fut cette colère et le désir de se venger qui le soutinrent tout au long du chemin, jusqu'à ce qu'enfin il retrouve la trouée de leur camp.

Dès qu'il s'extirpa des broussailles, la rage qui

l'animait s'évanouit et une main de glace sembla lui étreindre le cœur. Des corps, partout. Blancs à faire peur dans la boue noire de la clairière. Lardés de flèches longues et fines, le visage déformé, grimaçant, parfois les yeux ouverts.

Pétrifié d'effroi à la lisière des bois, le novice tremblait par saccades, par spasmes, le cœur révulsé par cette horreur silencieuse. Où qu'il porte les yeux, tous ceux qui gisaient à terre lui étaient connus. Pas un seul dont il ne puisse donner le nom, pas un seul cadavre étranger. On eût dit que les colons ne s'étaient pas défendus, ou qu'ils n'avaient tué aucun de ces mystérieux ennemis qui les avaient anéantis jusqu'au dernier.

Par une ironie cruelle, le ciel était dégagé, une belle journée s'annonçait et les bois étaient emplis de chants d'oiseaux. Une légère brise agitait çà et là les cheveux d'un mort ou son vêtement, comme s'il vivait encore, comme s'il lui faisait signe, et tout ce que l'esprit enfiévré de Maheolas parvenait à formuler en cet instant, c'est qu'il était seul. Seul quoi qu'il fasse, seul s'il restait ici, seul aussi s'il tentait de rentrer. Nul autre qu'Edern n'avait accepté de l'admettre au monastère et il n'imaginait que trop l'accueil qu'on lui réserverait s'il s'y présentait en apportant la nouvelle de leur mort à tous.

Dieu sait combien de temps il resta ainsi, interdit devant le spectacle de cet anéantissement. Puis la faim et la soif le taraudèrent suffisamment pour qu'il ose avancer, passer devant les corps sans vie de ses compagnons et se glisser sous leur hutte commune pour y chercher des vivres. Durant un moment, il fouilla frénétiquement les coffres et les ballots où étaient remisées les maigres possessions des colons et jeta devant la porte tout ce qui pourrait lui servir. Puis, lorsque ses yeux se furent suffisamment habitués à la pénombre, il remarqua une silhouette indistincte, tapie dans un recoin, éclairée par quelques éclaboussures de soleil trouant le toit de feuillages. Lentement, il s'approcha, reconnut une forme humaine, s'agenouilla à sa hauteur et la toucha du bout des doigts. Ce simple contact suffit à la faire glisser à terre, révélant la face hâve du père Edern, vidée de son sang, figée dans un rictus grotesque. Sous le choc de cette vision d'épouvante, Maheolas poussa un cri et fit un bond en arrière, mais il continua à fixer le corps sans vie de son supérieur, incapable qu'il était de s'en détacher.

Le père ne portait pas de trace de blessure. Peut-être était-il mort de peur. Toute volonté évanouie, privé de force, incapable du moindre mouvement ou de la moindre décision, le novice aurait pu rester là jusqu'à ce que la faim ou le froid aient raison de lui, mais une parcelle encore consciente de son esprit ravagé perçut des éclats de voix, au-dehors, et cette preuve inespérée d'une présence l'extirpa brutalement de sa prostration. D'un bond, il se releva et courut au-dehors.

— Je suis là !

À cet instant, au moment même où les mots quittaient sa bouche, il les vit. Cinq, six, peut-être plus, à peine plus grands que lui, les épaules couvertes de longues capes couleur de forêt, les cheveux noirs, la peau d'une pâleur bleutée, tenant des arcs ou de hautes lances. L'un d'eux tendit le doigt vers lui d'un geste brusque.

— *Ennas ! Aphadag adaneth !*

Aussitôt, les autres se mirent à converger vers lui de tous côtés. D'un geste réflexe, Maheolas ramassa un bâton à ses pieds et fit face, mais une terreur abjecte lui noua les tripes et il se mit à fuir, à toutes jambes. Il entendit des sifflements autour de lui, vit une flèche se fracasser contre une souche à l'instant où il la contournait, cria sous la morsure soudaine d'un trait qui lui lacéra le côté et resta fiché dans sa tunique.

Ce fut sa maigreur qui le sauva, ainsi que ses vêtements trop amples qui flottaient autour de lui dans sa course éperdue.

Enfin, il atteignit la lisière et se jeta dans les bois comme un sanglier, à travers les broussailles et les branchages, giflé, griffé par la forêt, les jambes saisies par les ronces, aveuglé par le feuillage, exténué, hors d'haleine, courant sans voir où il allait. Il parvint ainsi en haut d'un remblai et s'immobilisa de justesse en découvrant devant lui un à-pic et au fond une rivière miroitant sous le soleil. Au même instant, quelque chose le frappa dans le dos et il bascula en avant, avec un hurlement d'horreur.

Voici ce que disent les contes :

« Alors vinrent les Tuatha Dé, portés par les nuages et la brume. Durant des siècles et des années, les dieux avaient vécu dans les îles au nord du monde, dans quatre villes où furent créés les talismans sacrés qui maintiennent aujourd'hui encore l'ordre des choses. La première, dans laquelle vivait le druide Morfesae, se nommait Falias. La deuxième, nommée Murias, était la demeure du sage Semias. Esras s'était installé dans la troisième cité, dont le nom était Gorias. Et dans la dernière, appelée Findias, habitait le mage Uiscias.

« Quatre dons furent faits par eux de là-bas
Aux nobles Tuatha Dé Danaan
L'épée, la pierre, le chaudron de valeur,
La lance pour le meurtre de grands héros[1]. *»*

C'est à Falias que fut taillée la pierre de Fal, qui crie à l'approche d'un vrai roi. À Murias fut coulé le Chaudron du Dagda, qui toujours nourrit et soigne. La troisième ville était Gorias, et c'est là que fut tournée la lance terrible qui échut à Lug. La dernière était Findias. Il y fut forgé une épée à nulle autre pareille, qui fut confiée au premier roi des tribus, Nuada-au-bras-d'argent, fils d'Echtach, fils d'Etarlam, fils d'Orda, fils d'Allaoi, fils de Tat, fils de Tabharn, fils d'Enna, fils d'Iobath, fils de Beothach, fils de Iarbhoineol le devin, fils de Neimheadh… »

1. *Yellow Book of Lucan*, dans *Textes mythologiques irlandais*, C.-J. Guyonvarc'h.

2. LE CLAN DE CHASSE

— Lliane, répète ce que je viens de dire !

Gwydion avait parlé si fort que tous ses élèves sursautèrent et qu'un envol de moineaux s'échappa du chêne contre lequel il était assis. Tous les regards se tournèrent vers la jeune elfe, qui offrait son visage à la douce caresse du soleil, les yeux fermés et le buste renversé en arrière. Durant un moment, il sembla qu'elle n'avait pas même entendu la question et déjà les autres se poussaient du coude en étouffant des rires lorsqu'elle abaissa lentement la tête sur le côté, ouvrit les yeux et posa sur le vieux druide un regard parfaitement innocent.

— ... Nuada, fils d'Echtach, Etarlam, Orda, Allaoi, Tat, Tabharn, Enna, Iobath, Beothach, Iarbhoineol le devin et Neimheadh, maître, dit-elle d'un trait, d'une voix douce et calme.

Gwydion hocha la tête et dans ce mouvement ses longs cheveux blancs masquèrent brièvement son visage ridé, si bien qu'aucun de ses élèves ne vit qu'il souriait. En relevant les yeux, il contempla le ciel sans nuages à travers les branches nues du vieil arbre sous lequel il siégeait, suivit un instant le vol lointain d'un faucon, puis considéra de nouveau ses élèves, dix jeunes elfes d'à peine cinquante ou soixante hivers. Des enfants, tout juste capables de lire les ogams[1] et d'entendre la voix du vent. Parmi eux, quelques-uns, peut-être, pourraient un jour devenir *dru wid*, savants par les arbres, d'ici quelques dizaines de saisons. Peut-être même l'un ou l'autre serait-il digne d'approcher le bosquet sacré et de recevoir l'illumination...

Mais Lliane... De nouveau, il lui fallut réprimer un sourire. Gwydion ne la connaissait que depuis sept ou huit hivers, autant dire rien, mais Lliane n'était pas faite pour cela. Jamais elle ne se tournerait vers l'Art et pourtant elle était sans aucun doute la plus douée d'entre ses élèves. Malgré toute sa vivacité d'esprit, malgré cette mémoire étonnante dont elle venait une fois encore de faire preuve, son destin était ailleurs.

Peut-être faudrait-il s'en soucier, avant qu'il ne soit trop tard. Le jour viendrait où il jetterait les runes, pour savoir...

Parmi tous les elfes peuplant le monde, ceux de la forêt d'Eliande avaient un destin particulier, qu'un druide ne pouvait se permettre de méconnaître, et qu'il ne fallait pas gâcher par simple négligence. D'autres tribus vivaient aux lisières des bois, certains mêmes hors des arbres, dans les collines ou les marais, loin du cœur sacré de la grande forêt, et ceux-là n'avaient d'autre souci que de survivre, dans un monde qui leur devenait chaque jour plus étranger. Mais ceux qui vivaient ici, autour du bosquet, et que les autres clans appelaient Hauts-Elfes, ceux-là descendaient en droite ligne de la Morrigan, fille du Dagda, et du fait de cette ascendance divine chacun d'eux, qu'il en ait ou non conscience, avait un rôle à jouer.

Celui de Gwydion, justement, n'était pas seulement

1. À la fois un alphabet et des runes magiques servant à la divination.

d'enseigner aux jeunes tout ce qu'un elfe devait savoir du monde, mais aussi de déceler les talents, et ainsi d'aider chacun à trouver sa voie. Les uns avaient en eux le chant du vent et deviendraient des « gens d'art », devins, guérisseurs, druides ou mages. D'autres connaissaient d'instinct le travail du métal, d'autres seraient bardes, ménestrels ou chasseurs, d'autres enfin consacreraient leur vie entière au chant de l'arc et de la flèche.

Quant au talent de Lliane, celui-ci était à la fois manifeste, d'un éclat si évident qu'on ne pouvait s'y tromper, et en même temps indistinct, voilé, pareil à un soleil derrière des nuages. D'autres étaient plus belles, plus rapides ou plus vives, mais Lliane avait ce don d'attirer à elle chaque être vivant et d'en exprimer le meilleur, comme une évidence. Jusqu'à présent, le vieux druide avait cru que cette soif de tout apprendre, de tout savoir, ferait un jour d'elle une Ban Drui[1] et que peut-être même elle resterait avec lui à Cill Dara, l'ermitage des chênes, le cœur sacré de la forêt d'Eliande. Sans doute avait-il tort… Il fallait être sage pour apprendre les éléments du bois. Il fallait apprendre la lenteur, le silence, l'immobilité. Les arbres ne parlent pas à ceux qui vont vite.

D'un geste familier, il tapota le bord de ses lèvres du long tuyau de sa pipe de terre blanche, tout en réchauffant sa paume contre son foyer. L'hiver ne tarderait plus. Bientôt, toute la splendeur cuivrée de l'automne se couvrirait de neige. Contrairement à la plupart des elfes, que la chute des feuilles emplissait de mélancolie, Gwydion aimait le spectacle de ce dernier embrasement avant la saison froide. Le chant des bois se faisait plus ténu, mais il était serein et dénué de tristesse. Plus tard, peut-être, Lliane en découvrirait-elle la beauté…

Réalisant soudain qu'il ne seyait pas à un maître de

1. Druidesse.

rêvasser ainsi devant ses élèves, Gwydion saisit le long bâton qu'il avait posé contre l'arbre et se redressa avec un soupir, en lissant sa robe rouge aux reflets d'écorce.

— C'est bien, dit-il. Demain, je vous parlerai de la bataille de Mag Tured ou peut-être des baies de sureau… Filez !

Au côté de Lliane, une elfe aux cheveux blonds (ce qui était fort rare chez les Bonnes Gens) lui glissa un mot à l'oreille puis, comme son amie ne semblait pas réagir, elle leva la main et l'agita jusqu'à ce que Gwydion la remarque.

— Oui, Blodeuwez ?

— Maître, demain commencent les préparatifs !

Le vieux druide fronça les sourcils un bref instant, puis se reprit aussitôt. La petite avait raison… Demain était le premier des sept jours de l'Alban Elved, l'équinoxe d'automne. De longues journées, avec fort à faire. Il se tourna vers son apprenti, le jeune Llaw, qui se tenait derrière lui, à l'écart. Llaw leva les yeux vers lui comme s'il était pris en faute, mais le vieux druide le rassura d'un geste.

— C'est vrai, dit-il en riant de lui-même. Vous ne trouvez pas que le temps passe de plus en plus vite ? Alors nous nous reverrons à la prochaine lune… Disparaissez.

Comme un vol d'étourneaux, les jeunes elfes tournoyèrent autour de lui en effleurant sa main tendue ou en se frottant les uns aux autres, ce qui chez eux était une manière de raffermir le lien du clan, puis ils se dispersèrent sans un bruit, comme happés par la forêt. Gwydion suivit un instant Lliane des yeux et sourit de nouveau en la voyant ramasser discrètement l'arc et le carquois qu'elle avait cachés dans les fourrés, avant la leçon. Il secoua la tête et partit de son côté. Llandon et sa bande de jeunes écervelés devaient l'attendre à la lisière de Cill Dara, le jarret frémissant et la bouche pleine des défis qu'ils se lanceraient jusqu'à la tombée du jour.

Le crépitement de la pluie couvrait le moindre craquement, le plus léger froissement de brindille. Lliane retenait son souffle, calquant son pas sur celui de Llandon, abritant comme lui sous sa cape la corde de son arc pour la protéger de l'humidité. Autour d'eux, le groupe de chasse avançait vers la clairière dans un silence de spectres, comme si les elfes glissaient à travers les fourrés, comme si leurs pieds ne touchaient pas terre. La plupart avaient tiré sur leur front pâle la capuche de leurs grandes capes moirées couleur de sous-bois et dans leur lent mouvement semblaient presque invisibles.

Les oreilles délicatement effilées de Lliane s'orientèrent vers la harde de cerfs qu'ils encerclaient inexorablement. Contrairement aux elfes verts et à quelques chasseurs d'Eliande, elle connaissait mal la langue des bêtes sauvages, mais elle ne perçut nulle trace d'inquiétude parmi la harpaille, nulle alarme. Au-delà des fourrés, elle distingua la haute silhouette d'un grand mâle montant la garde, à l'autre bout de la trouée. L'animal s'ébroua sous la pluie et releva brusquement sa tête couronnée d'une ramure majestueuse, mais il la tourna ailleurs, à l'opposé de la progression des elfes. D'instinct, les chasseurs s'étaient immobilisés. Lliane s'efforça de les imiter et comme eux de devenir pareille à un arbre, indifférente à la pluie, au froid ou aux ronces, de ne plus respirer, de ne plus regarder et de rester ainsi, figée dans un mouvement suspendu, le temps qu'il faudrait pour que le mâle les oublie. De Llandon, devant elle, la jeune elfe n'apercevait que les longs cheveux noirs trempés par la pluie, dégoulinant en cascade jusqu'au milieu de son dos. Sa main, largement ouverte, était posée sur un tronc d'arbre, tranchant joliment sur l'écorce sombre par sa pâleur bleutée. La main de Llandon qui s'était posée sur elle, quelques lunes plus tôt... D'où venait qu'elle pensait encore à lui, une fois leur plaisir assouvi ? Cette main remuait en elle des souvenirs langoureux, éveillait un désir absurde, en de telles circonstances. Est-ce qu'il pensait à elle, en cet instant, ou est-ce qu'un vrai chasseur ne devait penser à rien ?

Là-bas, dans l'éclaircie qui leur servait de reposée, le grand dix-cors poussa un long brame et durant un moment fraya violemment ses cornes contre le taillis, puis comme si cette fougue subite avait suffi à le calmer, il se détourna et revint prendre sa place parmi les siens. Les elfes attendirent encore un bon moment puis, dans un ensemble parfait auquel Lliane elle-même obéit d'instinct sans même s'en rendre compte, le groupe de chasse reprit sa progression jusqu'aux extrêmes abords de la clairière. Chacun d'eux encocha une flèche, dégagea son épaule, tendit le bras et banda la corde jusqu'à toucher la joue. Il n'y eut pas d'ordre, tout juste le sifflement soudain d'une volée jaillissant du sous-bois pour frapper le même animal, une biche isolée que, par l'étrange connivence qui unissait les elfes d'un même clan, ils avaient tous choisie pour cible.

Frappée au cou et au poitrail, la bête fit un écart en poussant un rauque bramement d'agonie. L'instant suivant, elle s'abattit dans l'herbe, morte avant de toucher terre. Dans la clairière, la harde détalait déjà, mais à la stupeur de Lliane (et à voir l'expression de Llandon elle n'était pas la seule à s'en étonner), elle galopait droit sur eux au lieu de les fuir. Interdite, l'elfe vit un jeune daguet déchirer d'un bond les fourrés devant elle. Sans doute l'aurait-il renversée, piétinée, si Llandon ne l'avait attrapée par le bras et jetée à ses côtés derrière un tronc d'arbre.

Durant un moment, ils ne purent que se tapir à l'abri, aveuglés, assourdis, dans une confusion totale ponctuée de cris, d'appels et de grognements. Puis lorsqu'enfin l'harpaille se fut éloignée, ils découvrirent à travers les trouées béantes de leur passage un spectacle qui les pétrifia d'horreur.

Le dix-cors faisait face, seul, à trois loups noirs d'une taille impensable, presque aussi larges et hauts que lui. L'un de ces monstres tenait sous ses larges pattes un faon au flanc lacéré, ruisselant de sang, qui se débattait encore faiblement, par à-coups. Llandon s'était écarté du tronc d'arbre, et quand Lliane parvint à détacher son regard du drame qui se jouait à un jet de pierre de là, l'expression qu'elle découvrit sur le visage de son compagnon l'emplit d'effroi. Aux yeux des elfes, pour qui le temps s'écoule différemment, Llandon n'était encore qu'un adolescent, quoiqu'il ait presque soixante hivers, l'âge où la plupart des hommes terminaient leur vie. Tout aussi fin et délié qu'elle, il ne la dépassait en taille que de quelques pouces, mais on aurait pu les confondre, avec les mêmes longs cheveux noirs, la même peau bleutée, la même beauté. En cet instant pourtant, le jeune chasseur n'était pas beau. Sa face s'était glacée, ses lèvres avaient pris une dureté terrifiante, ses mouvements, sa façon de bouger ne lui ressemblaient plus. Lliane le vit saisir dans le carquois qu'il portait à la taille un trait à la hampe noire, dont la pointe conique luisait dangereusement. Bien qu'elle ne l'ait pas quitté des yeux et qu'à aucun moment elle ne l'ait vu parler, sa voix s'imprima en elle, comme en chacun de leurs compagnons.

— *Hlystan, heardingas! Ne Bregean for egle deornen! Feothan with fyrdgeatwe!*

Ce n'était pas la première fois qu'on se servait devant elle de la langue ancienne. Mais, ainsi qu'elle le comprit plus tard, Llandon avait usé de sa voix de commandement, et quand elle put y repenser elle ressentit un mélange troublant, dérangeant, d'admiration, d'envie et d'humiliation mêlées. Car elle avait obéi à cet ordre sans même l'entendre. Par la seule force de cet ordre, elle n'éprouvait plus de peur, tout juste le désir de tuer, et chercha fébrilement à sa ceinture l'arme la plus mortelle qu'elle puisse trouver. Tout ce qu'elle possédait, hormis des flèches de chasse qui n'entameraient même pas le cuir de ces fauves, était une dague, forgée par Dìnris, le maître argentier d'Eliande. Et c'est ainsi qu'elle se dressa au côté de Llandon, frémissante d'une fureur assassine qu'elle n'aurait jamais cru pouvoir éprouver. À leur côté, elle vit apparaître Mòngan et Elias, deux des compagnons habituels de Llandon. Comme lui, ils se débarrassaient de leurs flèches ordinaires et encochaient de longs traits de guerre à la hampe noire. Comme le sien, leurs visages avaient perdu leur beauté. Et les elfes regroupés se mirent en mouvement, au lieu de fuir les loups qui, jusqu'à présent, ne semblaient pas avoir flairé leur présence.

Dans la reposée de la harde, la bataille avait commencé. Les andouillers de massacre du grand cerf étaient rougis du sang de l'un des monstres, qui geignait à l'écart, tandis que les deux autres, le poil hérissé sur l'échine et les babines retroussées sur des crocs aussi longs que des poignards, faisaient mouvement pour tenter de l'assaillir par les côtés. Du même pas, en trois groupes distincts, les elfes sortirent de l'abri des bois, et cette apparition soudaine stoppa net l'élan des fauves.

Lliane était restée en arrière. Dès que Llandon et les autres s'étaient mis en marche, sa fureur meurtrière s'était estompée. Dégrisée, elle n'était pour autant pas redevenue elle-même. La langue ancienne résonnait toujours dans son corps tout entier, ranimant de vieilles leçons apprises auprès de Gwydion, extirpant d'elle des mots qu'elle ne savait pas connaître. De nouveau, une voix murmura dans sa tête, mais cette voix était la sienne et formait un chant qui faisait battre son cœur avec une force irrépressible. Son corps lui-même, presque malgré elle, obéit à l'incantation qui lui montait aux lèvres et prit la posture de *Cen*, le sixième chant runique, le dos droit, les bras reposés, une jambe tendue en avant.

— *Byth cwicera gehwam cuth on fyre*
Blac on beorthtlic, byrneth oftust
Thaer hi aethelingas, inne restath !

Lliane avait lancé son chant d'une voix plus puissante à chaque mot, jusqu'à devenir assourdissante. Quand elle se tut, tous les autres se tenaient de la même façon, immobiles, envoûtés, saisis de la magie du chant de *Cen*, la Torche, qui faisait naître en eux une flamme brûlante. *Cen* les protégerait de sa chaleur et sa lueur formidable aveuglerait leurs ennemis. Telle était la magie des runes.

Cela ne dura qu'un court moment, durant lequel les loups commencèrent à reculer. Puis, aussi soudainement, les fauves se lancèrent à l'attaque. Dans le même instant, les longues flèches sombres jaillirent des cordes tendues et la clairière devint un enfer d'épouvante. Lliane ne le vit pas.

Elle s'était évanouie.

À la nuit tombée, Maheolas osa enfin quitter l'abri des roches. En tendant le cou, il distingua les étoiles, loin au-dessus du ravin dans lequel il avait basculé. Une chute de près de deux perches[1], que des racines ou des

1. Douze mètres.

arbustes avaient miraculeusement amortie avant qu'il ne s'abîme dans la rivière. À demi assommé, le corps meurtri, suffoquant, luttant désespérément dans le courant glacé, il avait été entraîné au loin avant d'être drossé sur une plage vaseuse, surplombée d'une large dalle qui l'avait abrité du regard des elfes, si tant est qu'ils l'aient suivi. Sans doute avait-il perdu conscience une bonne partie de la journée, mais Dieu avait voulu qu'il ne meure pas. La flèche de l'elfe n'avait fait que l'effleurer. Le choc qui l'avait frappé dans le dos quand ces démons l'avaient pourchassé (une pierre, ou un javelot...) n'avait laissé aucune blessure, tout juste une vive douleur qui lui ankylosait encore l'épaule et le côté. Sa chute ne l'avait pas brisé. La rivière ne l'avait pas noyé. La vase ne l'avait pas étouffé. Toutes ces morts auxquelles il avait échappé dépassaient l'entendement. Pour quelque raison qui n'appartenait qu'à Lui, Dieu l'avait gardé en vie alors qu'Edern, Neddig et tous les autres avaient été tués. D'autres auraient rendu grâce à la providence et passé la nuit en prières, mais pas Maheolas. Malgré la douleur et le froid, malgré la faim et la peur, le novice se mit à rire, le corps tout entier secoué d'une hilarité insane, si violente qu'elle se mua bientôt en larmes de rage, puis en sanglots d'un désespoir sans fond.

Dieu, dans Son infinie foi en l'homme, avait sauvé celui qui croyait si mal en Lui.

Plus tard, le novice se traîna à croupetons jusqu'au bord de l'eau et tenta de distinguer son reflet à la lueur de la lune. Il était presque nu, les arbustes et le courant ayant arraché de larges pans de sa robe de bure. Son visage et son torse étaient couverts de plaques sombres écœurantes, boue ou sang, peut-être les deux. Il n'osa pas les toucher.

Le hululement lugubre d'une chouette l'arracha en un

sursaut à cet examen inutile. Il fallait fuir, descendre la rivière, se laisser porter par le courant. Le convoi mené par le père l'avait longé durant des jours avant de s'enfoncer dans les bois. Si c'était la même – et malgré sa faible connaissance du monde sauvage Maheolas était certain qu'il ne pouvait y avoir deux cours d'eau aussi larges à si faible distance –, elle coulait vers la plaine, vers les hommes, hors de cette forêt maudite. À tâtons, les yeux écarquillés dans l'obscurité, il chercha autour de lui tout ce qui pouvait flotter et parvint à rassembler assez de bois pour en faire un fagot, qu'il ligota avec la corde qui ceignait ses hanches et ce qu'il lui restait de vêtement. Et c'est ainsi, ne gardant que ses chausses[1], qu'il se mit à l'eau et se laissa porter par la rivière.

1. Sorte de caleçon long descendant jusqu'aux genoux.

Lorsque les Tribus de la Déesse vinrent au monde, la terre était alors habitée par des créatures difformes qu'on nommait Fomoraig. On ne sait en réalité s'ils formaient un peuple, dans le sens où on l'entend aujourd'hui, s'ils avaient des villes, s'ils obéissaient à des lois. Les anciens parlent cependant du dernier de leurs rois, Cichol à la jambe torte. Avant l'arrivée des Tuatha Dé Danaan, ces abominations avaient été attaquées par des êtres auxquels on ne peut donner le nom de dieux, ni celui d'aucun des peuples conscients, elfes, hommes ou nains. Même les monstres qui hantent les Terres Noires et vivent dans la nuit et le feu ne les auraient probablement pas reconnu comme étant des leurs.

Ces êtres se nommaient Fir.

Certains, appelés Fir Bolgs, étaient nés de la foudre. D'autres, les Fir Domnan, étaient venus des profondeurs de la terre. L'horreur qu'ils inspiraient était telle que les Fomoraig eux-mêmes furent vaincus et se retirèrent hors de leur vue, en les laissant régner sans partage sur la surface du monde. C'est ce monde et cet ordre des choses que découvrirent les Tuatha Dé en touchant terre. Très vite, le roi Nuada comprit que la guerre était inévitable.

Nuada n'avait d'autre choix que de conclure une alliance avec les Fomoraig, afin de vaincre d'abord les Fir Bolgs. Plusieurs mariages furent arrangés pour sceller ce pacte, et le plus mémorable fut celui unissant Eithne, fille de Balor le Fomoraig, et Cian, fils de notre Dieu médecin Diancecht.

Il n'aurait rien dû naître de cette étrange union, et pourtant Eithne donna plus tard naissance à Lug, qui un jour devint roi des Tuatha Dé et leur apporta la victoire. Le destin voulut que cette victoire lui soit acquise après qu'il eut dû affronter Balor, son grand-père, et le tuer de sa fronde...

Mais ces temps-là n'étaient pas encore arrivés. Apprenant la venue sur terre des Tribus de la Déesse, Eochaid, roi des Fir Bolgs, envoya son champion évaluer la force de ces nouveaux arrivants. C'était un géant nommé Sreng, fils de Sengann. Il portait une broigne d'écailles de fer, était coiffé d'un casque hérissé de quatre cornes et portait une massue que nul autre n'aurait pu soulever. Au-devant de lui, le roi Nuada dépêcha Bres, le plus courageux de ses guerriers et le plus formidable : un géant né de l'une de nos princesses et d'un prince fomoraig. En peu de temps (mais il faut se garder de comparer le temps des dieux au nôtre), Bres avait dépassé en taille et en force les plus vaillants guerriers des Tribus. En se retrouvant face à face, l'un comme l'autre furent également impressionnés. Et chacun revint dans son camp avec la même certitude : il ne pouvait y avoir d'entente entre des créatures aussi différentes que la nuit et le soleil.

C'est ainsi que fut décidée la bataille.

3. UN MATIN FROID

Lliane s'éveilla à la lueur de la lune, l'esprit vide et le corps en paix. Elle était couchée dans l'herbe, enveloppée dans son manteau, la tête posée sur une souche couverte de mousse et elle se sentait bien, comme tous les siens quand la lune, Mère des elfes, était pleine. Elle souriait à cette face ronde qui semblait veiller sur son sommeil lorsqu'une odeur doucereuse, presque écœurante et en tout cas parfaitement incongrue parmi les senteurs de la nuit, s'immisça dans ses narines. Aussitôt, la mémoire lui revint, avec le souvenir des loups. Lliane se redressa brusquement, le cœur battant, la gorge nouée d'angoisse et la main crispée sur le pommeau de sa longue dague.

Rien ne bougeait.

Des formes sombres qu'un humain aurait prises pour des pierres ou des troncs d'arbres parsemaient la clairière, mais par une nuit aussi claire, des yeux d'elfe ne pouvaient s'y tromper : ces formes étaient celles de cadavres et l'odeur celle du sang et des viscères.

Elle retint son souffle, guetta le moindre signe de danger puis se leva lentement, sachant déjà ce que ses sens ne lui avaient pas encore confirmé. Il y avait des elfes parmi ces corps sans vie. Au centre de la trouée gisait le grand cerf, dont la ramure se dressait comme un buisson d'épines, et près de lui la dépouille d'un loup éventré. Elle était habituée à cela, à cette sauvagerie sanglante de la mort donnée sous la voûte des arbres, aux restes répugnants de proies dévorées vives puis laissées aux charognards. Mais son âme saisie d'effroi refusait d'admettre ce que ses yeux distinguaient à présent. La gorge serrée, elle avançait vers le plus proche de ses compagnons, aussi lentement que possible afin que, peut-être, il se réveille et lui sourie, lui et tous les autres, au moins cinq, dont les corps éparpillés gisaient dans la trouée. Les elfes ne pleurent pas, sauf quand ils souffrent physiquement, mais la peine qu'elle éprouvait pesait sur ses membres comme une armure de fer et lui serrait la gorge. Comment les dieux pouvaient-ils accepter qu'un elfe meure ? Pourquoi Gwydion n'en avait-il jamais parlé ? Lorsqu'elle fut assez près du corps sans vie, elle tendit la main pour toucher son épaule.

— Viens...

Dans un instant d'épouvante absolue, Lliane crut que le mort lui avait parlé, comme pour l'entraîner avec lui dans l'Autre monde. Elle parvint cependant à se contenir et à se tourner lentement vers la lisière, en direction de l'appel.

— Il y en a encore au moins un, reprit la voix.

Le temps que ses mots parviennent à son esprit, elle passa du soulagement à l'inquiétude, puis de l'inquiétude à une nouvelle forme de terreur, réelle, celle-là, concrète. Elle avait reconnu la voix de Llandon, mais en avait également perçu la faiblesse, la souffrance. Llandon était blessé, et si ce qu'il venait de dire était vrai, l'un de ces loups gigantesques restait dans les parages. Lliane ferma les yeux, bascula la nuque et inspira l'air frais de la nuit. Quand elle les rouvrit, elle aperçut de nouveau la face ronde de la Mère Lune, comme penchée sur elle dans son halo brumeux. Le vieux Gwydion disait que ses rayons apaisaient l'âme et calmaient les corps endoloris. C'était toujours de nuit qu'on soignait les blessés ou les malades. Rien de mauvais ne pouvait survenir quand la Mère les couvait ainsi de son pâle regard.

Posément, Lliane s'écarta du corps et se dirigea vers les fourrés, sans tourner le dos à la clairière. Elle ne connaissait rien aux loups, et encore moins à des créatures d'une taille aussi effroyable. Pour autant, si l'un de ces monstres avait survécu aux flèches de guerre, si le chant de *Cen* n'avait pas suffi à le terrasser et s'il était encore là, à l'épier, elle savait qu'il ne fallait pas fuir, mais montrer au contraire qu'elle ne le craignait pas. Reculant toujours, Lliane sentit bientôt la griffure des ronces et des orties sur ses jambes, força leur barrage et s'enfonça à l'abri des bois. Alors seulement elle fit demi-tour et presque aussitôt aperçut Llandon, assis à terre, une jambe repliée contre lui, adossé au tronc rugueux d'un grand chêne. Son arc était posé à portée de main, et trois flèches avaient été fichées en terre, prêtes à être décochées.

En s'avançant dans l'obscurité, elle distingua deux autres silhouettes tapies dans les fourrés, puis un sifflement léger attira son regard en hauteur vers une branche sur laquelle était couché l'un des leurs, si bien confondu au feuillage dans son manteau de moire qu'elle ne put le reconnaître.

Lorsqu'elle s'accroupit à son côté, Llandon lui serra le poignet, puis attrapa sa nuque et l'attira contre lui avec une ferveur soudaine qui la surprit. Sa peau, contre sa joue, était poisseuse et brûlante.

— J'ai voulu aller te rechercher, murmura-t-il à son oreille, mais je ne peux tenir debout. Des loups… Nous en avons tué un, et un autre a été blessé par le cerf, alors ils ont fui. Nous étions si sûrs qu'ils étaient partis qu'on ne les a pas entendus revenir. Tout d'abord le blessé, comme pour servir d'appât, puis l'autre, qui a surgi dans notre dos. Je n'ai jamais vu des loups agir ainsi.

Lliane se détacha de lui, plus rudement qu'elle ne l'aurait voulu.

— Tu as été touché ?

— Ma jambe... Je crois qu'elle est cassée.

Il désigna les formes allongées derrière lui, puis le guetteur sur sa branche.

— Llydas a le ventre ouvert et Maerhen a perdu une main... Elias, là-haut, n'a rien. (Llandon eut un soupir amusé.) Il veille sur nous. On a réussi à les mettre en fuite, mais...

— Il faut partir, souffla Lliane. C'est la pleine lune. La Mère veille sur nous, il ne nous arrivera rien...

— Tu crois à ça, toi ?

La jeune elfe ne répondit pas, mais elle acquiesça d'un signe de tête et le sourire ironique de son compagnon se fana peu à peu, tandis qu'elle se redressait et commençait à ondoyer lentement, comme les hautes herbes sous le vent.

— *Gewitan sorg leas, dyre dain...*

— N'essaie pas tes enchantements sur moi, fit Llandon avec un regard presque inquiet qui démentait le ton sarcastique de ses paroles.

— *Nethan faest inne genip, hael hlystan !*

Lliane lui tendit la main pour l'aider à se relever et Llandon se laissa faire, subjugué malgré lui. Pour la seconde fois, la magie opérait sur lui comme sur eux tous. Même Llydas, le plus gravement blessé d'entre eux, était parvenu à se remettre sur pied. Un froissement de feuilles attira l'attention de la jeune elfe. C'était Elias, le guetteur, qui avait sauté à terre et se rapprochait d'elle.

— Pars, dit-il assez bas pour qu'elle seule l'entende. Emmène-les par là, tout droit. À deux heures d'ici, tu verras un ruisseau. Remonte-le jusqu'au bois des hêtres. Tu trouveras un cairn, dont l'entrée est cachée par un buisson de houx. C'est l'une de nos cachettes. Il doit y avoir de l'eau de chêne, ça calmera leur douleur. Attendez-moi là-bas...

Elias se baissa pour ramasser l'arc de Llandon et le tendit à ce dernier afin qu'il s'en serve comme d'une béquille.

— Elle a raison, poursuivit-il un ton plus haut. On ne peut pas rester là à attendre qu'il nous attaque... Allez devant, je vous rejoins.

Sans attendre de réponse, Elias arracha les flèches de terre et disparut sans bruit dans les ténèbres.

Quand il fut hors de vue, Lliane se tourna vers son compagnon et l'interrogea du regard, mais Llandon baissa les yeux et commença à s'éloigner en claudiquant. Les deux autres étaient déjà partis. Durant un long moment, elle resta immobile, partagée entre l'envie de rejoindre Elias et la raison commandant d'exécuter la tâche qu'il lui avait confiée. Il y avait tant de honte à partir ainsi, à fuir alors qu'Elias restait seul, tant de honte à abandonner les corps sans vie de leurs compagnons... Lliane s'en sentait flétrie, dégoûtée d'elle-même, confrontée pour la première fois à un sentiment de souillure, de lâcheté qui la mortifiait. Comment pouvait-on laisser leurs compagnons, même morts, à la merci des loups ? Il devait y avoir quelque chose à faire, une cérémonie, une incantation... Gwydion aurait su. Mais Gwydion était loin.

Comme Llandon et les autres avant elle, Lliane baissa les yeux, fit demi-tour et s'enfonça dans la forêt.

Elias s'était préparé à ce qu'il voyait au travers des broussailles, dans la pâleur mauve des prémices du jour. Recouvert de sa longue cape de moire, confondu aux fourrés, mêlé à l'odeur pourrissante de l'humus, il ne bougeait plus depuis des heures et ne bougerait pas, quoi qu'il en coûte, jusqu'à ce que le loup soit parti ou qu'il ait pris la piste des elfes, guidé par le fumet de leur sang. Il s'y était préparé, mais l'horreur de ce spectacle était insupportable à regarder, à sentir, à entendre… Le loup dominant était revenu, seul, surplombant de sa haute taille la brume rampante qui recouvrait la clairière et enfouissait les corps. La faible lueur de l'aurore suffisait pour qu'Elias puisse le contempler dans toute sa hideur. La bête devait mesurer quatre pieds au garrot et près d'une toise[1] de la gueule jusqu'aux antérieurs, avec une longue queue touffue portée haut. Son poil crasseux et raide était aussi noir que la nuit, sans reflets, sans brillance, comme s'il était couvert de cendres. Seuls ses yeux et ses crocs, du même jaune sombre, presque cuivré, émergeaient de ce spectre de cauchemar. De son échine et de ses flancs saillaient les hampes brisées des flèches décochées par les elfes, aussi noires que sa robe. Malgré sa maigreur extrême – ou peut-être à cause d'elle – le loup dévorait l'un après l'autre les cadavres jonchant la trouée, elfes, cerf et biches, comme si rien ne pouvait suffire à apaiser sa faim, et cela avec des grognements écœurants, des convulsions soudaines et frénétiques pour en arracher des quartiers entiers, dans des jaillissements de sang et d'entrailles qui lui maculaient la gueule.

Elias était secoué d'un tremblement irrépressible, ravagé par la peur, le dégoût et le chagrin, mais il savait que cela se passerait ainsi, ce festin infect, ce carnage,

1. Une toise fait un peu moins de deux mètres, un pied trente centimètres.

inévitablement, à moins que la bête n'ait été trop affaiblie par ses blessures. Hélas, les flèches qui la hérissaient n'avaient pas suffi à la mettre en fuite, pas plus que la magie de Lliane. L'elfe était resté pour cela, afin de savoir si cette ignoble ripaille parviendrait à rassasier le monstre et s'il repartirait enfin vers sa tanière. Peut-être alors pourrait-il suivre sa piste et tâcher de découvrir quel obscur recoin de la grande forêt pouvait abriter de telles abominations.

Mais le jeune chasseur ne s'était pas attendu à ce qui survint ensuite.

Le fauve, enivré de sang et de chair, se pavanait depuis un moment en traînant dans sa gueule les restes d'un corps déchiqueté, lorsqu'il laissa choir sa proie, s'ébroua et poussa un long feulement sourd, rauque, pareil à la respiration d'un géant. Comme s'il se fût agi d'un signal ou d'un ordre, d'autres créatures surgirent de la lisière, à l'autre bout de la trouée. Elias les prit tout d'abord pour des nains ou peut-être des gnomes, dont ils avaient la petitesse et la forme courtaude. Il en dénombra six, sautillant à travers la brume d'une allure qui tenait à la fois de la course animale et de la marche d'un être animé. Ce n'étaient pas des nains (et d'ailleurs chacun connaissait leur haine ancestrale envers les loups et leur acharnement à les traquer jusque dans leurs repaires), ni aucun autre peuple dont il ait connaissance. On eût dit des animaux, en vérité, avec leur face bestiale, au museau de chien, aux larges oreilles dressées et au poil gris, rêche et ras, mais ils portaient des vêtements et certains brandissaient ce qu'il lui sembla être des armes, de longs bâtons en tout cas, peut-être des épieux. Ces êtres informes s'approchèrent du loup avec une déférence craintive et, voyant que le monstre repu ne manifestait aucune hostilité à leur égard, ils commencèrent servilement à le débarrasser des flèches fichées dans ses flancs puis à lécher ses blessures. Durant un long moment, jusqu'à ce que le jour se lève tout à fait, ils tournoyèrent autour de leur maître en poussant des sortes de jappements modulés qui devaient être un langage puis, à la stupeur d'Elias, l'un d'eux passa une corde autour du cou de la bête et l'entraîna à sa suite, allant jusqu'à l'attacher à un arbre tandis que les autres se disputaient déjà les vestiges du charnier.

À la brume avait succédé le givre, qui recouvrait la reposée des cerfs d'un voile étincelant. Il faisait froid, bien plus que de coutume en cette saison. Elias avait fermé les yeux et s'était replié sous son manteau de moire. Il les entendit s'en aller enfin, avec des glapissements bruyants et joyeux qui résonnèrent longtemps sous la voûte des arbres. Enfoui au plus profond de lui-même, l'elfe n'émergea de sa léthargie que lorsqu'il perçut le cri d'un aigle, le croassement des corbeaux et tout autour de lui des craquements infimes alors que les bois reprenaient vie. Sa main crochée sur la poignée de son arc était engourdie de l'avoir trop serré, ses jambes inertes, son corps tout entier douloureux. Il écarta lentement la cape qui le recouvrait et se releva avec peine, puis s'extirpa de sa cachette végétale et s'avança vers la clairière. Dans le froid du petit matin, les charpies sanglantes fumaient comme autant de plats chauds, méconnaissables, dispersées, réduites pour la plupart en un poignant magma d'ossements, de viscères et de haillons déchirés où l'on avait peine à reconnaître ce qui avait été un être vivant. Ce que le loup n'avait pas dévoré, les autres l'avaient emporté, chair, armes, bottes et bijoux d'argent. Il ne reconnut ce qu'il restait de Mòngan qu'au col de fourrure qui garnissait son haubert lacéré. L'arc brisé de Cualad était encore auprès de lui. Un bras à demi rongé d'Aillil laissait voir les runes qu'il y avait peintes. Des trois autres, Fonna, Indai et Alldai, il ne retrouva rien d'identifiable.

Elias n'était qu'un elfe d'Eliande. Comme la plupart de ceux qui vivaient au cœur de la forêt, il n'avait jamais connu de guerre ni rien vu de plus triste qu'un incendie, quand la foudre frappait un arbre mort et se propageait aux fourrés environnants, rien de plus terrible que la plaie d'un chasseur blessé par un ours ou un sanglier. Les anciens et les bardes évoquaient les batailles épiques de l'ancien temps, quand les monstres, les nains et les hommes se taillaient des royaumes. Il s'était enthousiasmé à leurs récits faits de charges, de duels et de morts glorieuses, mais aucun chant ne parlait de l'odeur écœurante des cadavres, des cris d'épouvante de compagnons dévorés vifs, de toute cette horreur inconcevable qui s'étalait sous ses yeux. Il se tourna vers la piste béante laissée par les bêtes et à cette vue ce qu'il lui restait de courage s'évanouit. Suivre cette voie, seul, c'était la certitude de mourir. Cela n'avait aucun sens.

Morvryn s'éveilla avec le jour, alors que les premiers rayons du soleil faisaient chatoyer les fougères surplombant sa hutte de roseaux. Durant un moment, il contempla cette voûte translucide que le moindre souffle de vent animait de lueurs changeantes. Durant la nuit, le givre l'avait recouverte d'une mince couche argentée qui déjà se dissipait. Bientôt, le gel racornirait les plus hautes frondes, puis viendrait la neige et l'obscurité…

Les elfes ne souffraient ni du froid ni de la pluie, et si cela ne tenait qu'à lui, il serait resté à la cime de leur grand chêne, sur la plate-forme de branchages qu'il habitait avec Arianwen durant la belle saison. Mais l'arbre vénérable avait déjà perdu presque toutes ses feuilles (ce qui, certes, offrait la plus belle des vues sur l'étendue infinie de la forêt, jusqu'à l'horizon) et là-haut à travers ses branches nues, le vent soufflait parfois fort, même pour des elfes. Mais surtout, il ne tenait pas qu'à lui… Morvryn se retourna sur son matelas de mousse, chassa d'un geste amusé la famille de loirs qui s'était glissée entre eux durant leur sommeil et sourit en contemplant le visage de sa compagne. La tête couchée sur son bras replié, l'autre main posée sur son ventre qui, moins d'une semaine plus tôt, venait de donner la vie, Arianwen lui sembla plus belle que jamais en cet instant d'une quiétude absolue, sous cette hutte que le plus pauvre des hommes aurait dédaignée. Elle était reine, pourtant, mais les elfes n'associaient à ce titre aucun privilège, en tout cas pas de ceux qu'un homme aurait recherchés. Il n'y avait ni palais sous la forêt d'Eliande, ni cour, ni trésor. La royauté, chez les elfes, n'impliquait aucun cérémonial et ne se manifestait par aucun vêtement princier. Ce n'était qu'une charge, mais en retour la parole de la reine ne pouvait être contredite, encore moins désobéie.

En cet instant, ce n'était pas la reine que Morvryn contemplait, mais son épouse et la mère de ses enfants. Les naissances étaient rares sous la forêt d'Eliande, et la reine avait mis au jour des jumeaux, quelque cinquante hivers après leur première fille. Un tel prodige avait déjà dû faire le tour de la forêt… Lui-même en éprouvait un mélange de joie et de fierté, mais aussi de l'incompréhension, presque de l'inquiétude. Il lui fallait des instants comme celui-ci, si calme et rassurant, pour se convaincre que ces naissances n'étaient pas un signe envoyé par les Mères. On ne pouvait parler de malédiction ; c'était même le contraire. Mais alors que nombre de ses compagnons ne connaîtraient probablement jamais le bonheur et l'angoisse d'être père, la naissance des jumeaux, bien plus que leur royauté, faisait d'Arianwen et de lui des êtres hors normes. Et Morvryn n'aimait pas cela.

Bien sûr, les petits seraient élevés par le clan tout entier, afin que chacun en profite et qu'ils profitent de chacun. Ce serait le clan qui choisirait leur nom, au jour de leur dixième anniversaire, et d'ici là ils vivraient avec tous. Pour autant, l'honneur de cette double naissance lui revenait, ainsi que l'amour d'Arianwen, et de cela il pouvait être fier.

Elle avait en dormant une ride sur le front qui lui donnait un air sérieux, presque renfrogné. D'un souffle, il écarta une mèche égarée en travers de son visage, puis commença à effleurer la peau nue de la reine du bout des doigts, depuis l'épaule jusqu'à la hanche, sans la quitter du regard. À l'instant où elle commencerait à s'éveiller, la ride s'effacerait, puis elle ouvrirait les yeux et comme à chaque fois, chaque matin, la lumière de ce regard d'un vert aussi profond que les eaux d'un lac illuminerait sa journée. Certes, il arrivait aussi qu'Arianwen n'apprécie guère d'être réveillée et que son regard n'ait rien de lumineux. La reine des Hauts-Elfes sous la forêt d'Eliande était la descendante directe de la Morrigan, déesse de la guerre, de l'amour et de la mort, et à ce titre la gardienne de Cill Dara ce qui, parfois, pesait sur ses épaules… Pas aujourd'hui. Ce n'était pas du respect envers sa souveraine qu'éprouvait Morvryn, mais du désir, ainsi qu'elle s'en aperçut elle-même. Et ses bras s'ouvrirent en même temps que ses yeux pour l'attirer contre son corps.

Quand ils se dénouèrent, bien plus tard, le soleil était déjà haut. Arianwen s'était rendormie, ou du moins elle le prétendait : la ride ne barrait pas son front. Morvryn ramassa sans bruit ses vêtements et ses armes avant de se glisser hors de la hutte, par l'étroit passage qu'ils avaient aménagé parmi les fougères. Il sortit ainsi, nu et pâle comme un ciel d'hiver, s'étira longuement puis alla s'adosser à un arbre pour enfiler sa tunique et chausser ses hautes bottes de daim. Quand il eut bouclé son ceinturon, fixé le fourreau de sa dague et passé son carquois en travers du torse, il remarqua une jeune elfe qui l'observait sans rien dire, à un jet de pierre de là. Les hommes trouvent souvent que tous les Bonnes Gens se ressemblent, mais n'importe qui aurait reconnu celle-ci du premier regard à ses longs cheveux blonds, si rares parmi le peuple de l'Air qu'ils lui avaient valu son nom, « Visage d'une fleur ».

— Blodeuwez... C'est moi que tu voulais voir, ou la reine ?

Un instant, il eut le sentiment que la jeune elfe allait s'enfuir, mais elle resta là, les yeux baissés, si manifestement tourmentée que Morvryn cessa de sourire et s'approcha d'elle.

— Dis-moi ce qui se passe.

— Seigneur, je ne devrais pas... Mais j'ai fait un rêve, cette nuit. Un rêve affreux. Un rêve de sang et de mort.

Morvryn hocha la tête et croisa les bras, gagné par une appréhension qu'il ne voulait pas manifester. Sa taille, plus élevée que celle de la plupart des elfes, impressionnait la plupart d'entre eux et particulièrement les enfants, même si Blodeuwez n'en était plus une. Et puis il était l'époux de la reine, et donc leur roi... Et puis il y avait eu les jumeaux... Devant lui, Blodeuwez avait l'air d'une brindille prête à se rompre.

— De qui as-tu rêvé, dit-il en s'accroupissant devant elle. Ça a quelque chose à voir avec Lliane ?

L'elfe blonde acquiesça sans oser le regarder. Elle et Lliane étaient amies depuis... depuis qu'elles étaient nées. Elles étaient pareilles à deux sœurs et Morvryn, plus que tout autre, considérait Blodeuwez comme sa seconde fille.

— Si tu me disais ce qui s'est passé ?

— Elle est partie à la chasse, Seigneur, murmura-t-elle. Avec Llandon et sa bande... Ils ne sont pas rentrés. Aucun d'eux...

Morvryn sourit avec soulagement et tendait déjà la main pour lui ébouriffer les cheveux lorsqu'elle releva les yeux. Ce qu'il y lut lui glaça les sangs. Ce n'était pas de la jalousie, comme il l'avait cru un instant, ni un quelconque dépit amoureux. Blodeuwez était réellement rongée par l'angoisse de son rêve et personne, sous la forêt d'Eliande, ne prenait les rêves à la légère.

— Tu sais où ils sont allés ?

La petite elfe secoua la tête d'un air si misérable qu'il la prit dans ses bras et la tint un moment serrée contre lui, tandis qu'il réfléchissait. Sans doute n'était-ce rien. Aucun être vivant sous la forêt, aucune bête ne pouvait réellement représenter un danger pour Lliane. Inutile d'alarmer sa mère, Arianwen avait besoin de repos. En levant les yeux, il aperçut parmi les hautes fougères ou sur les branches basses des arbres nombre de compagnons sûrs. Plus qu'assez pour former plusieurs groupes, capables de couvrir des lieues à travers la forêt, d'y relever la piste des jeunes chasseurs et de les retrouver.

Les premières qui vinrent à la rencontre de l'ennemi furent les trois Déesses sorcières Bobh, Macha et la Morrigan, mère des elfes. Voyant l'immensité de l'armée des Fir Bolgs, elles firent pleuvoir sur eux durant trois jours et trois nuits une averse de feu et de sang, puis créèrent un brouillard épais, si bien que les monstres étaient épuisés et perdus, incapables de s'orienter tandis que les Tribus de la Déesse prenaient position.

Quand le ciel s'ouvrit, chacun put voir les troupes innombrables se faisant face dans une plaine hérissée de pierres levées, si droites qu'on nomma cet endroit Mag Tured, la plaine des piliers.

Eochaid, fils d'Erc, était le roi des Fir Bolgs. Il demanda qui conduirait la bataille ce jour-là, et Sreng revendiqua cet honneur.

Nuada, fils d'Echtach, fils d'Etarlam, commandait les Tuatha Dé Danaan. Il demanda qui les mènerait au combat et le Dagda en personne se leva, avec ses fils et ses frères.

Ainsi commença la bataille de Mag Tured.

« Les furies, les monstres et les sorciers du jugement crièrent si bien qu'on entendait leurs voix dans les rochers et les chutes d'eau et jusque dans les entrailles de la terre », disent les récits anciens.

Alors s'avancèrent le Dagda, Ogme et Bres, Nuada, le roi des tribus, les trois reines, Ere, Banba et Fotlan, les trois sorcières, Bobh, Macha et Morrigan, et aussi Diancecht le médecin, et Credne l'artisan, et Gobniu le forgeron. Tous marchaient au combat.

Les Tribus de la Déesse étaient pleines de confiance, et pourtant cette bataille n'amena que du malheur. Quand les premières épées s'entrechoquèrent, ce fut le début d'une longue période de tristesse et de désillusions.

4. LA PISTE DE CILL DARA

Il allait mourir.

Ce n'était qu'une question d'heures. Le froid aurait raison de lui, la faiblesse ou la faim... Maheolas n'avait plus rien mangé depuis deux jours, son corps presque nu était couvert de bleus, d'entailles ou d'écorchures et l'eau de la rivière l'avait glacé jusqu'aux os. Toute la nuit durant, il s'était laissé porter par le courant, accroché à son radeau de fortune, en battant des pieds et des mains tant pour rester à flot que pour ne pas les laisser s'engourdir, écarquillant les yeux pour tenter de deviner les obstacles ou, peut-être, la lueur d'une habitation. Sans doute avait-il fini par s'endormir lorsque, soudainement, il avait heurté un arbre abattu en travers de la ravine, comme surgi du néant, et son esquif s'était disloqué tandis qu'il s'agrippait frénétiquement à une branche. Les remous l'entraînaient au fond, le drossaient contre l'écorce rugueuse et le hérissement des branchages. Il parvint cependant à ne pas lâcher prise et à se hisser sur le tronc, puis à ramper jusqu'à la berge avant de s'évanouir.

C'est là qu'il s'éveilla, le corps tuméfié, lacéré, à bout de forces. Il faisait jour, mais le soleil – aussi pâle et froid qu'au plein cœur de l'hiver – ne suffisait pas à le réchauffer. Le moindre geste ravivait tant de souffrance qu'il restait prostré, claquant des dents et secoué de tremblements. Si Dieu, dont les Frères disaient qu'il était à la source de toutes choses, avait eu pitié de lui, il l'aurait laissé mourir, mais Son acharnement à le faire vivre semblait sans limites. Tout au plus permettait-Il que Maheolas perde connaissance, échappant ainsi pour quelque temps à son martyre et à son désespoir. Un souffle de vent, le craquement d'un arbre ou le cri d'un oiseau suffisait à le ranimer, plus faible à chaque fois, mais toujours vivant. Puis vinrent la fièvre et le délire, qui lui ôtèrent la conscience de ses derniers instants. Il voyait des corbeaux tourner au-dessus de lui en poussant leur cri sinistre. Il sentait sur sa peau le frôlement immonde d'insectes sortis de la vase. Bientôt, il entendit des voix et découvrit le visage des anges penchés sur lui.

— Il est mort ?

— Je ne crois pas, non... Il a les yeux ouverts, mais il n'a pas l'air de nous entendre.

— L'un de vous le connaît ? Il est de quel clan ?

— Je ne sais pas. Il n'est... Je ne crois pas que ce soit un elfe.

— Que dis-tu ?

Morvryn écarta ses compagnons et se pencha au-dessus de la ravine. Deux perches plus bas, le corps recroquevillé de Maheolas était aussi pâle que celui d'un elfe et ses cheveux aussi noirs, quoique coupés court sur la nuque. D'un geste, il se débarrassa de son arc qu'il confia à Dìnris, le maître forgeron aux yeux pâles, qui était son ami depuis si longtemps que les chênes de Cill Dara n'étaient alors que des arbrisseaux. Un regard avait suffi pour qu'ils se comprennent : Dìnris se coucha à terre et Morvryn se laissa glisser le long de l'arc que l'autre tenait à bout de bras, descendit rapidement en s'agrippant à des racines puis s'agenouilla auprès de l'adolescent. Doucement, il lui releva la tête, croisa son regard déjà vitreux et contint de justesse un mouvement de répulsion.

C'était un homme…

Contrairement à la plupart des elfes de son groupe, Morvryn en avait déjà vu et s'était même aventuré au-delà des bois, jusque dans leurs villes. Celui-là était jeune, un adolescent aux cheveux coupés à la manière des moines.

Qu'est-ce qu'un apprenti moine à demi mort et presque nu faisait au bord de cette rivière, si loin dans la forêt ? L'elfe détourna les yeux et souffla longuement pour dissiper le malaise qui s'était emparé de lui. Là-haut, Dìnris et les autres attendaient qu'il leur parle. Quelle que soit la raison pour laquelle cet enfant d'homme avait échoué sur cette berge boueuse, il n'était pas des leurs, et en ce moment même, des enfants d'elfe couraient peut-être un grave danger, quelque part dans la forêt… Fallait-il s'encombrer de lui, alors qu'il était déjà presque mort ? D'un autre côté, la présence incongrue d'un humain si loin sous la forêt n'avait-elle pas un lien avec le rêve de Blodeuwez ? Était-ce son sang qu'elle avait vu ? Était-ce sa mort ?

— Alors ! cria Dìnris depuis le surplomb. Tu le connais ?

Morvryn allait répondre lorsque l'adolescent lui saisit brusquement le bras et se mit à lui parler d'une voix presque inaudible, hachée, entrecoupée de gémissements et de toux. Son regard, cependant, disait de lui-même sa détresse et son appel à l'aide.

— *Restan, nith,* murmura le roi… *Restan butan sorg.*

Le langage ancien apaisa Maheolas, qui se laissa glisser dans l'inconscience, tandis que Morvryn l'arrachait de la berge boueuse et l'emportait dans ses bras.

— Tu avais raison, Dìnris ! Ce n'est pas un elfe. C'est un enfant d'homme, le peuple de l'Eau, ceux qui vivent au-delà des bois.

— Un homme ?

— Qu'est-ce qu'un homme ferait ici ?

— Je croyais qu'ils n'existaient que dans les histoires qu'on raconte aux petits !

— Arrêtez de margotter comme des cailles et venez m'aider à le remonter ! jappa Morvryn. Il est blessé ! Dìnris, il va falloir lui fabriquer une civière.

— Je m'en occupe, Seigneur.

Ils mirent un bon moment pour hisser Maheolas hors de la berge, trouver des plantes – écorce de tilleul, millepertuis, racines de consoude – pour recouvrir ses blessures, ainsi que de l'écorce de saule pour faire tomber la fièvre. L'adolescent dormait, ou il avait perdu conscience de nouveau. Dans la civière qu'avait tressée Dìnris, il ne pesait presque pas.

— Rentrez au village, murmura Morvryn quand ils furent prêts à partir. Je vais continuer à chercher les petits.

— Je viens avec toi !

— Non, Dìnris. Nous ne sommes que quatre, et il faut être deux pour porter la civière. L'un de vous doit avoir les mains libres pour tenir son arc et protéger les autres.

— Les protéger de quoi, par les Mères ! Qu'est-ce qui pourrait nous arriver dans les bois ?

Morvryn répondit d'un mouvement de menton vers le jeune humain évanoui.

— Des hommes sont entrés sous la forêt d'Eliande… Celui-là ne devait pas être seul.

Dìnris suivit son regard, examina un instant le corps malingre porté par leurs compagnons, puis haussa les épaules.

— Je ne vois pas en quoi des hommes pourraient représenter un danger !

— Plus que tu ne le crois, mon ami. Plus que tu ne le crois...

Dìnris fronça les sourcils, réfléchit quelques instants et se pencha vers son compagnon.

— Tu penses que ce sont des hommes que Blodeuwez a vus en rêve ?

— Je ne sais pas. C'est possible... Ramène celui-là à Gwydion et préviens la reine. Ils sauront quoi faire.

Le maître argentier dévisagea Morvryn en silence, puis hocha la tête, lui effleura la main et reprit la piste de Cill Dara, suivi des deux autres. Resté seul, le roi d'Eliande revint au bord de la ravine et scruta longuement la rive opposée, sans y déceler un quelconque indice permettant de croire que Llandon et ses jeunes chasseurs étaient passés par là. Saisissant son arc, il repartit en courant, espérant seulement que les autres groupes avaient eu plus de chance qu'eux.

Après qu'il s'en fut allé, une mince silhouette couverte d'un manteau couleur de feuilles se détacha de la cépée de saules à laquelle elle était confondue, huma un instant la piste des Hauts-Elfes, puis rabattit son capuchon et émit un long sifflement. Aussitôt, trois êtres semblables sortirent de leurs cachettes. Plus petits que ceux qui venaient de partir, c'étaient des Bonnes Gens, eux aussi, mais appartenant aux clans qui vivaient à la lisière de la forêt et que les autres nommaient elfes verts, tant leurs vêtements moirés, allant d'une teinte émeraude à l'ocre brun les rendaient presque invisibles parmi les bois. Durant un moment, ils marmottèrent dans leur langue étrange et silencieuse, puis ils s'élancèrent d'un même pas sur la piste de Cill Dara.

Tout était calme sous la voûte du cairn. Allongés sur des claies d'osier tressé, le corps entièrement nu, Llandon, Maerhen et Llydas s'étaient endormis, apaisés et vaincus par la lente monodie que Lliane répétait inlassablement depuis qu'ils avaient rejoint l'abri. Le chant des runes de guérison, dont elle avait également tracé les signes sur leur peau avec une écrasée de fleurs de millepertuis, était insuffisant pour soigner leurs blessures effroyables, mais au moins les maintiendrait-il en vie, le temps qu'on leur vienne en aide.

Elias les avait rejoints à la deuxième heure du jour, si visiblement tourmenté qu'elle n'avait pas osé lui demander ce qu'il avait vu dans la clairière. Il était aussi grand et fort que Llandon, et sans doute meilleur archer. Lliane en avait toujours eu un peu peur, surtout quand ils revenaient à Cill Dara, chargés des dépouilles sanglantes de leur chasse. En cet instant pourtant, Elias lui avait obéi comme s'il n'attendait que cela. Qu'il aille chercher de l'aide et qu'il revienne vite, avec les guérisseuses et assez d'elfes pour transporter les blessés.

Bercée par ses propres incantations, Lliane avait perdu la notion du temps depuis son départ. Les runes s'étaient imprégnées en elle tout autant que dans l'âme des blessés. *Aesc*, le frêne, afin qu'ils ouvrent leur âme à sa magie, *Eh*, le cheval, pour éloigner la douleur, et *Ethel*, la demeure, pour puiser la force de la nature environnante, les trois runes chantées à voix basse, encore et encore, des heures durant, jusqu'à ce que leur magie opère.

— Byth oferheah, eldum dyre,
stith on stathule, stede rihte hylt,
theah him feothan on firas monige.

Byth for eorlum aethelinga wyn,
hors hofum wlanc, thaer him haeleth imbe

welege on wicgum, wrixlath spraece,
and bith unstillum aefre frofur

byth oferleof aeghwylcum men,
gif he mot thaer rihtes and gerysena on
brucan on bolde bleadum oftast

« Le frêne culmine haut, aimé des elfes,
Solide sur sa position et bien planté,
Même quand l'ennemi s'avance pour le combattre.

Le cheval est une joie princière,
Il s'avance fièrement quand parlent de lui
Les riches cavaliers qui l'entourent
Et à celui qui est inquiet il est un réconfort.

La demeure est chère au cœur de chacun,
S'il peut y laisser en paix
De fréquentes moissons. »

Lliane se tut progressivement, même si le chant continua longtemps à résonner dans sa tête. Quand elle fut certaine qu'ils dormaient, elle éprouva soudain le besoin impérieux de quitter le cairn et de sortir à l'air libre. Au-dehors, le soleil était haut, l'air était frais, les chants d'oiseaux et la voix du vent se mêlaient au murmure de la forêt. Sans en avoir conscience, l'elfe marcha droit devant elle, soulagée d'échapper ainsi à l'aura pesante de leur abri. Mais elle n'avait pas parcouru un demi-mille qu'une appréhension la saisit, le sentiment imprécis, indéfinissable de quelque chose d'anormal. Puis elle réalisa que le chant des oiseaux avait changé. Lliane ne connaissait pas assez leur langage pour déchiffrer leurs trilles, mais c'étaient des cris d'alerte, à n'en pas douter. Le cœur battant, la jeune elfe dégaina sa longue dague d'argent et regarda autour d'elle, sans distinguer la moindre menace à travers l'étendue infinie des arbres et des fourrés. Alors elle ferma les yeux et écouta. Au loin, elle perçut un gémissement. Ses oreilles s'orientèrent d'instinct, jusqu'à ce qu'elle l'entende plus distinctement. La plainte provenait du couchant, à moins d'une portée de flèche. C'était la piste de Cill Dara, celle qu'Elias avait empruntée quelques heures plus tôt pour aller chercher de l'aide. Sans s'apercevoir qu'elle s'était mise à trembler, Lliane se mit en marche et bientôt elle distingua un mouvement parmi les broussailles, puis la forme d'un corps se traînant à terre. Une peur indicible lui nouait le ventre mais elle avançait toujours, brandissant haut sa dague, et à quelques pas du blessé, aperçut du coin de l'œil des flèches éparses en travers d'un buisson de houx et un arc brisé, retenu par sa corde à une branche. Elle identifia l'arme d'Elias et les flèches de guerre qu'il avait prises à Llandon, avant de reconnaître le corps terrassé de son ami.

Elias ne l'avait pas vue. Peut-être ne pouvait-il plus voir quoi que ce soit. Son visage portait de terribles traces de griffures, ses vêtements étaient en lambeaux. L'une de ses jambes manquait et, en rampant sur ses coudes, il laissait derrière lui une traînée de sang dans l'herbe et les feuilles couvertes de givre. Lliane était incapable du moindre mouvement, pétrifiée d'horreur alors que le malheureux s'approchait d'elle en geignant sans discontinuer. Puis elle eut la sensation d'une présence, flaira une odeur plus écœurante encore que celle du sang et entendit un souffle rauque, caverneux, provenant des buissons. Un museau fendit les feuillages, puis l'échine monstrueuse d'un loup noir qui s'avançait en claudiquant sur trois pattes. La bête la fixait de ses yeux jaunes comme pour l'hypnotiser, les babines retroussées en un affreux rictus qui dévoilait ses crocs encore tachés du sang et de la chair d'Elias.

Lliane soutint ce regard, et ce fut le loup qui détourna les yeux, mais en progressant toujours vers le corps mutilé de sa proie. Sa patte antérieure droite était repliée sur son poitrail et son flanc portait la marque d'une blessure profonde. L'elfe se souvint des paroles de Llandon. Ce devait être le loup blessé par le cerf, celui qui avait servi d'appât pour le mâle dominant. Elle n'osa se détourner de lui, mais la terreur qui l'étreignait jusqu'au plus profond d'elle-même s'accrut encore à l'idée que la bête appliquait peut-être la même tactique et qu'en cet instant l'un de ses congénères pouvait être tapi quelque part dans les fourrés, prêt à se jeter sur elle.

Au même moment, Elias toucha son pied et elle poussa un cri de frayeur, qui se confondit aussitôt avec le rugissement du fauve qui s'élançait à la curée. La suite échappa à sa compréhension. Elle ressentit le choc violent et l'odeur infecte du loup qui la percutait de plein fouet. Elle cria de douleur quand sa dague frappa son poitrail et lui fut arrachée des mains. Elle roula à terre, ramassa à tâtons une grosse branche et se rua sur la bête qu'elle se mit à rouer de coups en hurlant, jusqu'à ce qu'elle s'aperçoive que la branche était cassée et que le loup ne bougeait plus.

Le dernier bond du monstre avait écrasé Elias, qui lui non plus ne donnait plus signe de vie. Et sa dague d'argent étincelait dans la noirceur de son pelage, enfoncée de plus de dix pouces dans son poitrail.

L'elfe resta là longtemps, des heures peut-être, avant de pouvoir maîtriser le tremblement de ses membres, avant de pouvoir faire un pas, d'oser s'approcher et d'arracher sa lame. Lliane n'avait encore jamais ressenti tant de peur, ni tant de rage. La peur se dissipait, mais sa haine révoltée n'était pas rassasiée. Comme Llandon avant elle, comme Mòngan et les autres, son visage avait perdu toute beauté, et si un homme l'avait aperçue en cet instant, sans doute aurait-il cru voir une goule ou un vampire. Dès qu'elle eut sa dague en main, le désir de tuer fut plus fort que la peur et elle frappa, encore et encore, les traits déformés par la fureur, la face et les bras éclaboussés du sang noir du fauve, elle frappa jusqu'à tomber d'épuisement.

Quand Lliane rouvrit les yeux, le jour tombait, la forêt avait repris vie. Elle se redressa tant bien que mal, avec l'impression que chacun de ses os était brisé et que son bras engourdi, sa main crispée sur le pommeau de sa dague ne lui obéiraient plus jamais. Lorsqu'elle se retourna vers la piste de Cill Dara, son cœur fit un bond dans sa poitrine. Un pas en avant d'un groupe d'elfes drapés dans leur long manteau de moire, Arianwen, sa mère, la regardait avec stupeur.

La bataille dura des jours entiers, et des jours encore. Bres, guerrier haut comme une tour, tua cent cinquante adversaires, puis affronta le roi des Fir Bolgs, Eochaid, en combat singulier. De son côté leur héros Sreng abattit trois cents des nôtres, puis il se dressa contre notre roi. Nuada lui infligea de nombreuses blessures, mais Sreng, d'un coup de son épée terrible, lui trancha le bras droit jusqu'à l'épaule et sans doute l'aurait-il achevé si le Dagda ne s'était porté à son secours et n'avait mis le héros en fuite.

Durant cette triste journée, le brave Bres subit neuf blessures lors de son combat singulier contre Eochaid. Certains crurent qu'il était mort et dans leur soif de le venger devinrent enragés, au point que les Fir eux-mêmes prirent peur. Épuisé par les combats, leur roi Eochaid fit venir son champion Sreng à lui et lui confia la direction de la bataille, tandis qu'il se retirait pour boire et se reposer. Voyant cela, nos druides détournèrent les fleuves et les ruisseaux pour que le roi des Fir Bolgs ne puisse étancher sa soif, tandis que les fils de Nemed l'attaquaient avec une fureur sans égale. Eochaid et nos héros moururent ensemble, les os brisés et baignant dans leur sang.

Sreng poursuivit le combat durant un jour et une nuit, jusqu'à ce que l'horreur du champ de bataille et l'ampleur des pertes forcent les deux armées à se séparer.

Les Tuatha Dé Danaan se regroupèrent autour de Nuada,

sur le Tumulus des Larmes. Quand le roi demanda au Dagda des nouvelles de la bataille, celui-ci lança une plainte amère.

« Ivresse sans mesure de soldats
Grand nombre de blessures aux héros
Des épées cruelles vous ont percé le corps
Les Fir Bolgs vous ont vaincus. »

Les Fir Bolgs pourtant avaient perdu leur roi Eochaid, et leurs pertes étaient telles, leur fatigue si extrême, qu'ils estimaient eux aussi avoir été vaincus.

« Résister, c'est la destruction des nôtres », leur dit Sreng avec amertume. Voilà pourquoi la bataille s'acheva par un traité partageant la terre entre les Fir Bolgs et les Tribus de la Déesse.

Mais en se séparant, chacun savait qu'il y aurait un jour une autre bataille.

5. AUX MARCHES DU ROYAUME

Seuil-des-Roches n'était pas une ville, ni même à proprement parler un village. Les hommes qui vivaient là, au pied des montagnes escarpées et des collines rases séparant le royaume de Loth des Terres Noires, habitaient des grottes, parfois des huttes de branchages, et n'avaient pas coutume de construire quoi que ce soit de durable. Leur terre n'avait ni frontière ni forteresses, d'une part parce qu'ils considéraient que le monde entier leur appartenait, mais aussi parce qu'ils n'attachaient pas de valeur aux choses matérielles, aux richesses ou même au pouvoir. Leur force était leur orgueil et la guerre leur honneur. Le reste n'importait guère à leurs yeux.

Autrefois, les armées du roi avaient tenté de les asservir. En deux ans d'une campagne sans bataille contre un ennemi invisible, deux ans de marches harassantes, de combats sans gloire ni butin et d'embuscades meurtrières, le roi Ker avait renoncé à conquérir ce territoire de roc et de neige. Un traité en bonne et due forme avait accordé aux peuples du Nord les terres qu'ils possédaient déjà, à charge pour ces barbares de défendre ce qu'on appelait désormais les Marches du royaume, contre les monstres du pays de Gorre.

Cela n'avait pas grand sens, au début. Mais des bourgs marchands protégés par des garnisons d'archers s'étaient peu à peu construits aux abords des montagnes et les hommes du Nord avaient fini par prendre l'habitude d'y faire commerce plutôt que de les mettre à sac, ce qu'on pouvait considérer comme une amélioration notable.

Rien n'avait changé depuis cette époque lointaine, si ce n'est que les barbares, au contact des soldats du roi, avaient appris à tirer à l'arc et qu'ils échangeaient leurs fourrures, l'or et les gemmes brutes qu'ils arrachaient aux parois de leurs cavernes contre des hauberts de cuir, des armes de fer et des provisions de blé pour les mois d'hiver.

C'était l'époque, comme chaque année depuis la nuit des temps, où les tribus des Marches semblaient saisies d'une brusque frénésie. Dès que la neige commençait à recouvrir les montagnes et que le gel saisissait peu à peu les torrents, ils savaient qu'il leur fallait faire vite. Dans quelques semaines, le froid et le vent empêcheraient tout mouvement. Les femmes rentraient du bois, les enfants posaient des nasses dans les cours d'eau et des collets dans les bois, les plus âgés préparaient les abris pour la mauvaise saison. Quant aux hommes de Seuil-des-Roches, un peu moins de trois cents, ils étaient partis en quête de viande. La plupart étaient descendus traquer les buffles sauvages dans les collines. D'autres, moins nombreux, se répandaient à travers les montagnes, par des sentiers dont eux seuls connaissaient l'existence.

Le groupe mené par Ketill avait abattu une ourse, coupée en quartiers et déjà mise à fumer dans l'une de leurs grottes. Ce n'était pas assez. Depuis deux jours, grimpant toujours plus loin vers les sommets, les barbares pistaient une harde de bouquetins. Au matin du troisième jour, malgré le froid intense, l'altitude et la neige qui rendaient chaque pas un peu plus difficile, ces hommes rudes, pareils à des bêtes sous leurs manteaux de fourrure, contemplèrent en s'éveillant l'immensité de la plaine avec le sentiment exaltant qu'aucun autre, jusqu'alors, n'était monté si haut. À moins d'un demi-mille, l'unique passage vers les Terres Noires s'ouvrait comme une entaille entre deux pics escarpés. Ketill s'ébroua pour se délester d'un peu de la neige qui le recouvrait. Sa tignasse épaisse et sa barbe blonde étaient saisies par le gel, sa face plus rougeaude que jamais. Il ne donna pas d'ordre – les barbares parlaient peu –, mais se contenta de sourire à ses hommes et de désigner le col d'un mouvement de menton avant de se mettre en route. Les autres lui emboîtèrent le pas sans rechigner. Qu'importent les bouquetins, ils en trouveraient bien au retour. Monter là-haut et graver leur marque sur la paroi, c'était de l'honneur, quelque chose dont on pourrait parler à la veillée durant l'hiver...

Deux heures plus tard, leur fierté n'était plus qu'un lointain souvenir. Le col était si proche qu'ils auraient presque pu l'atteindre d'un tir de flèche, mais chaque foulée exigeait désormais un effort éreintant. Ils avaient laissé leurs sacs en bas, ainsi que le travois sur lequel ils avaient entassé le produit de leur chasse, et n'avaient conservé pour toute arme que des épieux qu'ils plantaient profondément dans la neige à chaque pas, pour se hisser de toute la force de leurs bras.

Freïhr, fils de Ketill, était au bord de l'évanouissement. Il venait d'avoir sept ans, l'âge auquel on sortait de l'enfance, et malgré sa robustesse, l'épreuve était au-delà de ses forces. La bouche grande ouverte, il ne parvenait plus à respirer, des points lumineux dansaient devant ses yeux fixés sur le dos de son père, ses doigts, ses pieds étaient gelés, ses vêtements alourdis par des plaques de neige. C'était fini. Il ne pourrait plus faire un pas. Les autres le dépassaient, marchant avec des grognements d'ours, sans un regard, eux-mêmes au-delà de toute humanité. Au moment où il allait s'effondrer, un bras le saisit par-derrière et le redressa.

— Avance encore, grommela Einarr à son oreille. On y est presque…

Freïhr tenta de repousser son sauveur, mais l'homme enfonça le goulot d'une outre entre ses lèvres craquelées et une lampée de feu emplit la bouche du jeune barbare. De l'alcool de genièvre, qui leur servait aussi bien à boire qu'à allumer les feux ou laver leurs blessures. Freïhr y avait déjà goûté quand il était petit, croyant que c'était de l'eau, et il en avait gardé un souvenir terrifiant. Cette fois, pourtant, l'alcool le ranima, suffisamment au moins pour tenir un pas de plus, puis un autre et un autre encore, jusqu'à ce qu'il ait rejoint Ketill.

À l'instar de son père, les hommes s'étaient arrêtés à un jet de pierre du col et laissés tomber sur place, le visage luisant de sueur, le corps et l'haleine fumante. Par orgueil, Freïhr grimpa deux pas plus haut que les autres, puis s'effondra dans la neige, vaincu par cet ultime effort. Le cœur au bord des lèvres, il vit son père lui jeter un bref coup d'œil et saluer son effort par ce qui semblait être un sourire. Il n'eut pas la force d'y répondre. Le vent qui s'engouffrait par la faille mugissait lugubrement en chassant jusqu'à eux des tourbillons de glace aveuglants. Les deux pics, que les gobelins des Terres Noires nommaient Azangil, pareils à des tours surplombant les remparts d'une forteresse titanesque, les écrasaient de leur masse. Ketill se leva en s'appuyant sur son épieu et vit que chacun de ses hommes, en cet instant, n'attendait qu'un mot de lui pour redescendre. Lui-même, peut-être, aurait renoncé s'il avait été seul ou s'il n'avait été le chef. Tout est plus simple lorsqu'il suffit d'obéir… L'honneur cependant commandait de continuer, alors il grimpa, le corps ployé contre la bourrasque, sans s'arrêter jusqu'à ce que sa silhouette massive se découpe au milieu de l'entaille.

Presque aussitôt, les chasseurs le virent tomber à genoux, puis se traîner vers l'une des parois et s'y mettre à l'abri. L'espace d'un instant, il se tourna vers ses hommes avec une expression d'effroi si saisissante qu'ils en furent tous terrifiés. On eût dit que Ketill venait de regarder la Mort dans les yeux. Comme les autres, Freïhr guettait un geste, un ordre, mais il restait collé à la roche, tétanisé. Incapable de supporter davantage de voir son père ainsi, le jeune barbare se redressa et lutta pas à pas contre la furie insane du vent et de la glace, jusqu'à ce qu'il atteigne le col.

Tout d'abord, il eut l'impression d'avoir perdu la vue. Le jour venait à peine de se lever, mais les Terres Gastes du pays de Gorre, de l'autre côté du col, étaient plongées dans une obscurité d'orage, leur ciel plombé de nuages épais et sombres, leur sol lui-même aussi noir que la nuit. Et puis il discerna ce que Ketill avait vu avant lui. Une large mare de feu, pareille à une mer de lave, et tout autour des milliers de points lumineux épars. Freïhr s'était couché pour résister au vent et contemplait ce spectacle étrange, sans comprendre ce qu'il pouvait avoir d'aussi terrifiant. Tout à coup le vent tourna et le silence se fit. Cela ne dura qu'un instant, mais l'enfant entendit, comme son père avant lui, les tambours de guerre et la vibration sourde de milliers de pieds frappant le sol en cadence.

La mer de feu était une armée en mouvement.

Les monstres des Terres Noires avançaient vers le royaume.

Maheolas s'éveilla sur un lit de mousse, dans l'obscurité d'un abri souterrain embaumant l'herbe coupée. Au premier geste qu'il fit pour se redresser, il s'aperçut que ses membres étaient pris dans une gangue d'argile et que le moindre mouvement lui était impossible. Tout au plus pouvait-il bouger la tête, et en la renversant il découvrit à son chevet la silhouette d'un vieillard vêtu d'une longue robe, qu'un feu de brindilles animait de lueurs rougeoyantes.

— Il est réveillé, maître.

— Je vois...

Le novice se tourna vers celui qui avait parlé en premier, dans une langue dont il n'entendait rien, et n'en distingua qu'une ombre adossée à la paroi.

— Va prévenir la reine, murmura le vieillard. Je reste avec lui.

L'ombre se releva et sortit de l'abri. Durant le bref instant où elle avait écarté le rideau qui faisait office de porte, Maheolas s'aperçut que ce n'était qu'un enfant, guère plus âgé que lui en apparence et pas plus grand, avec de longs cheveux noirs et un visage fermé, presque haineux. Avant que le rideau retombe, il eut encore le temps d'entrevoir la pièce où il se trouvait. Ce n'était qu'un trou, un terrier aux parois faites d'un entrelacs de branchages, si bas de plafond qu'il n'aurait sans doute pas pu s'y tenir debout. Seuls des elfes pouvaient vivre dans un tel dénuement. Les elfes l'avaient capturé et l'emprisonnaient dans ce carcan de terre, Dieu sait pour quelle raison...

— N'aie pas peur. La peur peut tuer plus sûrement qu'une flèche...

— Je n'ai pas...

Maheolas s'interrompit lorsqu'il réalisa qu'on venait de lui parler dans sa langue.

— Qui êtes-vous ? Où suis-je ?

Le vieillard eut un rire amusé et se déplaça afin que l'adolescent puisse distinguer son visage. Il avait de longs cheveux et une épaisse barbe blanche semblable à celles de certains vieux moines, mais ses traits, sa peau, ses yeux étaient ceux d'un elfe.

— Tous les hommes que j'ai vus posaient les mêmes questions, dit-il en secouant la tête d'un air apitoyé. Vous voulez toujours tout savoir, tout comprendre... Je suis Gwydion et tu te trouves sous la forêt d'Eliande. Tu as été recueilli près de la rivière, à deux jours de marche d'ici, quoique j'imagine qu'il faudrait deux ou trois fois plus de temps à un homme pour parcourir une telle distance. Tu as été blessé, et pas seulement par des branches ou des rochers.

Le druide s'interrompit et le dévisagea comme s'il attendait une réponse, puis il hocha de nouveau la tête et retourna s'asseoir près de son feu minuscule.

— L'argile et les plantes vont guérir tes blessures, dit-il en jetant dans les flammèches une pincée de feuilles qui se consumèrent en libérant une fumée blanche à l'odeur entêtante. Dans quelques jours tu seras sur pied, mais d'ici là tu vas dormir. *Restan sorg leas mid lyft leod... Restan aefre.*

Maheolas ne répondit pas. Les mots du druide, alliés à la fumigation qui se répandait sous leur abri, l'avaient déjà plongé dans l'oubli. Gwydion lui-même avait relevé devant son nez un pan de sa robe rouge et retint sa respiration le plus longtemps possible avant de verser de l'eau sur les flammes et de sortir.

L'air frais lui fit du bien. Malgré son âge et son expérience, il éprouvait toujours un malaise difficilement contrôlable en présence du feu, fût-ce celui qu'il avait lui-même allumé. Le feu est l'ennemi de la forêt, le seul qui puisse la détruire. Un elfe ne doit pas faire de feu, et c'était là une règle que seuls les mages de haut rang pouvaient enfreindre, ce qu'ils faisaient avec la plus extrême répugnance.

Tout à ses pensées, il fut surpris de découvrir tout à

coup le monde assemblé devant sa tanière souterraine. Une centaine d'elfes étaient assis un peu partout aux alentours, certains mêmes perchés sur les branches basses des arbres, et tous semblaient l'attendre. Gwydion se racla la gorge pour se donner une contenance et prit un air sévère.

— Il dort, grommela-t-il, sans regarder qui que ce soit en particulier.

— S'il dort c'est qu'il est en vie ! lança quelqu'un. Je vous l'avais bien dit !

— Quand est-ce qu'on pourra le voir ?

— C'est vrai qu'il nous ressemble ?

— C'est vraiment un homme, comme dans les contes ?

— Oui, c'est vraiment un homme ! piailla non loin de lui la voix criarde de Narwain.

Narwain était une elfe d'un grand âge qui autrefois avait appartenu à la sororité des Ban Drui[1]. Quand elle parlait, les autres écoutaient.

— Aucun homme ne peut se trouver si près du Bosquet des Sept Arbres, reprit-elle. C'est une offense aux dieux !

Malgré lui, Gwydion se tourna vers le Levant, dans la direction du Bosquet primitif, le Bosquet des Sept Arbres duquel était née toute la forêt. Les sept Ban Drui ne le quittaient jamais et veillaient nuit et jour sur le Chaudron du Dagda, jusqu'à ce que le poids des ans les relève de leur tâche. Narwain avait conservé, du temps où elle était l'une d'elles, la robe noire qui était l'insigne de leur fonction et s'appuyait sur une longue branche d'aulne, l'arbre dont elle avait eu la garde.

— C'est à peine un homme, intervint Dìnris (au grand soulagement de Gwydion qui se sentait pris en faute et

1. Druidesses.

ne trouvait quoi répondre). Tout juste un enfant. Et en plus il est blessé. Il ne peut même pas se tenir debout!

— Tais-toi!

Narwain avait frappé de son bâton la souche sur laquelle elle avait pris place. Le choc résonna longuement sous la forêt.

— Qu'est-ce que tu connais aux hommes? Tu devrais avoir honte de toi pour l'avoir ramené chez nous, au lieu d'oser parler ainsi!

— Mère, Dìnris n'y est pour rien, fit Morvryn en se redressant. C'est moi qui lui ai dit de l'emmener ici et de le confier au druide.

La vieille elfe le toisa d'un air outré, mais la reine Arianwen, assise au côté de son mari, se contenta de lever les yeux vers elle et la Ban Drui n'osa renchérir.

— Je sais que les hommes n'ont rien à faire parmi nous, poursuivit-il en s'avançant au milieu du cercle, mais jamais aucun d'eux n'est allé aussi loin dans la forêt, et je veux savoir ce qui leur a donné ce courage. Dans le même temps, des loups noirs, menés par des êtres étranges et monstrueux, ont attaqué l'un de nos groupes de chasse et tué plusieurs de nos enfants. Ma fille…

Morvryn jeta un coup d'œil vers Lliane et se mordit la lèvre. Elle était assise derrière sa mère et gardait la tête baissée, submergée de honte ou de chagrin. Sans doute n'y était-elle pour rien, mais elle avait désobéi en suivant Llandon et sa bande. Seuls les dieux avaient permis qu'elle ne soit pas au nombre des morts…

— … Ma fille elle-même aurait pu y laisser la vie. Alors prenons le temps d'y penser. Je dis que l'arrivée des hommes à l'orée de la forêt au moment de cette attaque de loups n'est peut-être pas une coïncidence, même si des dizaines de lieues les séparent. Ce n'est pas en tuant cet enfant que nous protégerons le pays d'Eliande. Il faut savoir ce qui se passe aux confins des bois, avant que des meutes de loups ou des armées d'hommes arrivent jusqu'à nous !

Il y eut des murmures et des cris de frayeur étouffés parmi l'assemblée des elfes. Morvryn se tourna de nouveau vers la reine, quêtant son assentiment, mais Arianwen ne regardait rien, ni personne.

— Il faut que le jeune moine parle, reprit-il un ton en dessous. D'une façon ou d'une autre, de bon ou de mal gré, il faut qu'il parle…

« D'une façon ou d'une autre »… Ces mots déplurent à Gwydion, qui fronça les sourcils d'un air réprobateur. Il se troubla lorsqu'il vit que le roi le fixait et qu'à en juger par son air, la menace n'était pas une parole en l'air.

— Il parlera, dit le druide en reprenant un peu d'assurance. Il parlera… Comme tu l'as dit, ce n'est qu'un enfant. Il est blessé et il a peur. Quand il n'aura plus peur et qu'il aura repris des forces, il nous dira ce qu'il sait… Mais je doute qu'il sache grand-chose.

Gwydion sourit et haussa les épaules.

— … Comme tous les enfants, d'ailleurs.

Sa plaisanterie souleva les huées des plus jeunes et les rires de leurs aînés. Morvryn rit de bon cœur, lui aussi, et fut gré au vieil elfe d'avoir allégé l'atmosphère. Alors qu'il revenait prendre place au côté de la reine, celle-ci se leva et aussitôt le silence se fit parmi l'assistance.

— La forêt est troublée, le vent nous parle et nous ne l'entendons pas. Il fait beaucoup trop froid pour la saison, comme si l'hiver était déjà là. Les bêtes se cachent, les arbres gémissent. Mon seigneur Morvryn a raison, il se passe quelque chose… Mais ce n'est pas en courant à travers les bois que nous l'apprendrons. Au dernier jour d'Alban Elved, nous interrogerons les dieux. Que tous s'y préparent.

À voir la peine qui marquait le beau visage d'Arianwen, les sourires se fanèrent et les mines redevinrent graves.

— Il y a beaucoup à faire, alors mettons-nous à l'œuvre… D'ici là, Dìnris et les siens garderont l'abri de maître Gwydion afin que nul n'approche ce jeune moine et qu'il ne puisse s'échapper. Car Mère Narwain a raison, elle aussi. Aucun homme, quel que soit son âge, ne doit entrer sous la forêt d'Eliande.

— Ils y sont déjà !

Tous se tournèrent de l'autre côté de la clairière, vers celui qui venait de lancer cette proclamation d'une voix aiguë mais forte et qui s'avançait au milieu du cercle. À son passage, un murmure où se mêlaient surprise et réprobation parcourut l'assemblée. C'était un Daerden, un « elfe vert » ainsi que les nommaient les autres clans, de ceux qui vivaient dans les lisières et les collines. Entouré de trois de ses congénères armés d'arcs courts et, pour deux d'entre eux, portant des faucons au poignet, il s'inclina respectueusement vers la reine, puis mit un genou en terre et baisa le sol en signe de déférence.

— Je te salue, noble Daerden, dit Arianwen en lui faisant signe de se relever.

Calen n'était pas à proprement parler un prince (et ne méritait donc pas, en principe, le titre de « Seigneur »), pas plus que les Daerden ne formaient un peuple, au sens où les hommes l'entendent. Pour autant, Calen était celui qui parlait en leur nom lors de l'Assemblée de Lug réunissant tous les clans elfiques.

— Non, ma reine, répondit l'elfe après s'être relevé. Personne ne nous envoie…

Selon leur coutume, les Daerden avaient posé à terre leurs arcs, leurs carquois de flèches et leurs dagues puis s'étaient reculés d'un pas, afin de faire preuve de leurs intentions pacifiques. Nombre d'entre eux, autrefois, avaient perdu la vie à cause de cet usage, lors de leurs premières confrontations avec les hommes. Cette marque de confiance n'en était que plus solennelle, et

Arianwen en avait conscience. Ils étaient ce que les elfes verts appellent des pisteurs, et les hommes des coureurs des bois : un groupe de chasse ou de guerre menant une vie nomade, à la manière d'une meute. Chacun d'eux connaissait, plus ou moins, le langage des arbres, des oiseaux et de la plupart des bêtes de la forêt. Certains parvenaient à s'en faire obéir. Vêtus de tuniques de moire faites pour la course, chaussés de hautes bottes de daim montant jusqu'aux genoux, les cheveux tressés en de multiples nattes pour éviter qu'ils ne se prennent dans les branchages, ils ne portaient qu'un petit havresac contenant toutes leurs possessions et leurs armes étaient rustres, dépourvues des gravures et entrelacs d'argent qui faisaient l'honneur des Hauts-Elfes.

Les quatre pisteurs se tenaient en silence devant elle, tandis que l'assemblée commentait leur arrivée de façon de plus en plus bruyante, ce qui inquiéta Arianwen. Il ne fallait pas que ce brouhaha croissant soit ressenti comme une menace...

— Quel est ton nom ?

— Je suis Ithilion, fils de Gwelwen.

— J'ai connu Gwelwen, le maître du Bois Haut, murmura la reine avec un sourire compatissant. Nous avons tous été navrés d'apprendre sa mort.

Ithilion s'inclina avec un hochement de tête reconnaissant, puis il se tourna à demi vers son escorte.

— Permettez-moi de vous présenter Taurnil, Lenwë et Till, mes compagnons. Peut-être leur sera-t-il possible de poser leurs arcs et de s'abreuver parmi les tiens...

— Qu'ils soient les bienvenus, dit Arianwen.

D'un hochement de tête, la reine fit signe à son époux de mettre fin à l'assemblée, et tandis que les elfes se dispersaient, elle entraîna Ithilion à l'écart, sous l'abri d'un chêne aux longues branches. En passant, elle croisa le regard de Lliane, lui sourit, et ce sourire convainquit sa fille de rester auprès d'elle et d'écouter.

— Tu parles au nom du Bois Haut? reprit-elle quand ils furent installés.

Ithilion haussa les épaules, avec quelques notes d'un rire sans joie.

— Pour ce qu'il en reste... Les hommes ont brûlé nos fourrés et abattu nombre de nos arbres. Il n'est pas facile de vivre auprès d'eux, ma reine...

— Je sais... Est-ce de ces hommes-là dont tu parlais, maître des Bois?

— Ceux-là sont morts depuis longtemps (et au ton de sa voix, chacun comprit qu'ils n'avaient pas péri de vieillesse). Depuis deux lunes nous suivons la trace d'un moine et de toute une bande qui s'est enfoncée sous la forêt pour y bâtir l'un de leurs villages. De toute cette bande, il ne reste qu'un adolescent, portant lui aussi la robe des moines. C'est celui-là que vous avez soigné et ramené jusqu'ici.

Autour d'elle, Morvryn, Gwydion et les autres membres du conseil qui les avaient rejoints frémirent d'indignation. On ne pouvait manquer de percevoir les griefs implicites contenus dans les paroles du Daerden.

C'était une longue histoire.

Leurs communautés avaient été attaquées par les nains puis par les hommes, et les seigneurs d'Eliande n'étaient jamais intervenus pour venir à leur secours. C'était cela qu'ils percevaient dans ses mots, mais plus encore dans son regard et sa posture, dont la déférence même était une forme de défi.

— Le jeune moine n'est plus une menace pour le Bois Haut, prononça la reine d'un ton plus distant. Il ne sortira jamais d'ici, je t'en donne ma parole...

— Pourtant...

— Ce n'est pas tout. L'un de nos groupes de chasse a

été attaqué par des loups. Des loups noirs, d'une taille bien supérieure à celle des meutes qui vivent d'ordinaire sous la forêt.

— Je sais. Il y en a d'autres dans les collines, qui rôdent autour des villages des hommes, menés par des kobolds. Nos faucons les ont…

— Menés par quoi ? intervint Morvryn.

— Des kobolds, soupira le vieux Gwydion d'un ton alarmé. C'est ainsi que les monstres des Terres Noires nomment les hommes-chiens qui s'occupent de leurs loups de guerre. Je m'en doutais, à la façon dont Lliane les a décrits.

La jeune elfe sursauta en s'entendant nommer et regarda fixement ses pieds, de peur que l'un d'eux ne lui fasse signe de s'en aller. Mais l'heure n'était pas de se soucier de ses états d'âme.

— À ce qu'en a dit Lliane, ils n'avaient pas l'air bien dangereux, grommela Morvryn.

— Toutes les légendes qui parlent des loups évoquent les kobolds, intervint un elfe d'allure juvénile, dont les longs cheveux noirs étaient tressés en trois grosses nattes.

C'était l'un des signes auxquels on reconnaissait les ménestrels, qui se coiffaient ainsi pour que leurs cheveux ne tombent pas sur les cordes de leur instrument pendant qu'ils jouaient (bien sûr, le signe le plus évident était la harpe d'une coudée et demie dont ils ne se séparaient jamais).

— Les kobolds sont l'âme noire des loups, poursuivit-il de sa voix douce. Ils sont la voix de Celui-qui-ne-peut-être-nommé, et leur souffle est un venin qui corrompt toute bête qui se laisse approcher par eux.

— Olwenn dit vrai, reprit Gwydion. En eux-mêmes, ils ne sont pas plus redoutables qu'un chien ou qu'un renard, mais ce sont des êtres intelligents et non des animaux. Leur présence est la preuve que les loups qui ont attaqué Llandon et les siens n'étaient pas une meute égarée.

Gwydion suspendit sa phrase, le temps de penser aux répercussions de ce qu'il allait dire.

— ... Tous les récits anciens qui parlent des guerres menées par les monstres commencent de cette façon. Des attaques de loups sombres comme la nuit, surgissant de nulle part, puis disparaissant avant de frapper ailleurs...

Un trille aigrelet vint ponctuer les paroles du druide. Puis Olwenn pinça sur sa harpe trois accords mineurs aux accents lugubres.

Les ténèbres et le froid
Recouvrent la forêt d'un manteau
Si lourd qu'on n'y voit plus devant soi
Noire, noire, sombre nuit où luisent soudain
Deux flammes jaunes, puis dix, puis cent
Les loups noirs posent les yeux sur leur proie...

— Par la Mère Lune, ils n'étaient que trois ! cria Morvryn en cassant la branche avec laquelle il jouait nerveusement depuis un moment. Trois loups, qu'un simple groupe d'apprentis chasseurs a réussi à vaincre et tu annonces une guerre ?

— Ils n'en ont tué que deux, intervint Ithilion. Nos faucons ont suivi le dernier d'entre eux...

— Eh bien ? Si tu sais où il se cache, pourquoi ne pas l'avoir abattu ?

— Oh, nous l'aurions fait, mais il semble que quelqu'un d'autre s'en soit chargé.

Pour toute réponse aux mines intriguées de la reine et de son conseil, l'elfe des bois jeta un coup d'œil amusé vers Lliane. Arianwen les dévisagea tous deux sans comprendre, puis elle vit le trouble de sa fille et comprit en découvrant son expression d'enfant pris en faute. Ainsi, ce n'était pas Elias qui avait terrassé le dernier fauve avant de périr sous ses griffes, comme elle l'avait cru lorsqu'elle les avait trouvés dans la forêt...

— C'est toi qui as tué ce loup ?

— Je n'ai fait que me défendre, mère !

L'elfe vert pouffa d'un rire que Lliane trouva offensant et elle se dressa d'un bond, toute honte disparue.

— Oui, c'est moi qui l'ai tué ! cria-t-elle d'une voix mal maîtrisée. Et je tuerai tous ceux qui entreront sous la voûte des arbres ! Ce ne sont pas des animaux, ce sont des monstres hideux et puants !

Puis, ne trouvant plus rien à dire, elle échappa à leurs regards interloqués en fuyant à toutes jambes loin du chêne, dans les fourrés.

— Eh bien, fit Ithilion avec un large sourire. Si toutes les jeunes elfes d'Eliande sont de la même trempe, vous n'avez pas grand-chose à craindre des monstres !

Arianwen se leva, aussitôt imitée par tous les membres du conseil.

— Nous nous parlerons ce soir, seigneur. Je vous prie d'accepter notre hospitalité jusqu'à l'Alban Elved. Après, nous déciderons ensemble de ce qu'il convient de faire.

— C'est beaucoup d'honneur, ma reine, répondit le maître du Bois Haut en s'inclinant.

Elle lui répondit par un bref signe de tête et tourna les talons, suivie par son époux.

— Quitte cet air satisfait, murmura-t-elle dès qu'ils furent à distance. Elle aurait pu se faire tuer, comme tu l'as dit toi-même !

— Oui, ma reine, fit Morvryn sans cesser de sourire. Mais tout de même... Un loup noir !

Il est dit que cent mille Fir Bolgs furent tués dans la bataille de Mag Tured. Mais grand nombre de Tuatha Dé Danaan avaient également péri et un nombre plus grand encore souffrait de blessures diverses.

Le roi Nuada avait perdu un bras dans son combat singulier contre Sreng. Heureusement, la science des Tuatha Dé permit qu'il ne succombe pas à sa terrible mutilation. Le médecin Diancecht remplaça son membre coupé par un bras d'argent forgé par le nain Credne. C'était une œuvre admirable, en vérité, dont les nains tirent orgueil aujourd'hui encore. Le bras reproduisait chaque mouvement du Dieu, qui désormais fut nommé Nudd Airgetlam, Nuada-au-bras-d'argent.

Plus tard, quand les dieux se retirèrent du monde, Nuada se souvint du talent de Credne et en sa mémoire offrit au peuple des nains son épée, l'un des quatre talismans des Tribus de la Déesse. Dans leur langue rude, les nains la nommèrent Caledfwch, ce qui signifie « Dure foudre ». Chez les hommes et les elfes, on la connaît sous le nom d'Excalibur.

Cette anecdote est la première trace du peuple des nains dans l'histoire du monde, et c'est pourquoi aujourd'hui encore ils se vantent d'être la première des Tribus de la Déesse, avant les elfes, les hommes et les démons des Terres Gastes.

Nous savons bien qu'il n'en est rien, mais les nains ont une telle soif d'orgueil qu'il vaut mieux les laisser dire...

6. MAHEOLAS

Balayées par un vent âpre et chargé de grésil qui lardait chaque pouce de peau nue d'éclats de glace piquants comme des aiguilles, les ruelles du bourg étaient désertes. C'était un temps à rester chez soi, près d'un feu, devant une bière chaude et tous volets fermés, au lieu de risquer de se briser le cou à chaque pas dans ces rues enneigées. Sans compter qu'il faisait déjà presque nuit et qu'on y voyait à peine à dix pieds. Entouré d'une escorte de quatre hommes emmitouflés sous tant de manteaux, d'écharpes et de fourrures qu'ils ressemblaient à ces marchands obèses qu'on voyait aux beaux jours dans les foires, le baron Wefreld jurait sans discontinuer depuis qu'on l'avait arraché à la tiédeur de son donjon. Leurs torches crachotantes jetaient des ombres fantasques sur les murs de pisé des maisons basses de la rue principale. En passant, les hommes entendaient des rires, le tintement des plats, parfois le meuglement du bétail qu'on rentrait dans les demeures à la saison froide, et ces échos d'insouciance les assombrissaient un peu plus.

Lorsqu'ils parvinrent en vue des remparts, le vent tomba brusquement. La lueur orangée d'un dernier rayon de soleil vint même illuminer le chemin de ronde couvert de neige et de givre. En d'autres circonstances, Wefreld aurait pris le temps d'admirer le couchant et se serait peut-être même laissé aller à tourner quelques vers d'un lai empreint d'émotion, mais en cet instant la seule émotion qu'il ressentait était une colère sourde, qui lui battait aux tempes, ce qui avait au moins l'avantage de lui réchauffer le cœur.

— Eh bien ! cria-t-il d'une voix éraillée dès qu'il aperçut les gardes de faction en haut des fortifications. Où sont-ils, vos barbares ?

S'il y eut quelque réponse, Wefreld ne l'entendit pas. Les sentinelles, une demi-douzaine d'archers et de piquiers battant la semelle autour d'un feu et engoncés, eux aussi, sous un empilement de fourrures, rectifièrent vaguement la position, avec des trognes qui ne disaient que trop le peu d'estime en laquelle ils tenaient le nouveau gouverneur du bourg. Il fallut que Wefreld parvienne jusqu'à leur poste de garde pour que l'un d'eux se découvre la tête et lui adresse la parole.

— Messire baron, dit-il avec un mouvement de menton désignant les abords du fort, il y a là une bande qui demande à vous voir.

— Eh bien, par Dieu, pourquoi m'avoir fait me déplacer jusqu'ici ! Il n'y avait qu'à me les amener au donjon !

L'homme, un sergent d'un âge indéfinissable, dont tout le bas du visage était mangé d'une barbe épaisse, eut ce qu'il lui parut être un sourire.

— Pardon, Votre Seigneurie, mais on n'ouvre pas les portes à un groupe de barbares armés à la tombée de la nuit. La dernière fois qu'on a…

— Peu m'importe la dernière fois ! Où sont-ils, vos barbares ?

Sans attendre la réponse, Wefreld écarta le sergent et se pencha par-dessus la palissade de rondins. Une demi-perche plus bas, il distingua un amas confus contre les remparts, un tas n'ayant rien d'humain, dont se détachèrent pourtant quelques formes massives, couvertes de neige.

— Qui va là !

— Je suis Ketill, chef du village de Seuil-des-Roches, et ces hommes sont avec moi ! Qui me parle ?

— Je suis le baron Wefreld, gouverneur de Bassecombe, par ordre du roi Ker ! Qu'est-ce que tu veux ?

Ketill s'écarta du groupe et tenta de distinguer le visage du baron. Il ne vit qu'une silhouette indistincte parmi d'autres.

— Est-ce que tu vas nous laisser dehors comme des gueux ? Je viens t'apporter des nouvelles que tu devras transmettre au roi !

— Quelles nouvelles ?

Ketill haussa les épaules, vint se placer devant la porte et croisa les bras, tandis que son groupe se formait autour de lui, dans la même attitude. Les barbares étaient visiblement armés, mais ils n'étaient qu'une poignée. La peste emporte ces vétérans qui avaient toujours une guerre de retard et ne pouvaient comprendre que les temps avaient changé ! Les ennemis d'hier étaient devenus des alliés, certes imprévisibles et à peine civilisés, mais qu'on ne pouvait décemment laisser hors de l'enceinte par une nuit pareille... Wefreld hésita encore un moment, parcourut longuement du regard le glacis s'étendant devant le fort et, ne voyant rien, s'écarta de la palissade.

— Fais ouvrir les portes, dit-il au sergent. Je repars au donjon. Vous escorterez ce Ketill jusqu'à moi, avec les égards. Les autres resteront au poste de garde. Qu'on leur donne à manger et à boire.

Coupant court à d'éventuelles protestations dont il

n'avait cure, le baron quitta le chemin de ronde aussi vite qu'il était possible sans risquer l'humiliation d'une chute devant ses hommes et disparut bientôt dans la pénombre du jour finissant.

Une heure entière s'écoula avant que l'on frappe à la porte de la salle d'apparat – un grand mot pour une pièce aux murs nus, mais dotée d'une cheminée imposante, devant laquelle était dressée une table assez longue pour accueillir une vingtaine de convives. Wefreld sursauta. La chaleur de l'âtre l'avait engourdi. Il reprit contenance, essuya sa bouche où perlait un filet de bave et prit une profonde inspiration.

— Entrez !

Le garde qui poussa la porte était l'un de ceux qu'il avait emmenés avec lui depuis Loth, la capitale du royaume, et non l'un de ces rustres qui lui servaient de garnison. Il en éprouva une satisfaction de courte durée, car dans l'instant suivant la carrure monumentale du barbare apparut derrière lui, et en comparaison le soldat du roi ressemblait à un jouvenceau.

— Monseigneur, le chef Ketill, du village de Seuil-des-Roches, demande audience à Votre Seigneurie.

Wefreld avait tout d'abord pensé se lever pour l'accueillir chaleureusement – le roi Ker avait insisté pour que les barbares soient traités avec déférence –, mais le courage physique n'était pas la qualité première du baron, et sa volonté d'obéir en tous points aux instructions de son maître n'allait pas jusqu'à se mettre volontairement à portée de ce géant hirsute. D'un geste, il lui fit signe de s'asseoir, d'un autre il commanda au garde de rester là, près de la porte.

Ketill prit place et dans le même mouvement se servit à pleine main dans une corbeille de fruits secs. Durant un moment, il dévisagea son hôte sans émettre autre chose que des grognements d'aise et des bruits de mastication. Ses fourrures saisies par le froid fumaient dans la chaleur de la pièce et lui donnaient l'air d'une bête de cauchemar tout droit sortie de l'enfer. Wefreld s'efforçait de ne pas perdre pied totalement, jusqu'au moment où il perçut une sorte de sourire dans les yeux du colosse et comprit que l'autre jouait à dessein de sa masse et de son aspect.

— Eh bien? dit-il en s'efforçant d'être courtois. Quelle est donc cette nouvelle qui ne pouvait attendre le matin?

L'autre laissa retomber son bras. Le large bracelet de bronze qui protégeait son poignet percuta la table avec le bruit d'une hache fendant un billot.

— Combien de temps te faut-il pour prévenir le roi?

— Deux ou trois jours pour un messager, moitié moins si j'envoie un pigeon, pourquoi?

— Je le savais, dit Ketill avec un large sourire. Les pigeons… J'avais oublié le nom. Une fois j'en ai abattu un d'une flèche, et il y avait un message attaché à sa patte. C'était le temps où nous étions ennemis, bien sûr.

— Bien sûr.

— Tu n'en sais rien, tu étais à peine né… Allez, va chercher tes pigeons, il faut que le roi soit averti sans tarder.

— Mais de quoi, par Dieu!

Ketill sourit et se pencha en travers de la table, jusqu'à ce que leurs visages soient proches à en loucher.

— Les monstres, mon fils… Les monstres quittent les Terres Noires et marchent vers ton village.

La nuit était tombée, plongeant la grande forêt dans une obscurité absolue, rendue plus opaque encore par le silence qui la recouvrait. Les écorces ne grinçaient pas, le vent ne faisait pas frémir les branchages, aucun hululement, aucune course rapide parmi les feuilles mortes, pas même le clapotement d'un ruisseau. Les elfes n'avaient sans doute guère conscience de ce calme irréel, pas plus que de l'épaisseur des ténèbres qui les enfouissaient. Formés en un cercle large de plusieurs lieues qui serpentait à travers les arbres, les clairières et les rochers, ils étaient là des milliers, jeunes et vieux, chasseurs, artisans, cueilleurs ou guérisseuses, archers, danseuses, bardes, forgerons, immobiles depuis des heures. Certains se tenaient par la main, d'autres étaient couchés de tout leur long, face contre terre, d'autres encore semblaient abîmés dans un monde lointain, le regard absent, le corps tétanisé, pareils aux troncs qui les entouraient. Au centre de cet anneau immense, Gwydion et tous les druides d'Eliande s'étaient regroupés en un cercle plus étroit autour du Bosquet des Sept Arbres – l'aulne, le chêne, le houx, le saule, le pommier, le bouleau et le noisetier – au sein duquel les Ban Drui évoquaient la Déesse.

Cette nuit était la dernière de l'Alban Elved. C'était une porte, un instant suspendu entre l'été et la saison froide, le moment étrange où la lumière du jour était d'égale durée aux ténèbres nocturnes. Le lendemain, la nuit se ferait plus longue, les jours plus froids. Les hommes commenceraient à rentrer leurs moissons, les nains regagneraient l'abri de leurs chères montagnes et les elfes, selon un rite ancien qu'aucun d'entre eux n'aurait songé à négliger, prendraient le temps de remercier la Déesse pour les fruits de la terre et préparer la forêt à l'arrivée des mois sombres.

Une parmi des milliers, Lliane avait pris place dans ce long ruban formé à travers les bois. Elle s'était arrêtée au beau milieu d'un taillis de jeunes bouleaux et, plus les heures passaient, moins ce choix lui paraissait dû au hasard. Les arbres vivants appellent leurs semblables. Beth, le bouleau, était l'arbre du renouveau, de l'espoir, de la lumière au cœur des ténèbres. Cette pensée l'avait frappée, à la vue de leurs troncs blancs et minces, plantés en terre comme une volée de flèches. Les elfes apprenaient dès leur plus jeune âge à se fier à leurs intuitions, sans tenter de se raisonner. Cela lui avait suffi, et depuis elle attendait.

Dès les premières heures de la nuit, elle avait entendu la peur sourde émise par le taillis, peut-être due à la perspective de l'hiver, peut-être à quelque chose de plus effrayant... La voix des arbres est faible, elle est lente. Lliane percevait tout au plus une vibration lointaine qu'elle ne parvenait à comprendre. Il en était ainsi depuis des heures, au cours desquelles elle s'était peu à peu coupée du reste du monde, tout entière tendue vers ce message imperceptible. Cet isolement l'empêcha même de voir qu'il en était ainsi pour la plupart des elfes du cercle. Chacune à sa manière, toutes ces âmes s'étaient plongées en de semblables quêtes, devenaient fougère, arbrisseau, moineau, hérisson, herbe folle, sève du chêne, écorce du hêtre, ressentaient ainsi le déclin de l'été et apaisaient la frayeur de la forêt. Mais à la différence de la plupart d'entre elles, Lliane ressentait autre chose, une rumeur confuse que les faibles racines des jeunes bouleaux tiraient du sol lui-même, au plus profond de la terre, et cette impuissance à les comprendre l'emplissait de tristesse, alors que la tristesse était, justement, ce message.

La peur habituelle de l'hiver, la mélancolie naturelle de l'automne cachaient une autre frayeur, plus grave, que les arbres eux-mêmes, pas plus que les bêtes, ne comprenaient réellement. L'hiver était déjà là, bien trop tôt, bien trop froid, comme porté par un vent mauvais. Aux dernières heures de l'Alban Elved, le monde semblait avoir perdu son équilibre...

Comme pour illustrer ce funeste basculement, la

célébration de l'équinoxe s'acheva dans la confusion d'une pluie battante, sans que le moindre rai de soleil vienne annoncer l'aurore. Les elfes s'éveillèrent en désordre à cette journée nouvelle, l'esprit encore brouillé de rêves, et se dispersèrent en s'évitant presque.

Lliane avait été l'une des premières à partir, dès qu'elle avait ressenti les prémices du jour. La pluie collait à ses vêtements, plaquait ses cheveux contre son visage et ses bras, par mèches luisantes qui ondulaient à chaque pas comme de longs serpents noirs. Elle n'avait qu'une seule idée en tête, rentrer sous sa hutte, être seule, ne voir personne, essayer de comprendre ce qui semblait se passer, toutes choses qui lui avaient été refusées depuis son retour et dont la nécessité l'étouffait. Morvryn avait tenté de lui parler, mais ce n'était pas d'un père dont elle avait besoin, et encore moins des reproches qui finiraient immanquablement par s'immiscer dans leur conversation.

Lliane n'avait plus revu ses compagnons depuis qu'ils étaient revenus du cairn des houx et qu'ils avaient été pris en charge par les guérisseuses, loin des regards, alors qu'elle aurait tant eu besoin de s'entretenir avec eux, eux seuls, de ce qu'ils avaient vécu aux abords de la clairière. Llandon surtout, lui faisait défaut. Elle pouvait se donner à d'autres – elle le devrait – mais ses bras lui manquaient, et sa peau, et l'union de leurs corps. Par le contact, aucun être vivant ne pouvait mentir, et les elfes en usaient autant que de la parole. Poser sa main sur un visage, effleurer un bras nu étaient des gestes quotidiens qui affermissaient le clan. S'embrasser, se serrer étroitement, lécher le visage ou les mains étaient des marques d'affection communes. En acceptant Llandon, elle avait découvert une union bien plus intense, au-delà du plaisir, une sensation de plénitude, d'apaisement, d'abandon absolu. C'était de cela dont elle avait besoin. L'oubli de tout, ne serait-ce qu'un instant. Ne plus se sentir jugée, mais désirée. Ne plus se protéger mais s'offrir…

Alors que la pluie redoublait et frappait les hautes branches dans un vacarme assourdissant, elle s'aperçut que ses pas l'avaient conduite jusqu'à la tanière souterraine du vieux Gwydion. Afin de ne pas laisser l'enfant-moine sans surveillance, Dìnris et les siens avaient pris là, au bord de la tanière, leur place dans le cercle, mais l'hébétude de cette nuit de transes et la violence de la pluie avaient dissous leurs rangs. Aucun d'entre eux n'aperçut Lliane, fondue dans la grisaille de l'averse, ni ne la vit s'approcher de la hutte, aucun ne l'entendit lorsqu'elle s'y glissa, d'un bond.

Dès que le rideau de cuir qui faisait office de porte se rabattit derrière elle, l'elfe sentit sa peau se hérisser. L'odeur des simples que Gwydion faisait brûler au chevet de l'adolescent, la perception même d'un feu, aussi minuscule soit-il, auraient suffi pour la mettre en alerte, mais à cela venait s'ajouter l'excitation stupéfaite de l'action irraisonnée qu'elle venait d'accomplir, et la peur panique, à présent, de se trouver à la merci de cette créature étrange que sa mère elle-même semblait redouter. Elle eut un élan pour ressortir aussitôt, mais au même instant, elle distingua du coin de l'œil le mouvement d'une silhouette imprécise, tapie contre le mur de claies, à quelques pouces du lit de mousse où gisait l'humain. Retenant un cri de frayeur et un geste pour se protéger, elle parvint une fois encore à se maîtriser. Sa main glissa néanmoins jusqu'au pommeau de sa dague.

— Qui est là ?

L'obscurité de la hutte ne la gênait guère, mais l'ombre se tenait de l'autre côté des braises rougeoyantes dont la simple vision lui était odieuse. Sa main s'était resserrée sur le manche de son arme et elle allait répéter sa question lorsque l'autre rabattit le manteau de moire dont il se couvrait le visage.

— C'est moi, murmura-t-il.

— Llaw? Qu'est-ce que tu fais là?

L'apprenti de Gwydion eut un soupir méprisant.

— Voilà bien une question de princesse, fit-il d'une voix à peine perceptible. Je suis chez mon maître, au cas où tu l'aurais oublié... Et toi, qu'est-ce que tu veux?

Lliane fut agacée de la question, mais plus encore par le ton de Llaw Llew Gyffes, l'enfant sans nom que Gwydion avait un jour ramené de l'autre bout de la forêt et que depuis il appelait son neveu. Llaw avait toutes les raisons du monde de se trouver au chevet du prisonnier, et pourtant elle était certaine que le druide n'en savait rien et qu'il aurait été furieux de l'apprendre. Elle en eut la confirmation lorsqu'elle baissa les yeux et croisa le regard de Maheolas. Le jeune moine était éveillé et en les dévisageant tous deux elle eut l'impression d'une connivence hostile, comme si elle était venue les déranger.

— Ce n'est pas permis de venir le voir, dit-elle assez stupidement.

— Alors il vaut mieux que tu partes, tu ne crois pas?

— Qui est là?

Maheolas s'était relevé sur un coude et tentait de discerner les traits de Lliane grâce au rougeoiement des braises.

— Il parle notre langue!

Ce n'était pas une question, mais Llaw y répondit, d'un ton plus arrogant encore.

— Tout le monde parle la même langue! Les elfes, et les hommes, et les nains et même les gnomes dans leurs trous boueux. Ainsi l'ont voulu les dieux, comme ils ont voulu que les elfes seuls connaissent encore la langue ancienne, celle de la magie, des runes et des arbres. *For tham nith leod swican aefre metod sond...*

— À qui parles-tu? insista Maheolas d'une voix étranglée en plissant les yeux sans parvenir à la distinguer dans l'obscurité. Tu as dit que c'était une princesse?

Lliane, quant à elle, pouvait parfaitement le dévisager et à l'observer d'aussi près, elle dut admettre que la créature dont parlait la forêt tout entière ne semblait pas si redoutable. Le cataplasme de feuilles maintenu par une gangue d'argile dont Gwydion l'avait recouvert durant plusieurs nuits avait suffi à soigner ses bleus et ses écorchures. Les fumigations avaient fait le reste.

De son costume de moine, l'humain n'avait rien conservé, hors ses chausses, et portait comme eux tous une ample tunique de moire. Ainsi vêtu, à vrai dire, il leur ressemblait presque. Ses oreilles étaient petites, son teint rougeaud quoique aux yeux d'un homme, le novice aurait paru d'une pâleur extrême, et ses cheveux affreusement taillés, mais il ne faisait pas de doute, à le voir et l'entendre, que son peuple était cousin de celui des elfes. Gwydion avait toujours dit que les hommes étaient l'une des Tribus de la Déesse. Mais à côtoyer ainsi l'un d'eux, tout ce que le vieux druide leur rabâchait depuis des lunes devenait concret, réel, et ouvrait des perspectives si fascinantes qu'elle se mit à sourire béatement.

S'il était vrai que les hommes existaient, alors ce qu'on disait sur leurs villes devait l'être aussi. Il y avait bien un monde au-delà des bois, un monde peuplé d'hommes, de nains, de monstres et de toutes sortes de créatures. Un monde à la hauteur des récits épiques des bardes, un monde violent, laid à n'en pas douter, mais inconnu, nouveau, fascinant.

— Non, ce n'est pas une princesse, répondit Llaw soudainement. Pas au sens où tu l'entends. Elle n'a aucun pouvoir, ici. Et en tout cas pas celui de t'aider, si c'est à ça que tu penses!

— Non! Bien sûr que non! Mais quoi... Elle est la fille du roi?

— Je suis la fille de la reine Arianwen, intervint Lliane d'un ton sec. Et j'ai au moins le pouvoir d'entendre ce que vous dites!

— Pardonne-moi...

Maheolas s'était redressé et tendait son cou vers elle de façon assez comique. Gwydion avait dit un jour que les hommes ne voyaient pas dans le noir. Ce devait être vrai, à en juger par la façon dont celui-là écarquillait les yeux sans parvenir à la situer, alors qu'elle n'était qu'à trois ou quatre pieds de lui. Elle lui tira la langue, fronça le nez, puis se reprit lorsqu'elle se souvint que Llaw était là, lui aussi.

— Sais-tu pourquoi on me garde dans ce trou, dans le noir? reprit l'adolescent. Llaw (il prononçait « Liau » et Lliane se retint de rire) dit que c'est pour me soigner, mais je vais bien, maintenant... C'est-à-dire, j'irais bien si je pouvais revoir la lumière du jour, mais ils ne me font sortir que la nuit...

— C'est pour que tu ne t'évades pas, grommela Llaw. Tant que tu es dans le noir, tu ne risques pas de leur échapper.

— On ne peut soigner un blessé que la nuit à la lumière de la Mère, dit Lliane d'un ton hésitant, comme si elle se parlait à elle-même. Mais personne ne devrait être privé de la lumière du jour.

Doucement, elle s'étira, tendit le bras et souleva un coin du rideau qui masquait l'entrée. Une brume luminescente, grise et terne, affadit l'obscurité, suffisamment pour éblouir Maheolas. Lliane attendit qu'il s'y soit accommodé, puis elle soutint son regard lorsqu'il la dévisagea sans vergogne.

— Mais tu as mon âge ! murmura-t-il enfin. Tu as mon âge !

Cela semblait être pour lui une excellente nouvelle, aussi Lliane lui rendit-elle son sourire, juste avant de laisser retomber le rideau.

— C'est possible, oui, dit-elle en haussant les épaules. Tu as quoi, cinquante-deux, cinquante-cinq hivers ?

— Quoi ?

— Les hommes ne vivent pas aussi vieux, ricana Llaw dans son coin. Tu devrais écouter des chants d'Olwenn sur les hommes ! Celui-là ne doit pas en avoir plus de dix, ou quinze...

Pour quelque raison qui leur échappait à tous deux, cet échange anodin semblait avoir effacé le subit accès d'espoir du novice. De nouveau aveuglé par l'obscurité, Maheolas battit en retraite vers sa couche de mousse, l'air tellement désorienté que Lliane ne sut plus que dire. Puis elle se souvint de l'impulsion qui l'avait poussée à venir s'aventurer sous la hutte de Gwydion et des questions sans cesse plus nombreuses qui venaient troubler l'harmonie de son univers.

— Pourquoi es-tu venu sous la forêt ? demanda-t-elle d'une voix douce.

Le novice ne répondit pas tout de suite. Il avait l'impression de couler, de disparaître, d'être aspiré dans un néant obscur dénué de toute consistance et de tout repère. Si l'âge insensé de ses interlocuteurs était vrai, voilà que le temps lui-même devenait irréel.

Il en était ainsi depuis que Neddig et lui étaient partis à la recherche des bûcherons. Chaque événement, chaque rencontre, chaque instant de sa vie présente devenait absurde, risible, comme guidé par une volonté incompréhensible. Si le Dieu des moines était ce guide, alors Dieu se montrait d'une cruauté infinie. Il devait pourtant y avoir un sens à tout cela.

Des elfes avaient massacré tous les colons du père Edern et avaient bien failli le tuer lui-même, puis d'autres elfes l'avaient secouru et soigné. Depuis, ils le maintenaient dans cette sorte de cachot végétal, hors de toute présence, sans même le questionner. Qui sait combien de temps il avait passé dans ce trou, loin de la lumière du soleil, combien de jours ou de semaines ? Et puis cet apprenti que certains appelaient « sans nom » et d'autres Llaw avait commencé de lui rendre visite, restant là des heures à l'observer fixement, sans un mot, comme un simple d'esprit. Maheolas l'avait longtemps craint, jusqu'à ce que l'adolescent se mette à lui apporter de menus présents, myrtilles, oignons sauvages, champignons, parfois des fleurs. Avec cela, c'est à peine s'ils avaient échangé trois phrases, l'autre semblant se contenter de le regarder, avec une intensité, voire une sorte de sensualité brute parfois si insistante que Maheolas avait recommencé à le craindre, mais pour d'autres raisons.

Le novice releva les yeux et distingua la silhouette de Lliane. Son visage entrevu était d'une beauté irréelle, mais on disait que toutes les elfes de sexe féminin étaient ainsi. Tout comme Llaw, elle aussi semblait le dévorer des yeux avec une sorte de fascination inexplicable, mais au moins parlait-elle... S'il s'agissait vraiment d'une princesse, peut-être pourrait-elle l'aider à s'enfuir, d'une manière ou d'une autre.

— J'ai suivi le prêtre, répondit-il enfin, en se redressant brusquement. On ne m'a pas demandé mon avis.

— Le... prêtre ?

— Tu ne sais pas ce que c'est ? Un saint homme. Un homme de Dieu. Le père Edern, mon maître...

— Nous aussi, nous avons un maître (et Llaw, dans son recoin, hocha la tête vigoureusement).

— Eh bien, mon maître nous a menés jusqu'ici pour y bâtir un village, au nom de Dieu.

— On dit que les hommes ont reçu de la Déesse les plaines, les rivages et la mer immense. Ce n'est pas assez?

— J'ignore ce que les hommes ont reçu et seuls les païens croient encore aux déesses, rétorqua le novice d'une voix raffermie. Le père Edern t'aurait donné le bâton s'il avait entendu ça... Vous êtes des ignorants, ce n'est pas votre faute. Je prierai pour vous...

Lliane crut tout d'abord qu'il plaisantait et s'efforça de sourire par politesse, mais Llaw haussa les épaules et secoua la tête d'un air navré.

— Ça recommence, murmura-t-il entre ses dents. Il va nous parler de son dieu.

— Pas de *mon Dieu*, de Dieu l'unique, le Père, le Fils et l'Esprit Saint! Dieu qui possède toute chose ici-bas, y compris cette forêt maudite! Maheolas s'interrompit aussi brusquement qu'il s'était emporté.

— Qu'est-ce que j'en sais, et qu'est-ce que ça peut me faire, reprit-il d'un ton désabusé. Et d'ailleurs quel besoin avons-nous de dieux, hein?

Les deux elfes eurent ensemble le même geste pour se voiler la face, ainsi qu'il en était coutume lorsque quelqu'un haussait le ton ou blasphémait.

— Les bois d'Eliande ne sont pas à ton dieu, expliqua Lliane patiemment, quand le calme fut revenu. Ils sont la terre des Hauts-Elfes, depuis le commencement des temps.

— Ouais... Tu sais ce qu'on dit chez nous? Il n'y a qu'un Dieu, il n'y a qu'une terre et il n'y a qu'un peuple!

Maheolas eut un hoquet d'hilarité et poussa un soupir navré, teinté de mépris.

— Vous ne comprenez sans doute pas un mot de ce que je dis... Ce n'est guère surprenant. Vous n'avez jamais quitté cette forêt, vous ne savez rien du monde. Quel que soit votre âge, j'en sais déjà bien plus que vous!

Lliane se renfrogna, blessée par l'orgueil aveugle du

jeune moine. Comme toujours, Gwydion avait raison. Elle n'aurait pas dû lui parler... En utilisant les signes de chasse, elle commanda à Llaw de sortir, ce qu'il fit d'un seul mouvement, comme s'il n'attendait que cet ordre, et sans que l'humain le voie ni l'entende. Tout au plus Maheolas perçut-il l'éclat de lumière lorsque le rideau s'ouvrit sur son passage.

— Ne me laissez pas seul !

L'affolement soudain de sa voix, succédant à tant d'arrogance, fit hésiter Lliane un bref instant. Mais il y avait trop de colère en elle pour qu'elle poursuive cette conversation. Quelles que fussent les réponses qu'elle était venue chercher ici, elle n'avait trouvé que d'autres questions, davantage de doutes et de confusion. Au moment où elle écarta le rideau pour sortir, Maheolas poussa un dernier cri.

— Tu reviendras !

Dans les moments qui suivirent, Lliane s'employa à ne pas être aperçue par les gardes et à se glisser loin de la hutte du druide, ce qui requit toute son attention. Ce n'est que plus tard, lorsqu'elle fut hors de vue, qu'elle réalisa que les derniers mots de l'humain n'étaient pas une interrogation, mais une affirmation, et cette pensée lui fut odieuse.

Elle l'eût été plus encore si elle avait vu le sourire de Maheolas au même instant.

Malgré son bras d'argent, Nuada était diminué et ne pouvait demeurer le roi des Tuatha Dé Danaan. La plupart des gens réclamaient que l'on offre le trône à Bres, le champion qui s'était couvert de gloire lors de la bataille et avait survécu à ses neuf blessures.

Nombreux, parmi lesquels Nuada lui-même, furent ceux qui auraient préféré un autre choix, car s'ils connaissaient la bravoure de Bres, ils savaient également que son âme n'était pas celle d'un chef juste et bon. Par-dessus tout, ils craignaient que le secret des origines de Bres n'influence un jour sa souveraineté. Pourtant ils se soumirent au choix de tous.

Bres le géant était en effet né d'un prodige. Il devait sa beauté à sa mère, une fille des Tribus du nom d'Eri, et sa force colossale à son père Elatha, fils de Delbaeth, prince fomoraig venu de la mer. Les deux amants ne se virent qu'une fois, mais de leur union naquit un enfant si parfait que sa mère le nomma Eochaid Bres, c'est-à-dire Eochaid le Beau. Une semaine après sa naissance, on eût dit qu'il avait quinze jours, à un mois on lui en donnait deux et ainsi de suite, si bien qu'au jour de la bataille, il avait la stature d'un homme de vingt ans.

Ce ne fut pas la seule fois qu'un Fomoraig prit pour épouse une fille des Tribus, ou qu'à l'inverse l'un de nos dieux s'unit à l'une de leurs princesses. De ces unions naquirent toujours des êtres d'exception. Terribles par leurs pouvoirs et effrayants en bien des points, mais en même temps supérieurs à tout autre par le mélange de leurs origines.

Le plus fameux enfant né de ces unions ne fut pas Bres, mais un autre, dont je dirai le nom un autre jour...

7. PELLEHUN DE LOTH

L'air était vif, le ciel dégagé, la vue portait à des milles depuis les remparts de Loth. La plus grande ville du royaume de Logres était une forteresse, un poste avancé idéalement situé aux confins des terres habitées. Vers l'ouest, au-delà des marais, l'horizon était barré sur toute sa largeur par la ligne sombre des bois, pareille à un mur immense, à une digue infinie contenant une mer végétale prête à engloutir quiconque s'y aventurerait. De l'autre côté, la plaine tout aussi vaste s'étendait à perte de vue et finissait par se confondre avec la grisaille du ciel. Au sud était la mer, à moins d'une journée de cheval, en longeant le fleuve. Le prince Pellehun regardait vers le nord.

Par beau temps, on apercevait au loin les pics les plus élevés des montagnes séparant le pays de Logres des Terres Noires, mais l'hiver était déjà là et le jeune homme ne distingua rien d'autre qu'un moutonnement de nuages et le vide éblouissant de la campagne enneigée. Qu'importe... Il les verrait assez tôt, et d'assez près.

Avec un large sourire destiné aux gardes de son escorte, Pellehun inspira une bouffée de cet air revigorant, se frappa les côtes et chercha parmi eux quelque visage connu. En dehors d'Abbon, le géant taciturne qui lui servait de garde du corps depuis le jour de sa naissance, il n'y en avait aucun dont il sût le nom. Des trognes de brutes, de vieux soldats, rougeauds et couturés, auxquels le roi Ker avait confié la protection rapprochée de son unique héritier, sur leur vie. Le plus jeune d'entre eux devait avoir dix ans de plus que lui, dix années de guerres, de souffrances et d'horreurs, de marches sous la pluie, de nuits dans la boue, des années qui comptaient double. Aucun d'eux ne serait son ami, ni même son confident. Alors autant ne pas essayer.

— Allons ! Il est temps !

D'un pas aussi rapide que le permettaient les solerets et les jambières de fer qui enserraient ses membres, le prince quitta le chemin de ronde, s'engouffra sous le hourd du donjon et en descendit les escaliers de pierre jusqu'à déboucher dans la cour du fortin où l'attendait sa troupe. Une centaine de piétons, lanciers, archers ou coutiliers, deux chariots d'intendance, une compagnie d'archers à cheval et cinquante cavaliers, montés sur des roncins[1] épais comme des bœufs et guère plus vifs. Des bêtes faites pour de longs voyages et non pour galoper à travers les collines, ainsi que le jeune homme en avait l'habitude. Le voyage serait long et poussif, mais s'ils devaient se battre, rien ne pourrait les entamer. Quand ces cinquante centaures bardés de fer et portant la longue lance se formaient en bataille et s'ébranlaient, la terre elle-même tremblait.

Ainsi étaient les hommes, allant à la guerre de la même façon qu'ils vivaient au sein de leurs bourgs fortifiés : en rangs serrés, en monceaux. Leur vie était un grouillement perpétuel, depuis leurs ruelles bondées où l'on ne

1. Cheval solide et polyvalent, moins lourd que le sommier, mais moins rapide que le destrier.

pouvait marcher qu'en se frayant un passage à coups de coude et jusque dans leurs lits où dormait ensemble toute la maisonnée. De la même manière, leur art militaire était conçu pour la masse, fait de charges compactes et de volées de flèches, non d'exploits personnels. Leurs archers ne visaient pas mais s'entraînaient à tirer vite, leurs gens d'armes se couvraient de fer, de cuir, de mailles, au point de ne pouvoir se remuer qu'à peine, et allaient au combat derrière un mur de boucliers, les cavaliers galopaient droit devant eux, comme un troupeau de buffles, étrier contre étrier et en pointant devant eux des lances d'une toise et demie[1]...

Parvenu en bas, Pellehun remercia d'un signe de tête le valet d'armes qui lui tendait les rênes de son cheval puis croisait les mains pour soutenir sa jambe afin qu'il se hisse en selle. Une fois monté, il se redressa en réprimant le sourire qui lui venait aux lèvres, tout comme il se retint de lever les yeux vers les étages supérieurs, où son père devait surveiller leur départ. Quelle que soit l'importance de cette mission – et le jeune prince se doutait que pour son premier commandement elle ne devait être malheureusement qu'une sorte de promenade militaire –, c'était l'occasion de quitter le château et de chevaucher plus loin qu'il ne l'avait jamais fait.

Deux jours plus tôt, le roi Ker l'avait retenu à son côté, alors qu'on enlevait les tables du souper. C'était un soir d'automne comme les autres, long et ennuyeux, avec la nuit qui tombait trop vite et une soirée interminable en perspective, avant que vienne le sommeil. Ker était resté un long moment silencieux devant le feu de cheminée, tandis que son fils l'observait. Le roi avait été l'un des plus fameux chevaliers du royaume, l'un de ses plus fiers combattants. À près de cinquante ans, il

1. Environ trois mètres.

avait atteint l'âge vénérable où les guerriers survivants raccrochent leur écu, mais Ker tenait encore bon en selle et frappait la quintaine aussi dur qu'un jouvenceau. De profil, avec les longues boucles de ses cheveux gris se mêlant à sa barbe et son visage tanné que la lueur vacillante des flammes creusait de rides sombres, il ressemblait à l'un de ces seigneurs nains qui venaient parfois à Loth faire commerce des gemmes extraites de leurs montagnes. Sa force elle aussi était comparable à celle des nains, ainsi que son goût pour les bijoux d'or, les fourrures et les étoffes épaisses. Son mutisme, enfin, cette façon de se taire sans même que l'on sache s'il écoutait, et de ne parler que pour formuler un ordre, longuement médité, imparable et précis.

Depuis qu'il avait été armé chevalier au jour de son quinzième anniversaire, voilà bientôt trois ans de cela, Pellehun avait appris à s'y faire et s'efforçait de l'imiter, en affectant le même détachement.

Ce soir-là, ce n'était pas facile.

Des messages étaient parvenus du Nord, portés par des pigeons bagués de rouge, signe d'un événement grave dont on devait avertir le roi ou son sénéchal dans l'heure. La nouvelle, bien sûr, avait fait le tour du château et de la ville en moins de temps qu'il n'en avait fallu aux gardes du pigeonnier pour avertir leur souverain. Et comme nul ne connaissait le contenu de ces courriers – quiconque aurait osé en briser le sceau serait mort sur l'heure –, les bruits les plus fous se répandaient comme un fleuve en crue à travers la cité, pour venir s'échouer ici, devant la porte fermée de la grand-salle, devant ce feu, devant le masque fermé du roi Ker.

— Je n'ai aucune confiance en ce Wefreld, grommela soudainement ce dernier.

L'autre règle tacite que Pellehun avait apprise de son père est qu'un prince ne devait jamais être pris au dépourvu. C'est pourquoi il hocha la tête d'un air entendu, tout en cherchant désespérément dans ses souvenirs de qui il pouvait bien parler.

— Un courtisan, incapable de la moindre initiative, tout juste bon à exécuter les ordres de celui qui parle le plus fort…

— Ne sont-ils pas tous comme ça, père?

Ker eut un rire amusé.

— Pas tous… Heureusement. Tu verras qu'il y a tout de même des êtres sur lesquels on peut compter. Sur les doigts d'une main, sans doute, mais c'est déjà ça.

Le prince hocha la tête en souriant, puis se troubla lorsqu'il vit que son père le dévisageait avec gravité, avec la conscience très nette qu'il était en train de le jauger. Malgré lui, il bomba le torse et redressa les épaules, ce qui n'eut d'autre effet que de mettre aussitôt fin à l'examen du roi.

— Le baron Wefreld a reçu la gouvernance de Bassecombe, l'un de nos bourgs fortifiés des Marches… Ne fais pas comme si tu savais de quoi je parle, c'est agaçant. C'est un village marchand, avec une garnison d'archers pour protéger les routes et inciter les barbares à payer ce qu'ils achètent, plutôt que de mettre le pays à sac.

— C'est ce Wefreld qui t'a envoyé un pigeon bagué de rouge?

— Oui… Il me dit que le chef des barbares de Seuil-des-Roches est venu l'avertir d'une invasion des monstres.

Pellehun sentit son cœur se glacer. Il ne parvenait pas bien à mesurer ce que les paroles du roi pouvaient représenter – et d'ailleurs qui l'aurait pu? – mais la nouvelle dépassait en horreur tout ce qu'il avait pu imaginer.

Les monstres…

De tous les êtres conscients peuplant la terre, c'étaient

les seuls dont l'existence même était sujette à des débats sans fin. Malgré son jeune âge, Pellehun avait souvent rencontré des nains, ainsi que des gnomes, qu'on croisait communément dans les bourgs marchands. Comme tous les jeunes hommes, il nourrissait ses rêves de la vision des elfes qu'on pouvait apercevoir dans les collines ou près des fleuves, quand elles s'y baignaient nues. Mais les monstres… La plupart des habitants de Loth, à l'abri des murailles, ne croyaient guère en leur existence. Les moines, au contraire, recouvraient leurs églises d'images peintes et de sculptures représentant leurs faces grimaçantes et leurs corps tordus. L'enfer, selon eux, se trouvait au-delà des montagnes, dans les Terres Noires, et il était peuplé de ces êtres hideux, ces démons obéissant à Celui-qui-ne-peut-être-nommé. Le Malin. La Bête… Rares étaient ceux qui connaissaient leur vraie nature. Le royaume était en paix depuis trop longtemps, et la mémoire des hommes était courte. Mais tous les vieux soldats racontaient des histoires effrayantes, décrivant des foules d'orcs contrefaits, de loups gigantesques et de guerriers bardés de fer qu'ils nommaient gobelins, dont la cruauté, disaient-ils, dépassait en horreur tout ce que les moines pouvaient imaginer.

Le prince déglutit avec difficulté puis, sentant de nouveau le regard de son père posé sur lui, se racla la gorge pour se donner une contenance.

— Calme-toi, grommela Ker en poussant un long soupir. Quand tu auras la moitié de mon âge, tu auras sans doute reçu dix ou vingt messages semblables sans pour autant voir jamais le groin du moindre gobelin, hormis ceux qu'on montre en cage…

— Tu veux dire que le baron de Bassecombe ment ?

— Il n'oserait pas, non… Mais je connais Ketill, le chef de Seuil-des-Roches. C'est un enfant de chienne, un voleur et un roué, fort comme un bœuf de surcroît.

Peut-être qu'il a imaginé ça pour effrayer ce couard de Wefreld afin qu'il se replie et laisse Bassecombe sans défense, ce qui lui permettrait de faire main basse sur le grain et la bière, avant l'hiver… Peut-être aussi a-t-il véritablement vu un parti d'orcs ou de trolls en maraude et dans ce cas soit Ketill se fait vieux et il cède à la panique, soit ils sont vraiment trop nombreux pour lui et il s'est dit qu'en nous alertant, on irait les tailler en pièces à sa place…

— Des trolls, peut-être, murmura le prince. On dit que leur vue seule vous pétrifie les sangs et qu'ils dévorent leurs prisonniers vivants. Mais des orcs… Je vois mal des barbares reculer devant des orcs !

— Ne les sous-estime pas. Un orc seul n'est guère plus dangereux qu'un loup ou qu'un mauvais chien, mais ils ne sont jamais seuls. Quand on voit un orc, c'est qu'il y en a une centaine derrière des rochers ou dans quelque trou, prêts à te larder de flèches empoisonnées. Ce ne sont pas des adversaires agréables à combattre… Si tant est qu'une telle chose existe.

Le vieux roi secoua la tête pour chasser d'anciens et déplaisants souvenirs. Durant un moment, les deux hommes restèrent cois. Dans le silence retrouvé, on entendait mugir le vent à travers les coursives. Les gardes, au-dehors, devaient se geler jusqu'aux os.

— Peut-être aussi qu'il dit vrai, reprit le prince un moment plus tard.

— Mmm ?

— Peut-être que votre Ketill a réellement vu une armée passer les Marches…

— Pas en hiver, non… Les monstres redoutent le froid. Ils vivent dans un pays de braises et de lave, tout près du feu originel dont ils sont nés, ainsi que toute vie d'ailleurs, si on en croit les légendes…

— Pas si on en croit les moines, père.

— Ah, les moines… Bien sûr.

Brusquement, Ker se leva de son siège en rejetant le manteau de fourrure dont il était couvert, et s'avança d'un pas rapide jusqu'à la table, qu'on avait repoussée contre un mur. Il y faisait sombre, il lui fallut un moment pour trouver un pichet de bière encore rempli, ainsi qu'un gobelet.

— Tu vas y aller, dit-il après avoir bu. Prends deux conrois[1], ceux des seigneurs Dragan et Gaidon… Prévois ce qu'il faut pour la chevauchée et un campement d'un mois. Demain, tu enverras des archers à cheval pour éclairer ta route, ainsi que des coursiers rapides pour prévenir Bassecombe de votre arrivée. Je ferai aussi baguer des pigeons, ce sera plus sûr…

Pellehun l'avait rejoint, le visage illuminé d'une joie telle que le vieux roi tempéra son enthousiasme d'un geste.

— Je ne veux pas de bataille. Si tu vois que la situation est sérieuse, envoie-moi des chevaucheurs et enferme-toi dans le fort. Je te rejoindrai avec l'ost royal, en moins d'une semaine… Tu m'as compris ?

— J'ai compris, père.

Ker se tourna vers le fond de la pièce et fit un geste vers l'une des silhouettes à demi dissimulées dans la pénombre.

— Abbon !

Le géant se détacha du mur et avança gauchement jusque dans la lumière des flammes.

— Sire ?

— Plus que jamais, tu devras veiller sur le prince. Vous partez en chevauchée. Je compte sur toi pour que mon fils en revienne.

1. Unité de vingt chevaliers rassemblés sous une bannière et commandés par un banneret.

— Père, intervint Pellehun, je pense pouvoir veiller sur moi-même !

— Bien sûr...

Ker sourit et lui claqua l'épaule, puis il retourna lentement s'asseoir devant le feu. Au moment où son fils quittait la pièce, la voix du roi l'arrêta sur le seuil.

— Les moines... À les entendre, le monde tout entier est à nous, y compris l'au-delà ! Tu fais bien d'écouter ce qu'ils disent, mais n'y crois pas trop. C'est une religion faite pour le peuple. Pas pour les rois...

— Nous avons perdu assez de temps !

Tous les regards se portèrent sur Ithilion, qui sans se troubler pour autant, se leva et, pour une fois, domina de sa petite taille le conseil des elfes assis sous le grand chêne qui dominait la clairière.

— Vous avez entendu la plainte de la forêt, durant l'Alban Elved. Les arbres, les animaux, la terre elle-même a peur. Cet hiver précoce n'a rien de normal. Vous l'avez senti tout autant que moi !

L'elfe vert s'interrompit, le temps de les dévisager un par un. La plupart des membres du conseil baissaient les yeux, l'air soucieux. La vieille Narwain semblait acquiescer et hochait la tête en marmottant. Morvryn soutint son regard, outré qu'il ait osé lever la voix. Quant à la reine, elle n'avait pas quitté son expression aimable, le dos droit, les mains posées sur ses cuisses nues dont la pâleur bleutée, pareille à celle de la fine couche de neige qui recouvrait l'herbe alentour, tranchait joliment sur le lit de feuilles mortes qui jonchaient le sol sous l'abri du grand arbre.

— Je vous ai dit ce que les hommes font à la lisière des bois, reprit-il. Abattre les arbres, les brûler jusqu'aux souches, retourner la terre pour y semer leur grain, bâtir des murs… Des murs, il y en aura bientôt jusqu'au cœur d'Eliande si vous ne réagissez pas!

— Ce n'est pas ce que dit la forêt, murmura Olwenn le ménestrel. Ce n'est pas sa peur…

— Qu'est-ce que tu en sais? Depuis des lunes, vous restez là sans rien faire alors que nous ne cessons de les combattre!

Cette fois, Morvryn ne fut pas le seul à réagir, mais avant même que les Hauts-Elfes n'aient eu le temps d'un geste ou d'un mot, Gwydion avait levé la main.

— *Restan anmod Ithilion aetheling, restan ne egle…*

Pour tous ceux qui l'entendirent, la voix du vieux druide n'était qu'un murmure, et pourtant ce souffle tout juste perceptible suffit à les apaiser. Le Maître du Bois Haut, quant à lui, reçut ces mots avec une force telle qu'il tomba à la renverse sur son séant et resta un long moment étourdi.

— Les hommes ont mal agi et je suis d'avis de prendre les armes pour défendre la forêt, reprit aussitôt Gwydion comme si rien ne s'était passé. Mais le seigneur Ithilion se trompe s'il croit que les bois ont peur des hommes… N'oubliez pas cette attaque de loups noirs…

— Ce n'est sans doute pas une coïncidence, hasarda Dìnris. D'une façon ou d'une autre, les hommes ont peut-être réussi à mener ces loups jusqu'à nous.

— Il y avait des kobolds avec eux, objecta Gwydion. Je n'ai jamais entendu dire que des kobolds aient un jour servi des hommes.

— Les kobolds n'obéissent qu'aux gobelins des Terres Noires, intervint Arianwen.

Un instant, elle parut vouloir dire autre chose, mais elle baissa la tête et cette subite marque de faiblesse les frappa tous de crainte, jusqu'à la vieille Narwain. Alors Gwydion écarta les bras et saisit la main de chacun de ses voisins. D'un signe de tête, il encouragea tous les autres à faire de même, tout au long du cercle.

— Dites ce que vous avez senti durant l'Alban Elved.

— Chaque année, le vent froid fait vibrer les branches comme les cordes de ma harpe, commença Olwenn. C'est un chant triste et lent, qui annonce l'hiver et les jours mauvais.

— Il y avait autre chose que la peur de l'hiver, intervint Narwain. J'ai vécu beaucoup d'hivers, parfois si froids que les arbres éclataient et que des renards mouraient de froid dans leurs terriers. Ce n'était pas ça... C'était pire.

— Je ne voyais rien, dit Morvryn. Je ne sentais rien. Et puis j'ai commencé peu à peu à perdre l'équilibre et je me suis évanoui.

— Moi aussi! s'écria Dìnris. Je veux dire, je ne me suis pas évanoui, mais j'ai eu cette même sensation, une nausée, un malaise insupportable, comme si l'équilibre du monde était rompu.

— J'ai vu un fleuve de feu, murmura la reine. Une longue ligne de flammes traversant la nuit noire et brûlant tout, jusqu'aux pierres qui devenaient feu à leur tour. Et ce fleuve se dirigeait vers moi...

— J'ai vu ces flammes, intervint Ithilion d'une voix brisée. J'ai vu des arbres en feu.

Ces mots furent les derniers. Durant un long moment, les elfes attendirent que l'un de ceux qui n'avaient rien dit prenne la parole, puis les mains se lâchèrent et chacun ressentit soudainement une grande fatigue.

Il s'était remis à neiger et le vent était tombé. Quelques flocons, s'étant frayé un passage à travers les branches du grand chêne sous lequel ils s'étaient abrités, constellaient leurs cheveux et les plis de leurs manteaux.

— Le jeune moine ne doit pas rester ici, trancha

Arianwen en se levant avec un long soupir. Il devra être conduit hors de la forêt et tué. Mon roi s'en chargera...

S'étant redressé comme tous les autres, Morvryn, le masque impénétrable, ne réagit que par un hochement de tête.

— Que tous nos coureurs partent alerter les clans, reprit-elle à l'intention de Dìnris. Chacun devra envoyer ici cent archers avant demain.

— Ma reine, je voudrais vous dire à quel point...

D'un simple regard, Arianwen mit fin aux remerciements qu'Ithilion s'apprêtait à formuler.

— Tu te trompes, seigneur. Gwydion a raison : ce ne sont pas les hommes qu'il faut craindre. Ils sont comme des sangliers qui dévastent les sous-bois de leurs défenses et laissent derrière eux des trouées désolées. Mais l'herbe et les arbres repoussent : en une saison, il ne reste rien de leurs ravages. Les hommes aussi ont peur du feu et ce ne sont pas eux qui menacent l'équilibre du monde. Pas encore...

— Mais quoi, alors ?

La reine hésita, jeta un coup d'œil vers Gwydion et, surplombant l'elfe vert de sa haute stature, elle lui sourit.

— N'est-ce pas évident ?... Rejoins ton clan et dis-leur que dans deux nuits, trois au plus, les elfes d'Eliande seront à la trouée de Calennan.

Chacun autour d'elle dut se poser la même question au même instant. Calennan, les « Terres de l'Herbe Verte » était une clairière immense, à l'extrémité nord du pays d'Eliande, bordée par les collines et les marais qui séparaient la grande forêt des Terres Noires. C'était le domaine du seigneur Calen, héraut des Daerden. Celui que la reine – par l'une de ces étranges intuitions dont elle était coutumière – avait évoqué dès le premier instant de la venue d'Ithilion. En dépit du sourire, le ton était sans réponse et le message effectivement évident. Réunir les clans de guerre à la trouée de Calen, c'était se préparer à une attaque de Celui-qui-ne-peut-être-nommé, souverain des Terres Noires et des peuples immondes. La guerre contre les monstres… Cette seule pensée était une horreur.

Ithilion s'inclina, fit un signe au groupe de ses pisteurs et partit en courant. Quelques instants plus tard, la neige avait recouvert la légère empreinte de leurs pas.

Resté seul auprès de la reine, Gwydion s'enveloppa dans sa longue cape rouge et se rapprocha d'elle, sans un mot, jusqu'à ce qu'elle se tourne vers lui.

— Je sais que tu me désapprouves à propos de cet enfant, dit-elle d'un ton las.

— Parce que tu veux le tuer ? Non… Des hommes meurent tous les jours, autant qu'il en naît, et celui-là n'est pas un être bon.

— Alors ?

— Alors c'est un enfant-moine. Il connaît leur Dieu unique… Ces gens ne sont pas comme les autres hommes. Il y a une force en eux, une force terrible qui leur permet d'oser l'impensable. Ceux qu'Ithilion a tués s'étaient enfoncés dans la forêt plus loin qu'aucun autre groupe humain. Tu sais pourquoi ?

— Parce que leur Dieu leur en avait donné la force, je suppose ?

— Parce qu'ils ne croyaient pas en nous. Parce qu'ils croient être les seuls à la surface du monde et qu'ils ne craignent rien.

— Attends qu'ils fassent connaissance avec les gobelins…

— Oh, ça viendra. C'est sans doute même commencé.

Arianwen acquiesça en silence. Son beau visage avait repris une expression d'une grande tristesse, marqué par le poids des jours et des peines à venir.

— Laisse-moi le temps de l'interroger, reprit Gwydion à contrecœur. Leur pouvoir vient des moines et s'il existe une chance de comprendre ce qui leur donne cette force, il ne faut pas la gâcher.

— Tu as raison, comme toujours... Tu partiras demain avec Morvryn et tu l'accompagneras jusqu'à la lisière des bois. Ça te laissera bien assez de temps.

La reine rejeta ses longs cheveux noirs en arrière, fixa sa cape autour de ses épaules à l'aide d'une fibule d'argent, en releva le capuchon jusque sur son front puis, après un bref sourire à l'intention de son vieil ami, s'éloigna dans le frimas. Bientôt, comme tous les autres, elle disparut hors de vue et Gwydion se retrouva seul.

C'était un triste hiver, en vérité, et une bien triste tâche qu'il venait de s'imposer. La seule pensée qui lui venait à l'esprit était un soulagement veule à l'idée qu'il n'aurait pas lui-même à tuer l'adolescent. Mais la lâcheté de cette réflexion lui apparut de façon si manifeste qu'elle ne fut guère un réconfort, bien au contraire.

Longtemps après qu'il se fut éloigné, une silhouette se détacha des branches hautes du chêne et coula le long de son écorce comme une rigole de pluie. Parvenu en bas, Llaw Llew Gyffes s'assit contre le tronc et, tout en reprenant haleine, regarda furtivement autour de lui pour voir si quelqu'un l'avait aperçu. Rassuré sur ce point, il enfouit sa tête entre ses bras et resta ainsi, sans que personne ne le remarque, jusqu'au crépuscule.

La forêt bruissait des préparatifs guerriers ordonnés par la reine. Partout, dans leurs demeures invisibles, sous les fougères, dans les arbres, sous terre ou au creux des roches, les elfes rassemblaient leurs flèches, polissaient leurs longues dagues d'argent, tressaient leurs cheveux et graissaient leurs hauberts de cuir, en silence, gravement. Nul d'entre eux ne savait pourquoi le Peuple des arbres se préparait au combat, ni pour combien de temps ils seraient partis. À la différence des hommes, des nains, et bien sûr des monstres qui ne vivaient que pour donner ou recevoir la mort, les elfes n'éprouvaient aucune excitation à l'idée de partir en guerre. Ce n'était certes pas une nation pacifique. Leur absence d'émotion au combat leur valait même une effroyable réputation de cruauté, mais à la différence des autres ils savaient qu'il n'y a pas de bataille sans victimes et que chacun d'eux, en prenant les armes, pouvait perdre la vie.

À la nuit tombée, Llaw traversa les allées qui servaient de rues à cette ville invisible et les rares elfes qui le croisèrent ne prirent pas garde à lui. Les archers que Dìnris avait placés devant la tanière de Gwydion, eux aussi absorbés par leurs préparatifs, n'y prêtèrent guère plus d'attention, si tant est qu'ils le virent. En se glissant à l'intérieur, Llaw ne fit pas plus de bruit qu'un souffle de vent.

Durant un court instant, le jeune apprenti retint son souffle, le temps que ses yeux s'habituent à l'obscurité oppressante de la demeure souterraine de son maître. Un lumignon brûlait toujours dans une coupe emplie d'un liquide poisseux, projetant sur les parois des ombres mouvantes. Il eut l'impression fugace de se trouver dans le ventre de quelque créature gigantesque, comme avalé vivant… Le trou n'était pas assez grand pour qu'il ait le moindre doute : même si certaines des claies d'osier recouvrant les murs masquaient l'accès d'autres chambres, Gwydion n'était pas là, et Llaw en fut soulagé. Même s'il avait passé tout l'après-midi à ruminer ce qu'il pourrait dire afin de justifier sa présence, les choses étaient bien plus faciles ainsi.

D'un coup de pied, il réveilla Maheolas, qui dormait recroquevillé dans un coin. L'autre poussa un grognement et roula sur le côté en clignant des yeux, sans parvenir à s'éveiller tout à fait. Ce devait être l'effet de ces herbes que le druide faisait brûler.

— Debout ! cria Llaw d'une voix étouffée en décochant un nouveau coup de pied, plus rude.

— Qu'est-ce que c'est ? Qui est là ?

L'apprenti s'approcha à croupetons et observa un moment le prisonnier, alors que ce dernier se rendormait déjà. Puis brusquement il le saisit par un bras, le hissa sur son séant et lui donna une claque retentissante.

— Debout !

— Llaw ? Qu'est-ce qu'il y a ?

— Regarde-moi... Ils vont te tuer.

Le novice secoua la tête, puis arracha son bras. Dans ces ténèbres rougeoyantes, le visage de l'elfe ressemblait à celui des démons peints sur les murs de la chapelle, au couvent. Il eut un sursaut et retint un cri lorsqu'il le vit dégainer un poignard.

— Prends ça ! Ils vont venir te chercher et t'emmener hors de la forêt. Jusque-là, tu n'auras rien à craindre. Et après... Après je serai là.

Maheolas saisit l'arme d'une main hésitante puis, levant les yeux, il soutint le regard de son compagnon, qui le dévisageait avec une expression intense. À l'instant où le novice allait l'interroger, Llaw jeta une poignée de terre sur la flamme et disparut.

Ce que craignait Nuada lorsque Bres avait été élu roi des Tribus se produisit bien plus vite qu'il ne l'aurait cru possible. Avec l'aide de Bres, dont le père était un prince fomoraig, ces derniers imposèrent leur domination sur les Tuatha Dé Danaan.

La bataille de Mag Tured avait mis fin aux prétentions des Fir Bolgs, mais un nouvel ennemi les asservissait sournoisement, grâce au roi qu'ils s'étaient eux-mêmes choisi.

Les dieux devinrent bientôt les serviteurs des Fomoraig. Le Dagda se fit constructeur de forteresses, Ogme le champion en fut réduit à les approvisionner en bois de chauffage.

L'avarice, l'inconstance et le peu d'inclination de Bres pour les arts provoquèrent bientôt une profonde misère. La cour ne bruissait plus de poésie et de festins, chacun allait triste et sans vie, courbé sous le poids du travail. Un jour, le poète des Tuatha Dé se rendit dans la maison de Bres et y fut si pauvrement reçu qu'il composa cette satire :

« Sans nourriture rapidement servie sur un plat
Sans lait de vache qui fait grandir un veau,
Sans abri humain dans l'obscurité de la nuit,
Sans pouvoir payer une troupe de conteurs,
Qu'ainsi soit désormais la prospérité de Bres. »

De ce jour, les Tuatha Dé se rebellèrent, au point que le roi dut s'enfuir par la mer afin de sauver sa vie.

Nuada et les autres dieux se concertèrent, car il ne faisait pas de doute que Bres reviendrait réclamer son trône à la tête d'une vaste armée.

C'est alors qu'un jeune guerrier, suivi d'une troupe immense, se présenta à leur porte.

8. THORN, RAD, EOH

Debout contre un vieux hêtre au tronc éclaté et aux branches tordues par le vent, agrippé de toute la force de ses doigts aux rainures de l'écorce grise, Llandon luttait pour ne pas s'évanouir. Bien avant l'aube, il avait quitté sans bruit la hutte familiale, emportant son arc et deux jours de vivres, pour se hisser jusqu'au sommet d'un éperon rocheux dominant la forêt. Ce n'était qu'une marche d'une demi-lieue, grimpant en pente douce jusqu'à l'une de ces tours de guet naturelles que les elfes d'Eliande utilisaient pour veiller sur leur immense domaine. Mais avec sa jambe immobilisée par les emplâtres de feuilles et l'attelle que lui avait posée Gwydion, l'épreuve avait usé ses forces jusqu'à l'épuisement. Le jeune chasseur était hors d'haleine, le corps couvert d'une mauvaise sueur froide, le cœur au bord des lèvres. De brusques rafales chargées de grésil balayaient ce promontoire par à-coups et l'auraient sans doute jeté à bas dans sa faiblesse extrême s'il ne s'était ainsi accroché à l'arbre, d'autant que sa jambe brisée, traversée de fulgurances difficilement supportables, ne le soutenait plus.

L'elfe ne regrettait pourtant rien. Après des jours d'immobilisation forcée, à subir les soins des guérisseuses et les remontrances de sa mère, Llandon s'offrait avec reconnaissance aux gifles glacées du vent. Ce goût de liberté retrouvée valait toutes les peines du monde, mais il n'y avait pas que cela… Dès que le soleil se lèverait, il pourrait apercevoir à l'horizon la sombre découpe des collines bordant la grande forêt, au septentrion. Les jours de grand beau, on parvenait même à distinguer les montagnes, au-delà, qui marquaient la frontière des Terres Noires. Avec un peu de chance, peut-être apercevrait-il des colonnes d'archers remontant à travers les fourrés…

Depuis des jours, les gens ne parlaient plus que de la guerre qui s'annonçait. Le moindre nuage noir devenait un présage, la moindre corneille, le moindre grondement de tonnerre. Les rumeurs les plus folles circulaient à travers le sous-bois : l'ennemi rôdait à la lisière d'Eliande, des loups noirs (et il le savait mieux que personne) étaient entrés sous la forêt, les hommes abattaient des arbres par centaines et les nains, ennemis de toujours… Eh bien, on ne savait pas ce que les nains préparaient, mais avec eux il fallait toujours s'attendre au pire.

Spectateur impuissant, acteur oublié, Llandon avait versé le premier sang de ce conflit couvant. Un temps, il s'était imaginé convié au conseil, éclairant la reine de son expérience. Mais en dehors du vieux Gwydion – et encore, c'est à peine s'ils échangeaient trois mots lors de ses visites – nul n'était venu le consulter. À présent, il pouvait juste s'estimer heureux d'avoir pu se traîner jusqu'ici pour voir tout cela de loin…

Saisi d'un brusque accès de rage, l'elfe s'écarta du vieux hêtre tordu, empoigna son grand arc à deux mains et allait le fracasser contre le tronc lorsqu'il aperçut une forme immobile, drapée dans une cape rouge battant au vent et appuyée sur un long bâton.

— Maître Gwydion!… Vous êtes là depuis longtemps?

— Plus longtemps que toi, si telle est ta question,

murmura le druide. J'y viens depuis cinquante hivers, au moins... À l'époque, cet arbre n'était qu'une jeune pousse.

Lentement, le druide s'approcha de Llandon, le désarma sans le regarder et continua jusqu'à l'arbre solitaire, dont il caressa l'écorce.

— Tu vois, malgré tous mes efforts, je n'ai pas réussi à le préserver. Son tronc s'est fendu et, depuis, l'entaille ne cesse de s'agrandir. Si ça ne te fait rien, j'aimerais autant que tu passes ta rage sur une pierre.

— Pardonnez-moi, maître. Je...

— Oh, je n'ai rien à te pardonner ! Je comprends, va... Tous les autres partent à la guerre et toi tu te sens inutile. Peut-être même un peu responsable de ce qui se passe, encore que ce serait une pensée absurde. Tu crois qu'ils vont se couvrir de gloire et que tu resteras pour toujours à l'écart, comme un infirme. Mais tu te trompes...

Gwydion lui adressa un sourire las et lui fit signe d'approcher.

— Viens, asseyons-nous un instant. Le jour va bientôt se lever et, d'ici, la vue est merveilleuse. Il ne faut pas rater ça.

Après qu'ils se furent installés tant bien que mal contre le tronc rugueux du hêtre, Gwydion se retourna vers le chemin en contrebas et frappa le sol de son bâton.

— À ce propos... Lliane ! Sors de là !

Durant un moment, il n'y eut que le sifflement du vent et le bruissement des fourrés autour d'eux. Puis une mince silhouette émergea de la pénombre et s'avança timidement vers eux.

— Vous m'avez vue ? dit-elle assez stupidement.

— Non, la Morrigan m'est apparue en rêve et m'a dit que tu étais là. Bien sûr que je t'ai vue ! Il faudrait être aveugle comme celui-là pour ne pas te voir ! Aveugle et sourd ! Vous faites de beaux chasseurs, tous les deux...

Llandon, près de lui, grommela quelque chose que Gwydion ne préféra pas comprendre. Sans plus s'occuper de la princesse qui vint s'asseoir près de lui, il se pencha vers le jeune chasseur et reprit sa phrase là où il l'avait laissée.

— Tu te trompes parce que la guerre n'est pas une chose glorieuse. La gloire ne vient qu'après, quand on a fini de pleurer les morts et de soigner les blessés, quand on a oublié la peur, la lâcheté, le dégoût de soi et de ce qu'on a fait. Cela prend un temps considérable, sauf pour ceux qui ne se sont pas battus et qui ne voient que la victoire... Tu te trompes également parce que tu ne resteras pas infirme, à moins que tu ne continues à malmener ta jambe comme tu l'as fait cette nuit. Je le sais, c'est moi qui t'ai soigné. Et tu te trompes enfin parce que cette guerre ne fait que commencer et que, crois-moi, tu auras l'occasion d'y participer, ainsi que tes compagnons, Maerhen et Llydas... Ne souris pas. Le jour où tu vomiras de terreur parmi les cadavres de tes amis, tu te souviendras de cet instant et tu sauras que je dis vrai. Ce jour-là, mon fils... Ce jour-là, il faudra que tu te souviennes aussi de ce que je vais te dire maintenant : j'ai jeté les runes à ta naissance, et les runes ne mentent pas. Ton destin n'est pas de mourir à la guerre, non...

Le vieux druide ferma les yeux et reposa sa tête contre le hêtre, avec un long soupir. À ses côtés, d'un même mouvement, Lliane et Llandon se penchèrent pour échanger un regard où se mêlaient l'exaltation, l'impatience et la frustration. L'un et l'autre savaient qu'il était inutile d'en attendre davantage. Lorsque Gwydion se taisait, il ne convenait pas de le questionner, même si ce que leur aîné venait de révéler éveillait en eux un désir pressant, presque douloureux, d'en savoir plus. Le vieux druide en avait pleinement conscience, mais ce qu'il avait vu du destin véritable du jeune elfe devait rester tu. Surtout en présence de Lliane.

— Le jour va se lever… Regardez ça…

Le vent était tombé, il ne neigeait plus. Le ciel avait pris une teinte violette et les collines, au loin, s'ourlèrent lentement d'une longue ligne orangée. Puis soudain, comme une lame, un trait de lumière rasant illumina la forêt tout entière. Le char solaire d'Oengus le Mac Oc, jeune fils du Dagda, commençait son voyage quotidien, paré de son manteau aux rayons d'or. Avant que sa lumière ait chassé les ténèbres, le givre fit étinceler les arbres et les fourrés émergeant de la brume. L'instant était d'une telle beauté que les trois elfes restèrent muets, les yeux écarquillés, l'esprit vide de tout ce qui n'était pas cette lumière divine. Puis comme sur un signal, des oiseaux de toutes sortes se mirent à chanter et ce paisible ramage les ramena à l'instant présent.

— Puisque tu es là, aide-moi à me lever, marmonna Gwydion en s'appuyant sur l'épaule de Lliane. Je suis déjà en retard…

Une fois debout, le druide épousseta son manteau rouge, puis saisit le bâton qu'elle lui tendait. Feignant de ne pas voir l'échange muet des deux jeunes elfes, il la poussa doucement vers le chemin.

— Allons, je suis en retard, je t'ai dit… Passe devant. Et toi, prends soin de mon arbre, tu veux? Parle-lui un peu, il te tiendra compagnie.

— Vous partez pour la guerre, vous aussi? fit Llandon.

— La guerre n'est plus de mon âge, mon fils… Et puis elle ne m'a jamais intéressé.

Toujours appuyé sur Lliane, il commença à redescendre vers la cité des elfes.

— Viens me voir, quand tu rentreras! cria-t-il avant de disparaître dans les taillis. Il faudra que je regarde ta jambe!

Le réveil était rude. On n'avait pas trouvé assez de bois sec à travers toute cette plaine rase pour maintenir les feux de camp durant la nuit. Au matin, les hommes s'étaient regroupés auprès des braises qui avaient pu être rallumées et formaient autour de ces maigres flambées des empilements compacts parcourus de grommellements et de quintes de toux. C'est à peine si les queux avaient réussi à faire cuire des fromentées relevées de miel, que les soldats du roi, archers, piétons et chevaliers mêlés sans distinction, mangeaient dans des écuelles informes ou à même le chaudron, de leurs doigts gourds et sales. Pellehun était assis parmi eux, grelottant sous son haubert de mailles raidi par le gel, l'esprit vide, le corps perclus et l'humeur assassine.

Bassecombe était encore à une bonne journée de marche, peut-être deux si la neige recommençait à tomber et le vent à souffler de face, comme la veille… À cheval, il n'en aurait que pour la matinée. Là-bas, il pourrait manger autre chose que cette bouillie infâme, changer de vêtements, ne plus être gelé jusqu'aux os, dormir dans un lit, peut-être même en douce compagnie. Mais bien sûr, cela ne se faisait pas. Laisser les piétons à leur sort et partir en avant avec la chevalerie ou même une simple escorte d'archers à cheval ne serait pas seulement une faute tactique potentiellement dangereuse, mais surtout une maladresse majeure, de celles qui vous bâtissent à jamais la pire des réputations. Il n'y avait qu'à les regarder, ces brutes, ces soudards aux visages tannés, pour voir que la présence parmi eux du fils unique du roi était appréciée à sa juste valeur. Un homme lui avait tendu une écuelle fumante comme à un camarade (familiarité qui lui aurait valu le pilori à Loth), Abbon lui avait recouvert les épaules de son manteau, un autre avait ramassé son épée sans que personne ne le lui demande et passait lentement sa pierre à aiguiser le long de son tranchant. Le crissement métallique sur la lame, le tintement de l'estoc au bout de son geste formaient une monodie rassurante, propice à la rêverie. L'instant se prolongeait sans doute au-delà des usages, mais les capitaines d'armes n'osaient donner de la voix et disperser la piétaille à coups de gueule et de bottes comme ils l'auraient fait d'ordinaire, du fait de la présence du prince et de deux bannerets. C'était à Pellehun de le faire, il en avait conscience, mais plus encore le prince éprouvait l'importance de ce moment : malgré les jours de marche, malgré le vent, la neige et cette nuit de glace qu'ils venaient de subir, ces deux conrois de chevaliers, leur cinquantaine d'hommes d'armes et l'escouade d'archers à cheval qui formaient toute sa troupe étaient en train de se transformer en armée, et lui en chef.

Surmontant sa répugnance, il passa deux doigts réunis en cuiller le long de son écuelle pour y ramasser les derniers grumeaux de sa fromentée refroidie, avala le magma brunâtre et, comme il l'avait vu faire par les hommes, nettoya le plat dans la neige avant de l'envoyer d'un geste précis vers celui qui la lui avait prêtée.

— Merci, compagnon ! dit-il d'une voix forte, en se levant. Sur ma vie, je n'ai jamais rien mangé de plus... ma foi, de plus infect !

Tous ceux qui étaient regroupés autour du feu de camp partirent d'un même rire, jusqu'à Abbon lui-même, que le prince n'avait même encore jamais vu sourire depuis qu'il était en âge de se souvenir des choses. Gagné par leur hilarité, Pellehun finit par s'esclaffer de sa propre plaisanterie.

— Allons, il est l'heure ! Si nous marchons bien, ce soir mes amis c'est moi qui vous offrirai à boire et à manger, sur les réserves personnelles du baron Wefreld !

— Par Dieu, s'exclama un chevalier assis près de lui,

il ferait beau voir que ce godelureau nous barre l'accès de ses caves !

Pellehun jeta un coup d'œil vers celui qui venait de parler. Le cheveu noir, long jusqu'au cou, un visage large et matois, le corps trapu engoncé dans une armure de cuir bouilli, les bras et les jambes couverts de mailles, il devait avoir à peu près son âge…

— Toi qui as une si grande gueule, prends les archers et pars en avant. Tu nous ramèneras un tonneau de bière !

Des exclamations et des rires saluèrent cette nouvelle sortie, mais c'était sans malice. Les hommes se levaient, ramassaient leur équipement et se préparaient au départ. Alors que le jeune chevalier à l'armure de cuir se levait à son tour, Pellehun lui saisit le bras.

— Ton nom ?

— Gorlois de Tintagel, Mon Seigneur. Je suis de la mesnie du duc d'Erbin.

Pellehun se tourna vers le banneret Gaidon, qui hocha la tête en signe d'assentiment. L'homme n'était pas mal choisi.

— Alors va, Gorlois, reprit Pellehun un ton en dessous. Ramène la bière pour ces braillards, mais surtout ouvre l'œil. Je compte sur toi. Pousse aussi loin que tu pourras vers Bassecombe, mais si quoi que ce soit te semble anormal, reviens me prévenir. Je ne tiens pas à tomber dans une embûche. Tu as compris ?

L'autre jeta un coup d'œil vers Abbon, dont la silhouette colossale les surplombait tous deux et qui le regardait comme s'il était sur le point de l'écorcher vif.

— Oui, Mon Seigneur, dit-il en se ressaisissant.

Le prince hocha la tête, lâcha le bras du chevalier et se dirigea vers sa monture tout en examinant le ciel uniformément gris. Peut-être ne neigerait-il pas, aujourd'hui.

Il n'y avait pas eu un mot, pas un regard. Gwydion était passé devant le groupe de Morvryn sans se presser, toujours appuyé à l'épaule de Lliane comme s'il peinait à marcher, et ne l'avait pas lâchée jusqu'à ce qu'ils pénètrent dans sa hutte souterraine. Elle s'était assise dans un coin, le plus à l'écart possible de la couche que Maheolas avait occupée tous ces jours derniers et observait le druide, alors qu'il préparait sa musette en prenant tout son temps.

— Il est trop tôt pour partir, murmura-t-il comme s'il avait perçu la question qui brûlait les lèvres de la jeune elfe. Malgré son âge, ton père veut toujours aller trop vite. Il lui faut encore apprendre la patience…

Lliane n'osa l'interroger et tenta de comprendre seule ce qui était en train de se passer. Son père et le groupe de guerre qui l'entourait attendaient visiblement Gwydion. Même si elle n'en avait rien laissé paraître, il aurait fallu être aveugle pour ne pas apercevoir Maheolas, assis par terre parmi eux, les mains liées et l'air anéanti. Liait-on les mains de quelqu'un que l'on avait l'intention de libérer? Sans doute pas… Alors l'emmenaient-ils pour le rendre aux siens ou pour le tuer? Quoi qu'il en soit, le druide s'apprêtait manifestement à les rejoindre, et à en juger par le peu d'empressement qu'il mettait à se préparer, cette perspective ne l'enchantait guère.

Une fois ses affaires prêtes, le vieil elfe s'assit à terre avec un long soupir, fouilla dans ses poches et en sortit une pincée d'herbes qu'il émietta sur son feu de brindilles. Aussitôt, sa tanière fut illuminée comme en plein jour.

— J'ai besoin d'y voir clair, grommela-t-il. Dans tous les sens du terme… Passe-moi le sac qui est à côté de toi.

Lliane obéit, mais son cœur fit un bond dans sa

poitrine lorsqu'elle reconnut la grosse bourse de cuir que Gwydion lui désignait. C'était là qu'il rangeait les *Duili fedha*, les éléments du bois, ainsi qu'on nommait les tablettes gravées de runes qui servaient à ses prédictions. Tout en s'efforçant de masquer son trouble, Lliane observa son maître à la dérobée tandis qu'il dénouait les lacets fermant le sac, le posait à terre et l'ouvrait largement devant lui.

— Ne t'es-tu pas demandé ce que je venais faire tout en haut de ce rocher, ce matin? dit-il sans quitter des yeux les runes. Ce n'était pas pour voir ce jeune fou de Llandon, ni mon vieil arbre... C'est toi que je suis venu chercher.

Gwydion lui jeta un coup d'œil, sourit de l'effort qu'elle faisait pour sembler ne pas entendre et poursuivit.

— Pour une raison que je ne connais pas, toi et Maheolas êtes liés.

— Comment? Mais ce n'est...

— Ne m'interromps pas, dit-il sèchement, puis avec un sourire : je n'ai guère de temps. Le destin de ce garçon et le tien sont étroitement mêlés, d'une façon que j'ignore, mais que j'ai sentie dès qu'il est arrivé ici. D'ailleurs, tu as dû le comprendre, toi aussi, puisque tu es venue le voir...

— Qui vous a dit ça!

— Tu n'es pas venue le voir il y a quelques jours?

— Mais je... Bien sûr que non!

— Alors, c'est que tu as moins d'intuition que je ne le pensais... Dommage.

Il lui jeta de nouveau un coup d'œil et réprima un sourire. Sous le coup de l'émotion – et de son mensonge – les joues de Lliane avaient bleui[1] et les pointes de ses

1. Une femme aurait rougi.

oreilles s'étaient orientées vers l'arrière, comme pour ne plus entendre.

— Quoi qu'il en soit, je n'ai plus le temps ni le choix, dit-il en retrouvant son sérieux. On va essayer quand même... Tiens, plonge ta main dans le sac, pense à Maheolas, concentre-toi sur lui et prends trois de ces tablettes. Laisse tes doigts choisir ou pioche-les d'un seul coup, comme tu voudras...

Tandis qu'il parlait, Gwydion dessina sur le sol un long trait.

— ... Puis aligne-les ici, dans l'ordre où tu les auras prises.

Comme rien ne se passait, il leva les yeux sur elle et vit l'expression d'angoisse et d'incrédulité qui avait figé le visage de Lliane.

— Eh bien?

— Je ne peux pas, murmura-t-elle. Je ne sais pas lancer les runes... Il ne faut pas...

— Il ne t'arrivera rien, si c'est ce que tu crains. J'ai besoin de toi, pour tenter de comprendre le destin de cet humain, savoir qui il est et s'il représente une menace pour le peuple des arbres. Les éléments du bois nous révèlent le passé, le présent et l'avenir, mais pas d'une façon uniforme, absolue, comme s'il s'agissait d'une vérité unique. Il n'y a pas de vérité unique, jamais... Quand il se passe quelque chose, n'importe quoi, une querelle, un incident de chasse, une heureuse surprise, l'événement ne laisse pas le même souvenir aux gens qui l'ont vécu, mais chacun est persuadé, en bonne foi, d'en avoir une connaissance complète. Il en va de même pour le présent et l'avenir. Si je tire les runes pour Maheolas, elles me diront ce que je sais déjà, ou ce que je crois savoir. Mais si tu es vraiment liée à son destin, comme je le crois, je pourrai en apprendre bien plus, et... et agir en conséquence.

Gwydion avait terminé sa phrase en un grommellement teinté de gêne. Lliane pensa aux cordes qui entravaient les poignets du novice et au groupe des guerriers qui l'entourait. Ainsi, c'était cela... Le maître cherchait encore à savoir ce qu'il fallait faire de lui.

Comme Gwydion lui faisait signe de se décider, elle tendit une main que l'émotion faisait trembler légèrement et la plongea dans la bourse de cuir. Ses doigts rencontrèrent la surface lisse des tablettes polies par l'usage, plongèrent parmi elles et s'immobilisèrent un instant. Elle s'était attendue à un signe, une chaleur particulière, un mouvement, pourquoi pas, comme si l'une ou l'autre des tablettes gravées allait bondir d'elle-même dans sa main. Le ridicule de cette pensée lui apparut aussitôt et elle saisit tour à tour trois pièces de bois qu'elle aligna soigneusement le long du trait, en évitant le regard de Gwydion.

Les trois runes formaient ce dessin.

— *Thorn, Rad, Eoh,* marmonna le druide.

Il resta un long moment silencieux, puis poussa un soupir, avec une sorte de sourire triste à l'intention de son élève.

— Les trois runes... C'est l'une des prophéties les plus simples qui soit, et souvent l'une des plus justes... La première évoque ce que tu ressens vis-à-vis de la question posée. En l'occurrence, savoir si Maheolas représente un danger pour nous... Tu t'es concentrée sur lui, bien sûr ?

— Bien sûr ! dit Lliane en réalisant qu'elle n'avait en

fait pensé à rien lorsqu'elle avait choisi les éléments du bois.

— Cette rune est celle de Thorn, l'épine... Quelque chose de petit, d'insignifiant, dénué de toute capacité à attaquer et qui pourtant peut blesser quiconque s'en approche... Voilà ce que dit le poème :

Byth thearle scearp, thegna gehwylcum
Anfeng ys yfyl ungemetun rethe
Manna gehwylcum eadnys ond tohight

Les épines sont très pointues, pénibles
À prendre en main, extrêmement néfastes
Pour quiconque reste au milieu d'elles

— Thorn est le symbole des dangers du monde extérieur, des embûches, de tout ce qui peut blesser le voyageur lorsqu'il quitte sa demeure. C'est un choix... particulièrement révélateur.

Gwydion observa le visage de Lliane. Toute trace de frayeur en avait disparu. La petite elfe gardait les yeux rivés sur les trois tablettes de bois, sa poitrine haletante, mordant ses lèvres, serrant les poings.

— La deuxième, dit-il, représente la façon dont la question sera surmontée. Tu as choisi Rad...

Byth on recyde rinca gehwylcum
Sefte, ond swithwaet than the sitteth on ufan
Meare maegenheardum ofer milpathas

Pour le héros, chevaucher dans la maison
Est doux, plus fatigant quand on enfourche
Un grand cheval martelant le chemin des longues lieues

Gwydion réfléchit un instant, le doigt posé sur la tablette gravée et les yeux fortement plissés, comme s'il cherchait à tout prix à en entendre davantage. Puis il se détendit soudainement et poussa la rune en avant, d'un geste négligent.

— Ça ne signifie pas nécessairement un long voyage, quoique ce soit possible. Rad est la rune de l'action, opposée à la réflexion. Elle signifie que c'est dans l'action, dans le mouvement, que ce défi sera surmonté. N'importe qui peut se faire passer pour un héros tant qu'il reste chez soi, mais galoper sur le chemin des longues lieues, se heurter au monde, voilà qui révèle la vraie valeur... C'est une rune qui me dit de me taire et d'agir, à moins...

— À moins ?

— À moins qu'elle ne me dise de me taire et de *te* laisser agir... À moins que ce ne soit toi qui galopes sur le chemin des longues lieues. Enfin ! Quant à la troisième, ah...

Le sourire qui avait adouci un instant le visage du vieux druide se tarit. La troisième était un élément redouté de tous les devins et jeteurs de sorts. C'était la rune d'Eoh, l'if, symbole de mort et de renaissance...

— La troisième dit tout. Elle est le présage...

Byth utan unsmethe treow,
Heard, hrusan faest, hyrde fyres,
Wyrtrumum underwrethyd, wyn on ethel

L'if au-dehors n'est pas un arbre lisse
Mais fort et ferme, il est le gardien du feu,
Soutenu par de profondes racines, la joie de la maison

Ayant dit, Gwydion resta un moment silencieux, afin de réfléchir encore à la signification de la rune. « Fort et ferme, le gardien du feu », « de profondes racines, la joie de la maison »... Des mots évoquant un triomphe éclatant et un avenir glorieux, mais parlaient-ils de Maheolas ou de Lliane ? Peut-être des deux…

— Regarde la rune, dit-il enfin. Tu vois comme les traits semblent tirer la ligne centrale dans deux directions opposées ? C'est le signe de conflits à venir. Sans doute êtes-vous, toi et Maheolas, chacun de ces traits divergents. L'if est le symbole de la colère qui gronde à travers le monde. Ses racines sont profondes, son faîte fend le ciel comme une épée, mais ses branches sont de plus en plus faibles, à mesure qu'elles s'élèvent, et de toute sa puissance il ne reste qu'un rameau battu par le vent…

Lliane attendit qu'il en dise plus, mais son vieux maître semblait perdu dans ses pensées, et elle le connaissait assez pour savoir qu'il pouvait rester ainsi un temps infini.

— Je ne comprends pas, intervint-elle après s'être raclé la gorge pour attirer son attention. Quel est le présage ?

— Mmm… Il arrive que leur signification soit lente à se révéler. C'est pour cela que les druides étudient et que leurs élèves doivent écouter, de temps à autre. Quoi qu'il en soit, n'oublie pas que ce n'étaient pas *tes* runes, mais celles de Maheolas…

— Je croyais que nous étions liés ?

— Oui, oui, mais les runes ne révèlent pas tout, et certainement pas ce qu'on ne leur a pas demandé. Elles sont comme des branches feuillues malmenées par le vent. Le plus souvent, on n'y voit qu'une agitation confuse et puis, tout à coup, elles laissent apparaître un coin de ciel bleu et on est ébloui.

Il lui sourit, commença à ranger les éléments du bois dans sa bourse, puis se ravisa et balança pensivement entre ses doigts l'une des tablettes, tout en regardant Lliane d'un air absent. Alors qu'elle allait lui demander à quoi il réfléchissait, le druide saisit le poignard qui pendait à sa ceinture, posa la rune à terre et commença à y forer un trou.

— Qu'est-ce que vous faites ?

— Donne-moi un lien de cuir, répondit Gwydion sans s'arrêter. Là, parmi les sacs. Tu trouveras bien.

Elle obéit, fouilla un moment dans le désordre des bourses et des musettes accrochées sur les parois de la hutte ou empilées sur des étagères. Puis elle trouva ce qu'il avait demandé.

— Coupes-en une coudée, ça suffira.

Elle s'exécuta et lui tendit le lacet de cuir, qu'il fit passer dans le trou avant d'en saisir les deux extrémités et de lever le pendentif devant la jeune elfe. La rune était celle d'Eoh, l'if…

— *Wyn on ethel*, murmura-t-il. Cette rune te protégera en toutes circonstances. Viens là…

Lliane se rapprocha et, avec la douceur d'un père, il écarta ses cheveux pour nouer le lien à son cou. D'un geste instinctif, elle posa la main sur la tablette, la serra un instant puis la laissa retomber sur sa gorge.

— Tu m'as été d'un grand secours, fit-il en s'écartant pour masquer l'émotion qui l'avait saisi… Et ne t'inquiète pas. J'aurai le temps de penser à tout cela en chemin.

— Vous partez avec Morvryn, dit-elle d'un ton hésitant, mais où perçaient des accents de reproche. Vous emmenez Maheolas… Vous allez le tuer ?

Gwydion l'étudia un instant, en se demandant ce qu'elle savait du sort que la reine avait réservé au jeune moine.

— C'est un humain, énonça-t-il froidement. Tu étais à l'assemblée, avec ta mère. Tu te souviens de ce qu'a dit Narwain : les hommes n'ont rien à faire dans la forêt.

— Je me souviens que vous le défendiez.

— Non, je ne le défendais pas, je voulais juste comprendre pourquoi il était arrivé jusqu'à nous. Quoi qu'il en soit, Narwain avait raison. Un homme ne doit pas se trouver ici, à Cill Dara, si près du Bosquet des Sept arbres. Et à plus forte raison un homme dédié à leur Dieu… C'est pour ça qu'il faut l'emmener hors de nos bois.

— Vous n'allez pas le tuer ?

— Allez, va maintenant. En passant, dis aux autres que j'arrive.

Lliane n'avait guère le cœur à obéir, l'esprit encore brouillé d'innombrables questions qu'elle peinait à formuler et qui ne trouveraient certainement pas réponse si elle partait maintenant. D'un geste déjà familier, elle toucha la rune à son cou, ce qui le fit sourire.

— Maître… Pourquoi les hommes sont-ils comme ça ? Pourquoi sont-ils si différents et en même temps si proches de nous ?

— Tu ne connais rien au monde, petite feuille… Tu verras plus tard qu'il n'est fait que de cela : différence, ressemblance… Ce que tu crois le plus éloigné de toi t'est souvent proche par bien des aspects. À l'inverse, mieux tu connais un être de ta famille, de ton clan, et plus tu découvres ce qui vous différencie… Tous les êtres vivants, jusqu'aux arbres, jusqu'aux pierres elles-mêmes dont la vie est si lente que seuls les sorciers nains arrivent à les animer, tout est fait de la même sève, de la même matière, par les mêmes dieux… Les hommes l'ont oublié. Ils ont un Dieu nouveau, unique, qui les place au-dessus de toute race et leur promet une vie éternelle… Peut-être est-ce cela qui les a changés. C'est en tout cas la raison pour laquelle je pars avec ton père et Maheolas. Je voudrais que ce garçon m'en dise davantage…

Lliane faillit évoquer la nuit où l'enfant-moine avait parlé de sa foi – ou de son absence de foi – devant elle et Llaw. Mais c'eût été avouer ce qu'elle venait de nier quelques instants plus tôt. Elle se tut pensivement, tandis que le druide ramassait sa musette, son bâton et faisait mine de se lever.

— Si les hommes ont oublié les dieux, reprit-elle soudainement, pourquoi la langue sacrée opère-t-elle sur eux ?

Le vieil elfe suspendit son geste et poussa un long soupir.

— Elle opère aussi sur les bêtes, tu le sais bien, sur les arbres et même sur le vent ! Alors pourquoi pas sur les hommes ? Les hommes, les nains et les monstres sont des Tribus de la Déesse, comme nous. Alors qu'importe s'ils ont oublié la langue des dieux : leur cœur s'en souvient, et c'est pour cela que la magie est si puissante contre eux.

— Vous croyez que la magie de leur Dieu est aussi puissante ?

— Ça, mon enfant, c'est justement ce que j'essaie de savoir… Allez, file d'ici.

Cette fois, la petite elfe n'insista pas et Gwydion, resté seul, demeura pensivement devant le conduit par lequel elle avait disparu. Il revit l'instant où elle plongeait la main dans le sac contenant les éléments du bois. Lliane avait été vite, peut-être par peur, peut-être par insouciance, là où d'autres mettaient un temps infini à choisir… Se pouvait-il qu'elle soit allée trop vite et que les runes aient en fait révélé son propre destin et non celui de l'enfant-moine ?

Lentement, il sortit de son antre, cligna des yeux à la lueur brusque du ciel pourtant maussade et hocha simplement la tête en direction de Morvryn.

Feignant de ne pas avoir entendu le « ce n'est pas trop tôt ! » grommelé par l'un des pisteurs, Gwydion surveilla Maheolas tandis que ses gardes le remettaient sur pied. Le novice ne lui accorda pas un regard. Malgré sa petite taille, malgré la tunique de moire trop grande qui l'affublait et les liens qui lui enserraient les poignets, son visage était plein de morgue, de défi, presque amusé. S'il avait peur, il le cachait bien. Mais comment pourrait-il ne pas avoir peur?

Chassant cette idée, Gwydion partit brusquement en avant, balançant son bâton en travers des fourrés pour se frayer un passage. Une phrase lui restait en mémoire depuis qu'il avait lu les runes, comme le fumet d'un plat après qu'on eut dîné, comme l'air d'un chant qui ne vous quitte pas.

Wyn on ethel… Pour les non-initiés, les derniers mots du tercet d'Eoh semblaient faciles à interpréter, presque trop simples. « Soutenu par de profondes racines, il est *la joie de la maison* ». Sous cet aspect anodin, la phrase contenait en fait deux mots-runes auxquels elle renvoyait : *Wyn*, la joie, et *Ethel*, la maison.

La joie est pour celui qui connaît un peu le malheur
Sans être entravé par le chagrin il aura
De beaux fruits, assez de bonheurs et de bâtisses

La maison est aimée de chaque être vivant
S'il peut convenablement et en paix
Trouver en son sein de fréquentes moissons

Le tercet de Wyn n'évoquait pas la joie naïve d'un enfant, mais plutôt la plénitude acquise par ceux qui ont vécu en côtoyant l'adversité et la peine. Quant à celui d'Ethel, la maison avait ici le sens de la lignée, et les moissons étaient celles de l'expérience. Le poème runique expliquait ainsi que les bienfaits de toute l'expérience acquise au travers d'une vie marquée par les épreuves ne pouvaient être récoltés qu'en revenant au sein de la lignée.

Et tandis que Gwydion s'éloignait d'un pas rapide (bien différent de la démarche de vieillard qu'il avait adoptée quelque temps plus tôt), suivi des pisteurs et de leur jeune prisonnier, la question qu'il ressassait inlassablement restait entière : s'agissait-il du destin de Maheolas, ou de celui de Lliane ?

Après que Bres eut été chassé du trône, Nuada Airgetlam, c'est-à-dire Nudd-au-bras-d'argent ainsi qu'il était à présent surnommé, redevint roi, le temps que les Tuatha Dé Danaan élisent son remplaçant. C'est durant cette époque, un jour où Nudd donnait un grand festin, qu'un jeune guerrier à l'allure redoutable se présenta à la porte de sa forteresse, à la tête d'une troupe immense.

« Mon nom est Lug, fils de Cian, fils de Diancecht et de Eithne, fille de Balor, dit-il. Je rentre chez les miens. »

Les portiers se souvenaient de l'union de Cian et d'Eithne, princesse fomoraig, mais refusèrent de le laisser passer, car le souvenir du mal qu'avait causé Bres, lui aussi né de l'union de l'un des leurs avec un Fomoraig était encore vif à leur esprit et que le géant Balor, son grand-père maternel, était un être monstrueux à la réputation effroyable.

— Tu ne peux entrer, dirent-ils. Seuls sont admis ici les dieux qui excellent dans leur art.

— Je suis charpentier, déclara Lug.

— Nous avons déjà un charpentier et son nom est Luchtai.

— Je suis forgeron, reprit Lug.

— Nous avons un forgeron.

— Je suis champion d'armes, harpiste, héros, poète, historien, sorcier, médecin, échanson et artisan, dit alors Lug.

Questionne ton roi : a-t-il déjà dans sa cour un être qui soit tout cela à la fois ?

Le portier s'en alla trouver Nuada, qui dut admettre qu'un être réunissant ainsi toutes les connaissances devait être au moins leur égal. On le fit venir et le roi lui demanda de jouer de la harpe. Lug leur joua un air de sommeil qui les fit dormir un jour durant, puis un refrain de rire qui les mit dans la bonne humeur et enfin un chant triste qui les plongea dans la plus amère affliction.

On lui demanda ensuite de mesurer sa force à celle d'Ogme, le champion, et Lug réussit à le vaincre aisément.

Nuada fut alors d'avis qu'il ne pouvait y avoir de meilleur allié pour vaincre Bres qu'un être aussi exceptionnel, alliant comme leur ennemi le sang des Tuatha Dé à celui des Fomoraig. Il lui offrit son trône, avec l'assentiment des autres dieux.

Ainsi Lug devint-il roi des Tuatha Dé Danaan.

9. LA MARCHE DE BASSECOMBE

Un peu avant midi, une fumée noire fut visible à l'horizon. Comme par un fait exprès le vent était tombé et, dans un ciel de neige d'un gris jaunâtre, ce panache immobile formait un pilier dont la base semblait être le bourg de Bassecombe. La troupe avançait en silence, mais chacun avait les yeux fixés sur ce sombre présage. Les visages étaient fermés, les mots rares, le pas lourd. On n'entendait que le grincement des cuirs, le crissement des cottes de mailles et le martèlement sourd des hommes avançant en rangs serrés sur la terre gelée. Les plus aguerris mastiquaient du jambon cru et du pain tout en marchant, sachant qu'ils n'en auraient peut-être bientôt plus l'occasion. Certains ramassaient parfois une poignée de neige pour s'en abreuver. Pellehun avait conscience des regards qui se tournaient vers lui, et il s'efforçait d'arborer un visage égal, comme si ces volutes noires montant du bourg fortifié ne constituaient pas une surprise, de ne presser sa monture ni d'observer le pays tout autour d'eux, ainsi qu'il en crevait d'envie.

Sur son ordre, les deux conrois de chevaliers s'étaient éloignés à une portée de flèche de part et d'autre de la colonne de piétons protégeant les chariots de vivres et d'armes, prêts en cas d'attaque à se déployer à travers la plaine enneigée et charger en ligne, selon leur tactique habituelle. Lui-même chevauchait en tête de la piétaille, avec tout juste une poignée de chevaliers et d'archers montés pour lui servir d'escorte.

La plaine était immense et le temps fut long avant qu'ils parviennent à distinguer quoi que ce soit de plus. Puis tout à coup le nuage blanc d'une galopade soulevant la neige poudreuse les mit tous en alerte, jusqu'à ce qu'ils reconnaissent sur les pennons des cavaliers les couleurs du roi. Peu après, le prince distingua le visage de l'homme qui chevauchait en tête. C'était celui qu'il avait envoyé en éclaireur, la veille. Quel était son nom, déjà ?

— Mon Seigneur, j'ai agi comme vous me l'aviez ordonné ! lança ce dernier d'une voix hachée, en faisant volter sa monture pour se porter au côté de Pellehun. Nous avons été jusqu'aux abords de la ville, sans rien voir d'autre que les flammes qui…

— Plus bas.

Le prince lui administra une claque joyeuse sur l'épaule, accompagnée d'un éclat de rire sonore, puis il piqua des deux et partit au petit trot, suivi avec un temps de retard par son compagnon. Quand ce dernier l'eut rejoint, toute trace d'amusement s'était effacée du visage de Pellehun.

— Bassecombe est en flammes, tu dis… Tout est détruit ?

— Mon Seigneur, oui. Mais je n'ai vu aucun corps, nulle part. Ni sur ce qui reste des fortifications, ni devant elles. Pourtant il y a des traces de combat, des flèches, des impacts de pierriers…

— Ensuite !

— Seigneur, vous m'aviez ordonné de ne pas pousser davantage si je voyais quelque chose d'anormal…

Le prince de Loth se tourna vers son interlocuteur et le dévisagea une nouvelle fois. Il y avait de l'intelligence dans cette face rustre et massive. À en juger par son expression, le jeune homme avait dû faire sur lui-même un effort considérable pour tourner bride devant une si étrange situation.

— Gorlois, c'est ça ? Gorlois de Lyonesse…

— De Tintagel, Mon Seigneur.

— Oui… Tu as bien fait. Envoie deux de tes hommes quérir les seigneurs Dragan et Gaidon. Qu'ils viennent à moi de suite. Toi, tu restes à mon côté. Abbon !

Le géant talonna sa monture et la poussa jusqu'au côté du prince.

— Seigneur ?

— Prends pour deux jours de vivres et choisis deux archers… Je veux que tu rentres à Loth au plus vite pour prévenir le roi.

— Mon Seigneur, pardon, mais notre Sire m'a chargé de veiller sur vous.

— Crois-moi, ce sera la meilleure façon de le faire…

Pellehun se pencha vers son garde du corps et poursuivit à voix basse, afin que lui seul l'entende.

— Préviens-le que Bassecombe est en flammes. Quel que soit l'assaillant, les Marches sont en état de guerre… Que le roi m'envoie des renforts. Avec ce que j'ai, je ne pourrai prendre la ville et encore moins la tenir. Va !

Abbon le dévisagea encore un moment en ruminant, puis il tourna bride et partit au petit trot, comme pour souligner sa désapprobation.

Il leur fallut encore deux heures pleines pour être en vue de Bassecombe. Lorsqu'ils n'en furent plus qu'à un demi-mille[1], les conrois s'élancèrent à vive allure pour

1. Environ sept cents mètres.

l'encercler, ainsi que Pellehun en avait convenu avec les bannerets, tandis que lui-même descendait de cheval et menait à pied, à la tête de sa troupe, l'assaut vers la porte principale. Le prince marchait d'un pas soutenu, abrité derrière son large bouclier cerclé de fer, l'épée à la main.

Au bout de quelques foulées, il commença à peiner. La fine couche de neige durcie qui recouvrait la plaine cédait sous les pieds avec un temps de retard, s'ouvrant sur un sol inégal qui saccadait la progression et malmenait les chevilles. À mi-chemin, son haubert de mailles lui écrasait les épaules d'un poids tel qu'il semblait vouloir l'enfoncer en terre à chaque pas et son ceinturon lui comprimait le ventre à ne plus pouvoir respirer. Alors qu'ils n'étaient plus qu'à un jet de pierre de la grand-porte, Pellehun vit à travers le brouillard qui lui obscurcissait les yeux ses cavaliers brandir haut leurs lances, à plusieurs reprises, signe qu'il n'y avait aucune présence ennemie alentour. Ni derrière les vantaux défoncés et noircis de la poterne principale, pour autant qu'il put en juger lorsqu'il parvint devant elle. Tandis que les hommes autour de lui reprenaient haleine, le visage cramoisi par l'effort, et que lui-même luttait contre un étourdissement nauséeux, le prince affecta, pour se donner une contenance, d'examiner les fortifications. On voyait encore, recouverts par la neige, les restes des fagots qui avaient été entassés devant la porte pour y bouter le feu, et les murs étaient noircis par l'incendie. À travers l'embrasure béante, il aperçut le bourg, dont la rue principale était obstruée par une sorte de barricade faite d'un entassement hétéroclite.

Lentement, il s'avança à l'intérieur, en écartant du bout de son épée les restes calcinés qui lui barraient le passage. Gorlois disait vrai. Il y avait eu bataille, on ne pouvait en douter, et pourtant aucun cadavre n'était visible, ni dehors, ni dedans. On distinguait cependant des traces de sang sur les murs de pisé ou les poutres des remparts. On en voyait aussi, d'un rose délavé, sur des plaques de neige glacée. Avec cela des flèches, partout, des lances ou des épées brisées, des éclats de cendres noires, des rochers éclatés. Mais tout le reste, tout ce qui pouvait encore servir, tout ce qui aurait pu trahir l'origine des assaillants, avait disparu.

D'un geste, il fit signe d'approcher à l'un des piquiers qui l'avaient suivi dans le bourg.

— Cours jusqu'au seigneur Gaidon, ordonna-t-il à voix basse. Dis-lui de m'envoyer dix de ses chevaliers, et que Dragan fasse de même. Va!...

Puis, un ton plus haut :

— Les sergents, à moi!

Il y en avait quatre, chacun d'eux ayant l'âge d'être son père. Des trognes épaisses portant barbe et moustaches, ridées et rouges comme des pommes. Pellehun en désigna deux au hasard.

— Cinq hommes à main droite, cinq à gauche, reconnaissez les remparts sur toute leur longueur, puis revenez ici. Les deux autres, en avant jusqu'à la barricade, là-bas, avec une escouade.

Durant un instant, une bousculade désordonnée anima les abords de la poterne brûlée alors que chaque groupe s'empressait d'obéir. Puis le silence retomba, ponctué par les appels étouffés de ceux qui étaient partis en reconnaissance.

— Qu'est-ce qui s'est passé, selon toi?

Un pas en arrière du prince, Gorlois ne répondit pas tout de suite, le temps de réaliser que c'était à lui que ce dernier s'adressait.

— Seigneur, je ne saurais vous dire, murmura-t-il en se rapprochant. Je n'ai pas l'expérience du combat, mais je n'ai jamais entendu parler d'une bataille sans morts...

— Moi non plus.

L'irruption bruyante des chevaliers appelés en renfort interrompit leur échange.

— Fais-les taire, grommela Pellehun.

Aussitôt Gorlois partit en courant vers la poterne et en quelques ordres sourds obtint le calme voulu. Dans le même instant, les deux sergents envoyés à la grande barricade attirèrent son attention en levant leurs piques à plusieurs reprises. Aucun danger en vue.

— Allons-y.

Faisant bloc autour de leur prince, les chevaliers s'avancèrent d'un même pas, suivis des archers, piquiers et coutiliers formant la piétaille. Le bourg était de taille modeste et sa place d'armes, devant la grand-porte, ne devait pouvoir accueillir qu'une demi-douzaine de chariots, les jours de foire. Ils la traversèrent rapidement, franchirent la barricade que les autres commençaient déjà à déblayer et s'engagèrent dans la rue principale, une sente étroite et boueuse qui montait en pente douce vers le donjon.

Il n'y eut bientôt plus le moindre murmure parmi les hommes. Chaque masure qu'ils dépassaient dans leur ascension était dévastée. Certaines avaient été incendiées, d'autres retournées de fond en comble, détruites avec une fureur méthodique comme si rien ne devait y rester intact, jusqu'au dernier pichet, jusqu'au dernier matelas de paille. Aucune habitation n'avait échappé à ces ravages à la fois ordonnés et déments, sur lesquels planait une puanteur infecte qu'il valait mieux ne pas tenter de définir. Plus encore que sur les remparts, des traces de sang et de bataille étaient partout visibles, mais là non plus nul corps, pas le moindre débris humain... Pellehun, parmi ses chevaliers et gens d'armes, se sentait gagné par l'angoisse oppressante qui suintait de leurs rangs. Leurs pas étaient devenus lourds, lents. Le donjon les dominait à présent de sa masse brute dont la pierre humide luisait sombrement dans la grisaille du ciel. Les meurtrières noires et creuses qui en crevaient la façade ressemblaient aux orbites vides d'un géant aveugle et sa porte grande ouverte à quelque gueule béante prête à les engloutir. Plus ils avançaient, plus l'odeur leur soulevait le cœur, au point que la plupart des hommes marchaient en se couvrant le nez et la bouche. Quand ils furent assez près, ils distinguèrent à l'intérieur la lumière vacillante de flambeaux. Puis ils entendirent un couinement, une plainte aiguë, saccadée, répétée sans cesse, comme un volet grinçant dans le vent. Quelques pas encore et ils surent que la plainte était humaine. Deux de plus et ils entendirent les mots. Seul le prince, suivi de Gorlois et d'un petit groupe de chevaliers, osa s'avancer jusqu'au seuil et regarder à l'intérieur.

Dans la grande salle étaient entassés tous les morts de Bassecombe, soldats et citadins, hommes, femmes, enfants, vieillards et même des animaux domestiques, en une couche infecte d'au moins quatre pieds de haut. De cet amas insensé de corps tailladés sourdait une immense flaque d'un sang noir où se reflétaient les flammes des torches garnissant les murs. Et au-dessus de cette horreur, blanc comme un cierge dans la pénombre rougeoyante, le baron Wefreld se balançait lentement, les mains liées au bout d'une corde fixée à une poutre, entièrement nu, la tête renversée et les yeux perdus. Sa voix était si faible qu'elle se confondait avec le craquement de la corde, mais les mots étaient toujours les mêmes.

— Pitié… Pitié… Pitié…

Pellehun avait fermé les yeux et il reculait, comme eux tous, le cœur révulsé par cette abomination. À ce même instant, la sonnerie rauque d'un cor résonna sur le rempart ouest, aussitôt suivie de cris et d'appels provenant de l'autre côté.

Depuis de longues heures, ils remontaient le ruisseau qui se jetait, un peu plus loin encore, dans la rivière où Maheolas avait failli laisser la vie. La tombée de la nuit n'avait pas modifié le rythme de leur marche et peut-être auraient-ils continué ainsi jusqu'à l'aube si un arbre mort, abattu en travers de leur chemin, ne les avait obligés à s'arrêter, le temps au moins de trouver un passage. Cette halte soudaine et inattendue tira Morvryn de l'impavidité dans laquelle il était plongé depuis leur départ de Cill Dara. Durant quelques secondes, il observa la forêt autour de lui comme s'il se demandait ce qu'il faisait là, puis il croisa le regard de Gwydion alors que ce dernier venait à sa rencontre.

— C'est l'occasion de s'arrêter, dit le druide en lui souriant d'un air las. Notre prisonnier n'ira pas beaucoup plus loin, de toute façon…

Morvryn le dévisagea comme s'il avait parfaitement oublié sa présence dans leur morbide expédition, puis hocha la tête en silence. Peu lui importait qu'on s'arrête ou qu'on continue…

— On campe là ! cria le vieux druide à l'intention des autres. On repartira avant l'aube.

D'un regard absent, Morvryn surveilla l'installation du campement, perçut les gémissements de l'enfant-moine que cette marche pourtant lente, selon les critères des elfes, avait épuisé au-delà de toute limite, et le vit s'effondrer à terre, comme un sac. Réalisant au même moment que Gwydion lui parlait encore, il fit un effort pour rassembler ses esprits.

— … une heure ou deux après le lever du soleil, concluait le vieil elfe d'un air satisfait.

Dans le doute, le roi d'Eliande opina, avec une brève ébauche de sourire. Il s'écartait déjà, mais Gwydion le retint par la manche.

— Ça ne me plaît pas plus qu'à toi, murmura-t-il. Plus vite nous en aurons fini, plus vite nous pourrons retrouver la reine.

Une fois encore, Morvryn se contenta de répondre par un hochement de tête. Arianwen... L'absence de son épouse avait commencé à lui peser dès les premières heures de leur marche. Avant, même. Pour quelque raison obscure, il avait eu le pressentiment d'un malheur dès l'instant où elle lui avait confié la tâche d'escorter Maheolas hors des bois et de le tuer. Ce n'était pas la mort de ce jeune humain qui le remuait au point de le plonger dans cet état. Ce n'était pas davantage un quelconque sentiment d'humiliation envers cette peu reluisante mission, au moment où les meilleurs archers d'Eliande se rassemblaient pour se porter au-devant du danger... Les mots du vieux druide venaient de l'éclairer : le malheur qu'il pressentait était lié au simple fait d'être séparé d'elle. Une prémonition aussi absurde qu'impérieuse le persuadait que leur éloignement, fût-il de quelques jours seulement, devait avoir des conséquences effroyables...

— Il n'est pas question de s'arrêter, dit-il soudainement, alors que Gwydion avait déjà fait demi-tour.

— Que dis-tu?

— Crois-moi, il faut repartir tout de suite. Chaque seconde est précieuse...

— Il fera jour dans trois ou quatre heures. Même pour un elfe on n'y voit plus assez pour aller vite, surtout si on doit porter l'enfant-moine, ce qui sera nécessaire si nous continuons. Et puis enfin n'oublie pas que je dois avoir le temps de lui parler!

Morvryn poussa un soupir d'agacement que le druide voulut bien ignorer.

— Trois heures, insista ce dernier. Ça ne changera pas grand-chose. Et puis…

Gwydion s'interrompit, cherchant visiblement ses mots.

— Eh bien ?

— J'ai tiré les runes pour ce Maheolas… Ou plutôt Lliane les a tirées pour lui.

— Quoi ?

— Leur destin est lié, dit Gwydion en détachant ses mots. Je ne peux t'expliquer pourquoi, pas encore, mais il faut que je lui parle et que je comprenne ce qui les lie ainsi. C'est important…

— Je vais le tuer tout de suite, grommela Morvryn en serrant les poings. Ne crois pas que je vais laisser l'un de ces moines faire du mal à ma fille !

— Elle ne craint rien, tant qu'il est avec nous. Et puis je lui ai donné un talisman, l'une des runes du *Duili Fedha* qui fut sculptée dans les temps anciens par Erin, fille de la Morrigan…

— Laquelle ? Quelle nonne ?

Gwydion soupira et sortit de son sac sa pipe de terre blanche, qu'il commença à bourrer.

— La rune d'Eoh, dit-il à l'instant où Morvryn allait répéter une nouvelle fois sa question.

— Eoh ? Mais pourquoi ? Je croyais que c'était un symbole de mort !

— Non… C'est la rune de la renaissance, de la lignée… Ce serait trop long à t'expliquer et je suis fatigué. Fais-moi confiance, tant qu'elle la porte, il ne lui arrivera rien… Et puis rassure-toi, la reine ne craint rien non plus. La bataille n'est pas commencée.

Gwydion s'éloigna avant que le roi n'ait eu le temps de lui répondre. Qu'aurait-il dit, d'ailleurs ? L'aîné de la forêt savait sonder les cœurs. Il était vain d'essayer de le détromper ou de dissimuler ses pensées. Le vieil elfe avait compris ce qu'éprouvait Morvryn et ce qui lui rongeait les sangs : passé le premier moment d'agacement, le roi se sentit au contraire réconforté d'avoir été ainsi percé à jour. Loin de Lliane et d'Arianwen, il n'était plus lui-même... Au moins pourrait-il parler à quelqu'un, désormais. Et puis Gwydion n'avait-il pas dit qu'elles ne risquaient rien et qu'il rejoindrait la reine à temps ? Le reste n'avait guère d'importance...

Morvryn avait fait quelques pas tout en laissant ainsi vagabonder son esprit. Il se retrouva devant un mur de branches entrelacées, brisées, saillantes, mêlées de broussailles et de débris végétaux. Il leva les yeux pour en examiner la hauteur lorsqu'il aperçut fugacement une ombre à la lueur de la lune. Ce n'était pas une bête. Il y avait quelqu'un là-dedans... Durant un moment, il resta immobile, retenant même son souffle, dans l'espoir de distinguer un nouveau mouvement. Il y eut un froissement de feuilles, comme le bruit d'une branche qu'on écarte doucement de son passage. Morvryn dégrafa son manteau, posa à terre son arc et son carquois et, armé seulement de sa dague, entreprit d'escalader l'obstacle en se faufilant entre les branches.

Au prix d'un effort plus éprouvant qu'il ne s'y attendait, il parvint ainsi en haut de la ramure effondrée. À cet instant, il entendit nettement un craquement, puis un brusque vrombissement. Il n'eut que le temps de se retourner : une branche tirée en arrière jusqu'au point de rompre puis brusquement libérée le frappa de plein fouet avec une violence qui lui coupa le souffle et le catapulta au sol, deux toises plus bas.

Longtemps après, quand le silence de la nuit fut retombé sur la forêt, la tête hirsute de Llaw Llew Gyffes, l'enfant sans nom, émergea des feuillages. Morvryn, par terre, ahanait comme un sanglier, encore étourdi du coup qu'il avait reçu. Sans le moindre bruit, Llaw recula et disparut dans la nuit.

Les elfes savent se déplacer sans bruit dans la forêt, ni se faire voir. Mais avec la brume qui avait envahi les bois et la couche de neige qui en tapissait le sol, la progression des clans de guerre était à ce point silencieuse qu'on eût dit une armée de fantômes. Recouvertes de leurs longs manteaux de moire, leurs ombres glissaient comme le vent, grises entre les troncs lisses des hêtres, vertes parmi les chênes, trop indistinctes et rapides pour que l'œil s'en souvienne. Les archers de Cill Dara fendaient les buissons sans même en secouer le givre, plongeaient dans des cavées connues d'eux seuls, se fondaient dans le brouillard et disparaissaient sans laisser de traces, comme si leur passage n'avait été qu'un songe. Ils ne marchaient pas en rangs, comme des hommes, ni en blocs compacts comme des nains, ils couraient comme une harde de cerfs, d'une allure régulière, souple, sans jamais s'arrêter. On disait qu'un clan de guerre pouvait couvrir jusqu'à vingt lieues par jour[1], autant qu'un cheval, qu'ils allaient aussi vite par nuit noire qu'en pleine lumière, que même les roches les plus escarpées ne pouvaient les ralentir et même qu'ils pouvaient traverser des rivières en courant dessus tant leur pas était léger... Les elfes aimaient ces histoires et en contaient eux-mêmes d'invraisemblables durant les veillées, mais leur vitesse, ainsi que leur résistance n'étaient dues en réalité qu'au fait qu'ils couraient l'esprit parfaitement vide. Dès qu'ils s'élançaient en groupe, les elfes se comportaient comme un essaim ou un vol d'étourneaux. Chacun suivait les autres sans penser à

1. Quatre-vingts kilomètres.

son but ni à la direction empruntée, encore moins à ce qui l'attendait une fois arrivé, ou à ce qu'ils avaient laissé en partant. Pareils à des animaux, ils en étaient réduits à leurs muscles, à leur cœur, à leurs sens, tout entiers concentrés sur les embûches du chemin, l'esprit libre de toute autre préoccupation. Seuls deux ou trois d'entre eux, galopant en tête, menaient les autres puis se laissaient mener lorsque la fatigue les empêchait de courir et de réfléchir en même temps.

Arianwen filait ainsi, parmi les siens, droit vers la trouée de Calennan, la grande clairière herbeuse qui servait de sanctuaire aux elfes verts, à moins d'une demi-journée des collines bordant le pays d'Eliande par le nord. À aucun moment, elle n'avait pris la tête du clan durant leur course effrénée. Aucun de ses archers n'aurait eu le front de solliciter la reine en ces circonstances et de l'arracher, ce faisant, à ce vide de l'âme qui lui était le meilleur des repos, Dìnris y veillait. Elle ressentit simplement le ralentissement de leur allure et la modification du terrain avant d'émerger, comme les autres, de cette transe animale qui leur faisait dévorer l'espace. Arianwen remarqua tout d'abord l'absence d'arbres et la hauteur étonnante de l'herbe, qui lui venait jusqu'au buste, puis enfin l'immensité de la voûte céleste au-dessus d'elle. C'était une situation inhabituelle pour tout elfe des bois habitué à vivre à l'abri des arbres. Chacun d'eux éprouva fugacement un vertige, la sensation irraisonnée que le ciel allait le happer. Sans même s'en rendre compte, les elfes se regroupèrent autour de leur reine en s'effleurant au passage du bout des doigts, du coude, de l'épaule, en un ballet furtif qui sembla s'arrêter à l'instant où il avait débuté, mais qui suffit à raffermir le clan.

Sous le ciel d'hiver d'un gris terne, la bordure des bois formait à perte de vue autour d'eux une ligne sombre entourant de toutes parts l'immense clairière des Terres de l'Herbe Verte. On eût dit une mer intérieure dont la surface mouvante, étincelante de givre, miroitait paisiblement sous la brise. Quelque part en dessous, les Daerden avaient creusé des galeries et dressé des cairns pareils à des collines. En temps normal, Calennan n'était qu'une trouée déserte, dont le peuple restait invisible, mais ce jour-là, conformément à la promesse de la reine, chacun des clans d'Eliande y avait envoyé leurs cent meilleurs archers. Ils formaient déjà une foule immense, qui se levait à l'approche de la reine, lui adressait le salut de leur clan et s'inclinait respectueusement sur son passage.

Sur un signe de Dìnris, ceux de Cill Dara s'étaient rangés derrière elle, avaient dégagé l'arc qu'ils portaient en travers du torse et rejeté sur l'épaule leur long manteau de moire, révélant leurs hauberts de cuir marqués de runes et les hauts bracelets d'argent ciselé qui couvraient leurs avant-bras. Olwenn le barde avait calé sa harpe contre son flanc et chantait, tout en marchant, un air aussi fragile et complexe qu'une toile d'araignée, mais qui s'emparait de leur âme et faisait battre leur cœur. Les autres groupes leur emboîtèrent le pas en silence, portant sur leurs hauberts les runes de chacun des sept clans elfiques d'Eliande, ceux d'Ethuil, la Source, ceux d'In Deren, la forêt des chênes, les Lasbelin aux cheveux roux du clan de l'automne, ceux de Carantaur, la Forêt Rouge, les Anorlang aux lames dorées et les Brûnerin, gardiens du Vieux Bois, jusqu'à ce qu'ils fussent des centaines à avancer du même pas.

Arianwen marchait droit vers le tertre rocheux dominant l'unique étang de la trouée et qui servait depuis toujours de point de ralliement aux Daerden. À une portée de flèche de là, elle aperçut Calen en haut du rocher, entouré de ses épouses et de ses enfants, qui la saluait d'un grand geste de la main, aussi paisiblement que si elle était venue dîner ou fêter une naissance. Jusqu'au dernier moment, elle put les croire seuls et commençait à se demander si Ithilion avait bien transmis son message. Après tout, ce dernier n'était accompagné que d'une poignée de pisteurs et avait pu faire une mauvaise rencontre en chemin, une autre meute de loups noirs, voire pire... Ce n'est qu'au dernier moment qu'elle découvrit l'armée rassemblée par Calen, d'une part parce qu'il est toujours difficile d'apercevoir un elfe vert, d'autre part parce que leur taille modeste leur permettait de se dissimuler presque entièrement dans les hautes herbes et enfin parce qu'ils étaient disséminés sur un large périmètre autour du tertre. Malgré elle, la reine eut un choc en prenant peu à peu conscience de leur nombre. Où que porte l'œil, on en dénombrait de nouveaux, par grappes, hissés dans les branches à l'orée des bois, enfouis sous les herbes ou dans les broussailles, si parfaitement fondus dans le paysage qu'il suffisait d'un instant de distraction, d'un nuage voilant le soleil, d'un souffle de vent dans les frondaisons pour que ceux qu'on croyait avoir localisés s'évaporent comme des mirages. Ce n'était ni par jeu ni par malice. Les Daerden ne se tenaient pas droits comme les Hauts-Elfes qui tirent une telle fierté de leur silhouette élancée, mais volontiers accroupis, courbés, habitués à se cacher en permanence derrière le moindre buisson ou la plus basse souche. La vie à la lisière de la forêt, tout près des collines peuplées d'hommes et de nains, leur avait enseigné comme une seconde nature cette furtivité permanente, dont ils n'avaient probablement même plus conscience.

Arianwen jeta un coup d'œil en arrière et sentit son cœur s'exalter à la vue de la multitude qui avait emboîté son pas, largement déployée en travers de la trouée de Calennan au son de la harpe d'Olwenn. Sept cents

Hauts-Elfes armés de leurs grands arcs d'if presque aussi hauts qu'eux et portant sur la cuisse ou dans le dos des carquois emplis de dizaines de flèches de guerre. De quoi accabler de nuées de traits et briser toute charge ennemie...

Sur leur passage, les elfes verts posaient leurs arcs et leurs dagues à terre, en signe de bienvenue. La reine s'en souvint à temps, et quand elle fut assez près du rocher de Calen, elle dégagea la corde de l'arc et la courroie du carquois qui se croisaient entre ses seins puis les déposa à terre, ainsi que la longue dague d'argent qu'elle portait à la ceinture. D'un signe de tête, elle ordonna à Dìnris et à ses voisins de faire de même et ainsi, à la vitesse d'un feu de paille, la longue ligne des Hauts-Elfes s'immobilisa et se débarrassa de ses armes. Puis, seule, elle s'avança jusqu'au bord de l'étang et leva les yeux vers Calen, afin qu'il descende.

À présent qu'elle s'était habituée à leur façon de se mouvoir et de ne pas se montrer, la reine distinguait plus facilement les groupes de Daerden, tout autour des rochers. Leur nombre était tout simplement ahurissant, probablement trois à quatre fois supérieur à sa propre armée. Jamais elle n'aurait cru que les lisières et les collines abritaient tant de monde, et sa propre ignorance lui fit honte. N'était-elle pas leur souveraine, tout comme elle l'était pour les Hauts-Elfes d'Eliande ? Or que savait-elle d'eux ? Que savait-elle des elfes des dunes, des elfes gris des marais ou des elfes des havres, ces êtres étranges qui vivaient parmi les hommes et naviguaient sur l'eau... Tous appartenaient également à son royaume sans trône ni palais, mais elle les avait ignorés. Sans qu'elle s'en aperçoive, son univers s'était peu à peu rétréci, au point qu'elle était devenue étrangère à tout ce qui se passait hors de la grande forêt, y compris parmi ses sujets.

Au fil des siècles, les Hauts-Elfes avaient fini par considérer ceux des collines comme des êtres frustes, plus animaux qu'elfiques. Des sortes de cousins éloignés, certes moins effrayants que ceux des marais, mais dénués du moindre intérêt. Ainsi qu'Ithilion l'avait laissé clairement entendre, ces derniers s'étaient sentis abandonnés, alors que leur vie était un combat de chaque jour pour protéger l'orée des bois. Ces années d'une guerre sans nom avaient visiblement transformé le peuple des elfes verts en une immense armée où chacun avait sa place, quels que soient son âge et son sexe.

Le temps que Calen la rejoigne, quelques-uns d'entre eux s'étaient peu à peu approchés, avec des manifestations de respect presque craintives et des salutations maladroites qui dissipèrent un peu de sa mauvaise conscience. Les Daerden portaient des arcs, eux aussi (car aucun elfe ne conçoit d'aller à la guerre sans cette arme, leurs dagues ou leurs épieux ne servant en principe qu'aux ultimes corps à corps), mais aucun de ces arcs ne dépassait la demi-toise, et certains étaient formés d'une double courbure inconnue sous la grande forêt. Elle se demanda quelle pouvait être leur portée...

— Ma reine, vous ne pouvez vous douter de ce que nous ressentons, dit Calen en s'inclinant devant elle. C'est une telle joie.

Arianwen s'était laissé surprendre par l'arrivée silencieuse du seigneur des elfes verts et de sa suite. Elle se ressaisit dans l'instant, lui rendit son salut avec une déférence appuyée et adressa un sourire à Ithilion, qu'elle avait reconnu parmi le groupe de dignitaires.

— La dernière fois que j'ai vu des Hauts-Elfes d'Eliande en ordre de bataille, ce devait être lors du raid contre la Montagne Noire, poursuivit Calen. Je devais avoir dix ou quinze hivers, pas plus...

C'était aujourd'hui un elfe d'un âge avancé, cent

quatre-vingts, peut-être deux cents ans. Sa longue chevelure grise, sa pâleur de jade et sa minceur lui donnaient un air de fragilité qui abusait ses ennemis, mais aussi ses rivaux, au sein même de son clan. Avec un calme confinant à la nonchalance, Calen exerçait son autorité sur un peuple évanescent, réfractaire à tout ce qui pourrait brider sa liberté, sans autre titre que celui de héraut et sans aucun avantage, quel qu'il fût. Mais la démonstration de force qu'il venait de réussir montrait s'il en était besoin l'étendue réelle de son emprise sur les Daerden.

— On m'a souvent parlé du raid contre la Montagne Noire, répondit Arianwen en jetant un coup d'œil amusé vers Olwenn. Il y a de nombreux chants qui le célèbrent... Depuis ce jour, dit-on, il n'y a plus guère de nains dans les collines...

— On n'y voit guère davantage d'elfes, répondit Calen en haussant les épaules. Les collines n'appartiendront bientôt plus qu'aux hommes, comme tout le reste... Il était temps qu'on leur montre notre force !

Le sourire de la reine se crispa imperceptiblement. Ce n'était certes pas pour s'attaquer aux hommes que les Hauts-Elfes étaient sortis d'Eliande... Se pouvait-il qu'Ithilion n'ait pas transmis son message tel qu'elle l'avait formulé, ou ne s'agissait-il que d'une boutade ? D'un bref coup d'œil, elle examina la réaction du Maître du Bois Haut. Ithilion baissait les yeux. Arianwen poussa un long soupir et ferma les yeux, avec un geste d'excuse.

— Pardonnez-moi, seigneur Calen, mais j'ai couru longtemps, comme tous les miens. J'aimerais me reposer et boire pendant que nous parlons de la situation...

— Je suis impardonnable ! Je vous en prie...

Calen lui tendit son bras, sur lequel la reine posa délicatement la main avant de se retourner soudainement vers Dìnris, le maître forgeron aux yeux pâles auquel Morvryn avait confié secrètement la garde de la reine.

— Maître Dìnris ! Pourriez-vous donner des ordres pour le campement ? Peut-être que le seigneur Ithilion voudra bien vous aider...

— « Seigneur » est un mot que nous n'utilisons guère, intervint Calen avec un sourire forcé, mais Ithilion est à votre disposition...

— Qu'il en soit remercié... Ah, Dìnris !

Elle se détacha du bras de Calen pour ramasser vivement ses armes abandonnées dans les hautes herbes et les donner à son elfe lige.

— Je vous les confie ! dit-elle d'une voix forte et enjouée. Rejoignez-moi là-haut dès que vous le pourrez.

Puis, dans un souffle : « Je veux savoir ce qu'Ithilion lui a dit. Que chacun reste près de ses armes. »

Dìnris n'eut aucune réaction et se contenta d'acquiescer d'une inclinaison de la tête, avant d'adresser un signe amical au compagnon qu'on lui avait assigné. Dès qu'elle reprit sa place au côté de Calen, toute la suite de ce dernier se forma en cortège derrière eux et se mit lentement en marche. Seul Olwenn, parmi les Hauts-Elfes, suivit la reine.

— Comme je le disais, votre venue est un grand événement pour nous, reprit le héraut d'un ton égal, en l'entraînant vers un sentier fortement pentu. Tous nos clans ont préparé des présents, de la nourriture, des danses et des chants pour vous recevoir dignement, ainsi que votre armée. J'avais pensé que nous pourrions nous installer en haut du rocher. Ainsi, nous verrons tout sans être importunés.

Jusqu'à la tombée du jour, il n'y eut plus la moindre allusion à la guerre qui se préparait. Entre les plats, les chants et les boissons – dont une bière brune épaisse que les Daerden tiraient de châtaignes – un nombre incalculable de jeunes elfes verts des deux sexes étaient présentés à la reine, le plus souvent sans raison précise, parfois pour qu'elle consacre une union ou une naissance (la reine avait apporté à cette intention des bagues d'argent ciselé), parfois aussi pour évoquer devant elle un fait d'armes ou quelque adresse particulière qui vaudrait peut-être à l'un ou l'autre d'entre eux d'être accueilli dans la forêt d'Eliande. Les louanges que la reine leur adressait restaient le plus souvent évasives, sauf dans le cas d'une jeune elfe nommée Gwirith dont les beignets de fines herbes étaient le mets le plus étonnant et le plus savoureux qu'elle eût jamais mangé, et envers un pisteur du nom d'Heledir qui semblait connaître la langue de chaque oiseau ou rongeur de la forêt, ce dont il fit la démonstration pour leur plus grand amusement, en attirant à lui, sur ses bras tendus ou à ses pieds, une nuée de rouges-gorges, de coucous, de corbeaux, une chouette revêche avec laquelle il feignait de se disputer et toute une foule de lapins, de musaraignes, d'écureuils... Celui-là pourrait apprendre bien des choses à Lliane. Elle ne choisit en revanche aucun guerrier, ni pisteur, ni archer, au risque de froisser son hôte.

Quand l'obscurité fut complète, le silence retomba peu à peu sur le rassemblement. C'était une nuit de pleine lune, une nuit glacée qui saisissait les hautes herbes d'une gangue de givre étincelante. Les elfes ne chantaient plus, ils contemplaient la Mère et ne parlaient qu'à voix basse. Sur le tertre, la reine vit monter à elle Dìnris, chargé de son arc et de sa dague. Le forgeron s'arrêta un bref instant à sa hauteur (un instant trop court pour que quiconque puisse voir s'il lui avait parlé), puis il prit place au côté d'Olwenn le barde, s'enroula dans son manteau et s'étendit comme une masse.

La plupart de ceux qui avaient été admis sur le promontoire rocheux devaient être endormis lorsque

Arianwen se leva brusquement, s'avança jusqu'au surplomb et tira lentement sa dague de son fourreau. Calen était resté assis, tout d'abord parce qu'il avait été surpris par ce mouvement soudain. Puis il n'osa bouger tant les agissements de la reine le stupéfièrent. Dans le halo spectral de la lune, il la vit se défaire de son manteau de moire, puis de la longue robe qu'elle portait en dessous. Quelques notes de harpe détournèrent un instant son attention. Olwenn s'était accroupi et jouait nonchalamment sans regarder qui que ce soit, comme pour lui-même, un air sans queue ni tête. Calen haussa les épaules, se retourna vers la reine et réprima un cri de surprise : elle était nue, le corps à demi caché par ses longs cheveux couleur de nuit, à demi révélé par le rayonnement de la lune. Il fit un geste pour se lever, mais elle tendit le bras et sa longue dague d'argent parut s'éclairer à la pâle lueur de l'astre, scintiller comme un ruisseau sous le soleil, au point de l'éblouir. Et cette lame rutilante était dirigée vers lui.

— *Restan, lailoken leod*, murmura la reine.

Son bras se mouvait aussi lentement que les hautes herbes dans la brise, avec le même balancement irrégulier et imprévisible. Tout au bout, l'éclat de la dague était tel à présent que des larmes coulaient sur les joues de Calen. Il aurait voulu détourner les yeux, se protéger le visage du bras ou lui crier d'arrêter, mais il ne pouvait rien, pas même espérer de l'aide. Tous les autres, autour de lui, semblaient plongés dans le plus profond sommeil.

— *Hlystan, thegn Calen, hlystan glistian fyrdgeatwe...*

La reine ondulait avec une lenteur extrême, laissant parfois la lune révéler fugacement la splendeur de ses formes. Ses paroles n'étaient qu'un souffle, ponctué des voltes indolentes de la dague et des notes basses, presque sourdes, qu'Olwenn tirait de sa harpe. Les unes et les autres se mêlaient dans les ténèbres et le silence, venaient soudainement le submerger et se retiraient aussitôt, comme un lent ressac. Bientôt Calen ne pensa plus à rien, pas même au corps d'Arianwen. Toute son attention était concentrée sur la danse hypnotique de sa lame étincelante.

— *Feothan getenge glistian aethelingas...*

La reine laissa doucement siffler sa dernière syllabe, jusqu'à ce que la vibration de la dernière note du barde se soit estompée et qu'au bout de son bras, la dague soit lentement revenue dans l'ombre de sa cuisse. Elle ne quittait pas Calen des yeux et lui sourit paisiblement lorsqu'il reprit ses esprits.

— Vous m'avez ensorcelé...

— Est-ce un compliment, seigneur?

La reine s'agenouilla à sa hauteur, toujours nue et bien trop près de lui pour que le héraut ne s'en émeuve pas.

— Disons que j'ai ouvert votre esprit et attiré votre attention, poursuivit-elle en ne le quittant pas des yeux... Je sais que vous voulez nous entraîner dans une guerre contre les hommes, mais cela ne sera pas. Un danger plus grand nous menace, ici, à Calennan.

— Les loups...

— Oui, les loups noirs, formés en meutes. Vos faucons les surveillent, Ithilion me l'a dit.

— Ils ne s'attaquent qu'aux hommes.

— Ce n'est pas vrai et vous le savez. Des loups sont entrés dans la forêt. Vous en avez tué beaucoup, nous avons chassé les autres. Ce n'étaient pas quelques bêtes égarées, mais des meutes entières, menées par des kobolds. Vous savez que ces loups ne sont qu'une avant-garde et que les hordes de Celui-qui-ne-peut-être-nommé ont déjà dû franchir les Marches, à dix ou vingt lieues d'ici...

D'un lent mouvement de tête, Arianwen rejeta ses cheveux en arrière, dévoilant ainsi ses seins, ses bras et son ventre. Elle était si proche que Calen n'avait qu'à tendre la main… On disait beaucoup de choses sur l'impudeur des Hauts-Elfes et le peu de cas qu'ils faisaient de leurs unions charnelles. Les Daerden n'avaient pas ce genre de liberté.

— Ensemble, Calen, nous formons une armée assez forte pour repousser tous les monstres des Terres Noires, s'ils osent venir jusqu'à nous.

— Vous pouvez rester autant qu'il le faudra…

— Ensemble, nous formons une armée assez forte pour aller au-devant d'eux, précisa-t-elle, et les affronter avant qu'ils ne pénètrent sous la forêt.

— Ha !

Calen rejeta la tête en arrière, ferma les yeux et inspira une longue bouffée de l'air glacé de la nuit. Quand il les rouvrit, la sensualité du corps d'Arianwen, sa proximité, son parfum l'envahirent de nouveau, mais il tenta cette fois d'y résister.

— Pourquoi voulez-vous sortir de la forêt ? dit-il d'une voix plus ferme. Pourquoi devrions-nous risquer nos vies alors que nous ne savons même pas si nous sommes réellement attaqués ? Vous voulez aider les hommes ?

— Réfléchissez… Supposons que le Seigneur de la nuit n'ait pas envahi les Marches et qu'il ne s'agisse que d'attaques de loups. Alors que les hommes les combattent, des milliers d'elfes en armes sortent de la forêt : ce serait tout simplement ce que vous vouliez, seigneur Calen. L'occasion rêvée de leur montrer notre nombre…

Calen prit le temps de savourer la scène en pensée. La fuite éperdue des loups accablés de nuées de flèches, la stupeur des soldats de Loth voyant surgir de ces bois qu'ils croyaient déserts une armée entière de ces êtres dont leurs moines niaient jusqu'à l'existence... La reine, debout à ses côtés, brandissant sa dague d'argent... Ce serait un beau moment.

— Peut-être n'est-ce que cela, murmura la reine en regardant le ciel étoilé. J'aimerais que ce soit aussi simple, mais ce n'est pas ce que dit la forêt. Vous sentez ce froid? Vous voyez cette neige? Vous sentez cette peur?

Calen crut voir une larme couler sur la joue de la reine et lui prit doucement la main.

— Qu'est-ce que vous croyez? dit-il tout bas. Que les monstres se préparent à nous attaquer, en même temps que les hommes?

— Non...

Arianwen se rapprocha de l'elfe jusqu'à ce que ses lèvres glissent sur sa joue glacée, tout contre son oreille, en un murmure :

— Je crois que la guerre a déjà commencé.

Le nouveau roi Lug, assisté de Nudd-au-bras-d'argent, appela à lui Ogme et le Dagda. Seuls eux quatre étaient dans le secret, et durant une année entière, ils se préparèrent à la guerre contre Bres et les Fomoraig.

Quand le temps fut venu, ils convoquèrent les sorciers et ceux-ci, reconnaissant Lug comme roi légitime, acceptèrent de l'aider dans sa lutte contre Bres. S'il devait y avoir la guerre, ils s'engageaient à faire tomber les montagnes sur l'ennemi. Puis vinrent les échansons, qui l'assurèrent qu'ils pourraient cacher les lacs et détourner les rivières, afin que les Fomoraig ne puissent étancher leur soif. Les druides promirent trois averses de feu dès le début des combats.

Quand cela fut fait et que leurs armes furent forgées et aiguisées, les dieux consultèrent la Morrigan, qui leur prédit le jour et le lieu où les Fomoraig attaqueraient.

— J'ai vu le jour, j'ai vu le lieu, dit-elle. Mais cela ne se peut.

Les Fomoraig impies avaient choisi de livrer bataille à une semaine des fêtes de Samain. Il aurait été de mauvais présage de se battre avant que les morts aient été honorés, au risque de provoquer leur courroux.

Alors le Dagda partit seul à la rencontre des Fomoraig pour les retarder, et quand il vit leurs chefs il demanda à parlementer, au sujet des conventions pour la bataille. Il est dit que le Dagda dut endurer leurs railleries et supporter les plus avilissantes humiliations, comme au temps où Bres règnait sur la terre. Mais l'humilité avec laquelle le grand Dieu supporta ces affronts conforta les Fomoraig dans l'idée fausse de leur supériorité, et quand il les quitta, le Dagda avait obtenu ce qu'avait demandé la Morrigan.

La seconde bataille de Mag Tured se déroulerait après les fêtes de Samain.

10. UN COUP DE COUTEAU

Gwydion n'avait guère dormi de la nuit, si tant est qu'on puisse appeler ainsi les quelques heures de repos que Morvryn leur avait accordées avant l'aube. En s'occupant à tailler une nouvelle tablette de bois pour remplacer celle qu'il avait donnée à Lliane, il n'avait cessé de ruminer sur le peu de temps de sommeil qu'il lui restait et la nécessité impérieuse d'en profiter au plus vite avant l'étape du lendemain. Cette pensée à elle seule aurait suffi à le tenir éveillé, mais une autre urgence le taraudait : celle d'obtenir enfin de Maheolas quelque information utile sur les moines et leur Dieu unique. La veille, tout au long de leur marche, il avait tenté d'engager la conversation avec l'adolescent sur un mode amical, en lui laissant même entendre qu'on le libérerait sitôt arrivés à l'orée des bois. Mais le rythme de leur progression était trop soutenu et leur jeune prisonnier n'avait guère assez de souffle pour parler tout en marchant au pas des elfes.

Ce mensonge lui pesait, à présent. Assis contre un aulne isolé, le druide regardait le jour se lever, avec un soleil timide qui lançait quelques rayons hésitants à travers la brume du petit matin. L'un d'eux parvint jusqu'à lui et réchauffa son vieux visage couvert de givre. Gwydion le sentit fondre lentement sur sa peau, sur ses cheveux blancs, sur ses vêtements. Il rangea sa pipe, saisit son bâton et se leva avec un grognement de douleur, puis agita sa cape de moire rouge et brun pour la débarrasser de cette poussière glacée. Maheolas, qui dormait à côté de lui, roulé en boule dans son manteau, en fut aspergé, mais cela ne faisait pas grande différence.

Le druide considéra ses compagnons avec le regard supérieur de celui qui est éveillé sur ceux qui dorment encore puis, sans se soucier de discrétion, se fraya un passage dans les fourrés à coups de bâton afin d'aller s'isoler un instant. Il s'amusa un moment des nuages de cristaux scintillants que chaque battement de son bâton faisait jaillir dans l'air glacé, jusqu'à ce que, tout à coup, un brusque mouvement dans un buisson, droit devant lui, mette fin à ce jeu. Il ne vit qu'une silhouette fugace et l'éclair d'un visage, aussitôt effacé dans le brouillard blanc. L'image, pourtant, en resta suffisamment présente à son esprit pour le figer de stupeur.

— Llaw?

Gwydion avait prononcé ce nom pour lui-même. Il le répéta d'une voix plus forte, sans oser crier de peur de réveiller les autres. Nul ne répondit.

Durant un long moment il demeura sur place, tous les sens aux aguets, jusqu'à ce que son ouïe exercée perçoive un mouvement, dans les fourrés. Quelqu'un s'approchait, derrière lui, en s'efforçant de ne pas se faire entendre, mais avec une telle maladresse que c'en était presque risible.

— Pourquoi nous as-tu suivis? dit-il en se retournant. Je t'avais…

Ce n'était pas Llaw. La taille était semblable, de même que le manteau, dont la capuche abaissée loin sur le visage le trompa un instant. Voyant l'autre se ruer vers lui, Gwydion recula d'instinct et chercha à se protéger de son bâton, mais celui-ci s'accrocha dans les branches d'un arbuste et le choc le lui arracha des mains. Le vieux druide ne pouvait détacher les yeux de la bouche de l'apparition, seule visible sous le capuchon. Une bouche déformée par un rictus d'une haine effroyable. Ce n'est qu'à l'instant où il le frappa que Gwydion vit que son agresseur tenait un couteau. Et ce n'est que lorsqu'il s'agrippa à son manteau et l'arracha en tombant qu'il reconnut Maheolas.

Pellehun s'éveilla en sursaut, en poussant un cri. Il s'était endormi malgré lui, terrassé par la fatigue, au beau milieu d'un vacarme assourdissant que le diable lui-même n'aurait pu supporter. La nuit avait été de flammes, de tourbillons de fumée noire et de gerbes d'étincelles. De toutes parts résonnaient les mugissements lugubres des trompes de l'armée des monstres et le martèlement insane de leurs tambours de bronze, mêlés de hurlements stridents, de brusques fracas lorsqu'un mur s'effondrait et de toutes les clameurs du combat.

C'était le silence qui l'avait réveillé. Le silence et le jour, du moins un trait de lumière qui s'était immiscé jusqu'à lui par une meurtrière.

Assis sur son lit, le cœur battant, il hoqueta en subissant l'assaut des douleurs que son brusque mouvement avait ranimées. Son poignet gauche devait être cassé et tremblait convulsivement, ses bras, ses jambes et son dos semblaient avoir été roués de coups, tout le côté droit de son visage cuisait comme s'il avait été plaqué contre un gril. Il lui fallut un certain temps pour dominer ce supplice et parvenir seulement à ouvrir les yeux et regarder autour de lui. Son lit – une paillasse couverte d'un drap raide de crasse – était le seul de la pièce, qu'il reconnut comme étant la grande salle où, la veille, ils avaient retrouvé le baron Wefreld et les morts du bourg. Les corps avaient été jetés au-dehors, parfois empilés pour servir de remblai aux fortifications, mais le sang et l'odeur étaient restés. Un sang frais était d'ailleurs venu s'ajouter à celui des bourgeois. Tout autour du prince, des hommes – ses hommes – gisaient à terre par rangées, mutilés, écrasés, percés, certains gémissant et se tortillant comme des vers, d'autres inertes, évanouis ou morts. Il en compta au moins trente, dans la faible lueur baignant la scène. D'autres étaient affalés contre les murs, casqués et armés, et dormaient par grappes. Il ne vit que deux hommes sur pied et encore, l'un d'eux, appuyé à sa lance à la percée étroite d'une meurtrière, semblait dormir debout.

Le prince se retourna sur son grabat pour examiner le reste de la pièce. La porte du donjon avait été enclouée et renforcée par un empilement de meubles, pathétique protection qui ne tiendrait pas au premier coup de bélier. D'instinct, il releva les yeux vers le plafond et tendit l'oreille. Dans le silence retrouvé, il perçut les craquements du plancher et le raclement de pieds bottés indiquant que la majeure partie de sa troupe se tenait là, à l'étage ou sous le hourd coiffant le sommet de la tour. Il se souvint de son inspection, après qu'ils eurent sorti les cadavres de la salle principale. Un escalier de pierre, le long du mur, menait à un étage percé d'archères en croix espacées tous les trois pas, permettant de défendre la tour carrée sous tous les angles. De là, des échelles menaient au sommet, dont les créneaux étaient coiffés par un hourd de bois et d'ardoise, protégeant des tirs (et accessoirement du froid et de la pluie). De là, on pouvait accabler l'assaillant de traits mais aussi de pierres ou de poix bouillie.

La position était forte, mais rester là n'avait de sens

que s'il s'agissait de fixer l'ennemi en l'attente de renforts. Pellehun essaya de se remémorer les jours et les heures passés. Quand les cors avaient sonné, lui et sa troupe avaient fait demi-tour et s'étaient portés au pas de course jusqu'aux remparts. Ils les avaient atteints à l'instant où le seigneur Dragan faisait irruption dans le bourg, à la tête de ses chevaliers. Sans prendre le temps de lui parler, Pellehun avait couru jusqu'au chemin de ronde et là… L'évocation de cette vision lui remua les tripes. La plaine, déserte à leur arrivée au bourg, fut soudainement couverte d'une marée hurlante d'orcs et de loups, par centaines, par milliers… Le conroi de Gaidon, vingt chevaliers chargeant en pointe dans cette masse hideuse, lances baissées, et y disparaissant sous leurs yeux, hommes et bêtes, engloutis, dévorés jusqu'au dernier sans même en ralentir le déferlement. Puis l'assaut des monstres…

Les remparts et la porte avaient tenu bon tout le jour, l'assaillant n'ayant aucun moyen de les escalader ou de les défoncer. Ce n'étaient plus une poignée de gardes et de bourgeois effrayés que les monstres trouvaient devant eux, mais une troupe aguerrie et bien encadrée. Ils en avaient tué des dizaines à coups de piques, de pierres ou de flèches, jusqu'à ce que la ville tout entière semble entourée de douves sanglantes, jusqu'à ce que les flèches viennent à manquer, jusqu'à ce que leurs bras deviennent douloureux à force de frapper.

Au crépuscule, cette foule grouillante s'était brusquement retirée, et dans les dernières lueurs du jour ils avaient vu s'approcher les silhouettes grotesques de leurs machines de guerre, au rythme lent de leurs tambours de bronze.

La nuit avait été un cauchemar. Des balistes et des trébuchets d'une puissance invraisemblable avaient accablé les remparts d'une grêle de pierres et de feu. Des jattes de terre cuite emplies de poix et d'huile enflammées éclataient contre les murs, éclaboussaient les hommes, brûlaient tout, jusqu'à la terre elle-même. Il se souvint de sa chute, lorsque l'un de ces projectiles s'était écrasé à quelques pas de lui. Un jet de poix bouillante l'avait atteint au visage comme une gifle de feu. Il était tombé de tout son long, dix pieds plus bas, heureusement pour lui sur une épaisseur de neige qui avait amorti le choc.

Ses derniers souvenirs étaient une confusion de hurlements, d'ombres tournoyantes, de crépitements de flammes. Il n'avait pas la moindre idée de la façon dont il avait été traîné jusqu'à ce lit de fortune, ni de ce qu'il était advenu ensuite. Pour quelque raison connue d'eux seuls, les hordes du Seigneur de la nuit avaient battu en retraite. Ce ne pouvait être dû à l'arrivée de renforts. Même en crevant ses chevaux, Abbon devait à peine être arrivé à Loth. Sans doute n'y serait-il que dans la soirée. Et au mieux il faudrait trois à quatre jours au roi Ker pour lever une troupe et les rejoindre.

Trois à quatre jours, alors qu'ils ne tiendraient pas deux heures, à la prochaine attaque...

Avec leurs machines de guerre, les monstres n'auraient même pas à mener l'assaut contre le donjon. Il leur suffirait d'en pilonner les murs, d'écraser le hourd, de l'incendier et ils brûleraient tous là-dedans comme dans un four...

Pellehun poussa un long soupir et se frotta la joue de sa main valide. De la barbe avait poussé sur son visage glabre, du moins sur la partie qui n'avait pas brûlé. Le sang ou la crasse avaient raidi ses cheveux en baguettes. Outre les plaies et les ecchymoses qui endolorissaient chaque parcelle de son corps, il se sentait couvert de vermine et, dérisoirement, le ventre noué par la faim. Cela au moins pouvait se soigner...

Serrant contre lui son bras cassé, le prince se leva en

grimaçant de douleur, tituba un instant avant de trouver un équilibre relatif et reprit son souffle. La tête lui tournait, des étoiles scintillaient devant ses yeux. Il lui sembla voir l'un des gardes grimper vivement l'escalier, mais il n'eut pas la force de l'interpeller. Ce ne fut pas nécessaire. Le temps qu'il retrouve ses esprits, toute une procession d'hommes d'armes dévalait les marches et se portait au-devant de lui. En tête, il reconnut Dragan à ses longs cheveux bruns et à sa courte barbe soignée.

— Mon Seigneur, quelle joie ! dit-il en s'agenouillant devant lui pour lui baiser la main. Je vous croyais...

Le banneret s'interrompit comme s'il allait prononcer un blasphème et se releva avec un air gêné.

— Nous n'avons personne pour s'occuper des blessés, reprit-il en prenant les autres à témoin. Le mire a été tué.

— Ça ira, murmura Pellehun en se rasseyant sur la couche. J'ai le bras cassé, il faudrait me le nouer contre le corps. Quelle est la situation ?

Dragan eut un soupir las. Il congédia les autres puis s'accroupit à hauteur du prince, tandis que l'un des soldats passait le bras de ce dernier dans un linge.

— Après que vous avez été blessé, le rempart sud s'est effondré. Nous nous sommes repliés vers le donjon, du moins ceux qui ont pu le faire.

— Combien ?

— Environ une cinquantaine...

— Et Gaidon ?

— Mais... Gaidon est mort, Seigneur ! Vous vous souvenez, il a chargé au début de la bataille...

— Oui, je me souviens.

Seigneur Dieu, cette vision lui revenait dans toute son abjection. La charge des chevaliers n'avait pas eu plus d'effet qu'une vague sur un brisant.

— Est-ce que... Est-ce que des chevaliers ont pu s'enfuir ?

— Je ne sais… Il en manquait trois de mon conroi quand nous nous sommes repliés dans le bourg, mais ils ont pu être tués.

— Et les autres ?

— Quels autres ? Il y a là tout ce qu'il nous reste…

— Cinquante hommes, sur plus de deux cents… Mon Dieu…

Pellehun eut un haut-le-cœur en se souvenant que son père, le roi Ker, lui avait recommandé de ne pas engager le combat et d'attendre des renforts. Sa première mission était un franc succès, à n'en pas douter ! La seule pensée qui le réconfortait était que ce serait également la dernière, et qu'on ne blâme pas un mort.

Le prince réprima un gémissement lorsque l'homme qui lui immobilisait le bras tira d'un coup sec pour nouer les bouts du linge sur son épaule. Il se retourna pour le réprimander, reconnut le visage dur du chevalier Gorlois et fut heureux de le voir là, près de lui.

— Mon Seigneur, pardonnez-moi, reprit Dragan. Nous étions environ cinquante, dont une douzaine de chevaliers, lorsque nous nous sommes barricadés dans le donjon, mais il y a eu des pertes…

Et d'un geste circulaire, il désigna les corps étendus à terre, blessés ou morts. Tout à l'heure, Pellehun en avait compté presque trente. Vingt hommes valides, voilà tout ce qu'il lui restait… Il hocha la tête et leva les yeux. Son regard croisa la poulie à laquelle pendait le baron Wefreld, à leur arrivée.

— Et lui ? dit-il en désignant le plafond d'un coup de menton. Qu'est-il devenu ?

— Eh bien…

Dragan jeta un coup d'œil embarrassé vers Gorlois, qui haussa les épaules et désigna vaguement l'un des corps, au bout d'une file.

— Il n'arrêtait pas de geindre, grommela-t-il. Il valait mieux qu'on le fasse taire pour de bon.

— Aidez-moi.

Dragan et Gorlois lui prêtèrent le bras pour le hisser sur pied et l'aider à grimper l'escalier jusqu'à l'étage, puis au sommet de la tour. L'exercice lui éclaircit les idées. Son bras fermement plaqué contre son torse par le bandage ne le faisait plus autant souffrir, de même que les contusions qui lui parsemaient le corps. Il parvint en haut en escaladant seul l'échelle et reçut avec reconnaissance la caresse du vent glacé et la pleine lumière du jour, sous le hourd. Il n'y avait que cinq hommes en haut, tous archers, qui l'accueillirent par des sourires surpris. Sans doute l'avaient-ils cru mort. Pour ce que cela changeait… Pellehun s'appuya aux créneaux pour reprendre son souffle et se tourna vers l'un d'eux.

— J'ai faim, soldat. Tu peux me trouver quelque chose ?

— Ça, ce n'est pas ce qui manque, messire ! Vous voulez du jambon et de la bière ?

— Ce sera parfait.

L'archer dut attendre que le banneret Dragan et le chevalier Gorlois aient rejoint la plate-forme supérieure pour dévaler l'échelle à la recherche de ses trésors. Pellehun était penché au-dehors pour examiner la ville et ses environs. Autour du donjon, ce qu'il prit tout d'abord pour un entassement de pierres était une masse compacte de cadavres d'orcs, aussi noirs et déformés qu'une concrétion de lave. Il y en avait plein les rues, gisant dans les positions les plus grotesques, et des loups, aussi, et des hommes, ces derniers immanquablement nus ou en chemise, dépouillés de tout. Plus de la moitié des maisons étaient réduites en cendres et la plupart des autres ne valaient guère mieux. La porte principale et une large partie des remparts s'étaient effondrées. De tout cela suintaient des fumerolles de suie noires que le vent dissipait aussitôt. Le bourg tout entier était baigné de cette noirceur grasse. L'incendie avait fait fondre la neige et ruisseler la boue. Tout était gris, sale, calciné, effondré, humide. Au-dehors, à une portée de flèche, la plaine étincelait de blancheur. On se serait cru sur une île de cendres prise au milieu des glaces. Plus le regard s'éloignait, moins on apercevait de cadavres et plus la neige était pure. De l'armée des monstres, on ne voyait rien.

— Ils sont partis ?

— C'est ce que j'ai cru, répondit Dragan derrière lui, mais leurs tambours et leurs maudites trompes résonnent toutes les heures, et de tous les côtés ! Non, je crois qu'ils jouent avec nous comme un chat avec une souris. Ils nous gardent pour plus tard, cette nuit sans doute...

— Non...

Pellehun quitta son poste d'observation et se porta au sud, dans la direction de Loth.

— J'ai envoyé Abbon pour quérir des renforts, murmura-t-il. C'est ça qu'ils attendent. Nous ne sommes pas une souris, nous sommes un appât.

Llaw se sentait pareil à un arbre : vivant mais immobile, cloué au sol, l'esprit vide, incapable du moindre mouvement, de la moindre parole, de la moindre pensée. Au moment où Maheolas avait frappé Gwydion, il avait jailli d'un bond hors du buisson où il était caché. Peut-être avait-il crié, fait un geste ou un pas vers le jeune humain. Celui-ci s'était retourné avec une expression d'une telle sauvagerie qu'il en restait encore paralysé d'effroi. Maheolas n'avait rien dit. Il s'était redressé et l'avait toisé durant un moment avec une sorte de rictus de mépris puis s'était enfui, en tenant à la main le couteau que lui, Llaw Llew Gyffes, lui avait donné, rouge encore du sang de son maître.

Un fond de conscience lui hurlait d'agir, de porter secours au vieil elfe, d'appeler à l'aide ou de donner la chasse au fugitif, mais cette voix intérieure n'était pas assez forte pour briser l'étau de terreur et d'incompréhension qui l'enserrait. Et puis une autre voix commençait à lui murmurer que tout cela était de sa faute et que le druide qui l'avait autrefois recueilli et élevé comme son propre fils était blessé, mort peut-être, seulement parce que lui, Llaw Llew Gyffes, s'était laissé fasciner par Maheolas, parce qu'il avait vu en lui son semblable, parce qu'il avait cru en ses promesses. Mais ce n'était pas ce qui était prévu. Ce n'était pas ce qu'ils s'étaient promis... Le couteau ne devait servir qu'à trancher ses liens. Il aurait alors suffi au prisonnier de s'éloigner de quelques pas pour que Llaw sorte de sa cachette et l'entraîne avec lui hors de la forêt, vers le monde des hommes. Frapper Gwydion était à ce point inconcevable que son apprenti n'avait pu imaginer qu'une telle chose puisse se produire, de même qu'il n'avait pu prévoir que Maheolas fuie seul, en l'abandonnant.

Ses yeux voyaient Gwydion à terre, ses oreilles percevaient le bruit des pas de Maheolas filant à travers la forêt et son propre corps demeurait de marbre. Il parvenait cependant à réfléchir suffisamment, à présent, pour se représenter ce que les autres penseraient en découvrant le maître étendu dans la neige, mortellement atteint, leur prisonnier disparu et lui, pétrifié de terreur, à quelques pas du drame. On l'accuserait. Si Gwydion mourait sans reprendre connaissance, personne ne pourrait prendre sa défense. Hier soir, déjà, il avait failli se faire voir par Morvryn, quand il s'était approché du camp.

Inconsciemment, il recula d'un pas, mû par cette

terreur nouvelle. Son dos toucha des branchages, dont il força l'obstacle et qui lui brossèrent le flanc avant de venir former un rideau entre lui et le corps immobile du vieux druide. Depuis cette illusion d'abri, il poussa un hurlement rauque et étranglé, puis s'enfuit à toutes jambes.

Les elfes s'éveillèrent en sursaut. Leur premier regard fut pour la souche contre laquelle Maheolas avait été attaché et où ils aperçurent le reste des liens de cuir tranchés. Puis ils virent la trace évidente d'un passage à travers les fourrés enneigés (là où Gwydion s'était amusé à faire voler le givre) et s'y précipitèrent.

Morvryn fut le premier à atteindre le corps du vieux druide. Il avait roulé sur le côté et se tenait le flanc, les yeux fermés. Sous son manteau étalé, la neige avait pris une teinte rose. À l'instant où le roi se penchait sur lui, Gwydion ouvrit les yeux et tendit la main.

— Ma musette, souffla-t-il. Mes simples... Amène-les-moi...

Tout en haut du chêne, le vent soufflait trop fort pour que Llaw entende quoi que ce soit. Mais la brume s'était levée, l'air était sec et, à dix toises de hauteur, il les voyait distinctement. Après un temps infini de palabres, d'allées et venues et de ce qui lui apparaissait comme la plus totale confusion autour du corps de Gwydion, il eut un court instant la vision stupéfiante du maître se relevant.

Le choc fut tel qu'il faillit pousser un cri et que – oubliant sa position au faîte de l'arbre – il eut un mouvement pour s'élancer vers lui. Cette agitation soudaine fit craquer la ramée et attira l'attention de deux ou trois elfes, en bas. Ils ne virent rien, mais quand l'apprenti osa de nouveau risquer un œil, ils étaient partis, emmenant le vieux druide sur une civière de branchages.

Llaw se laissa glisser à califourchon sur une branche guère plus épaisse que deux doigts, en se tenant simplement d'une main à une broutille, ferma les yeux et poussa un long soupir de soulagement. Gwydion était vivant. S'il vivait, il se soignerait. Cela ne faisait pas de doute, il en avait tant soignés…

Libéré de ce poids, le jeune elfe recommença à respirer plus facilement et, le soulagement faisant place à l'indécision, à réfléchir. Dans l'agitation du départ de l'armée, il était probable que son absence soit passée inaperçue, même de ses plus proches compagnons. Mais au retour de Gwydion, chacun le chercherait, forcément. Il était son unique apprenti, le seul qui puisse l'aider à se soigner lui-même. S'il partait maintenant, tout de suite, il arriverait à Cill Dara bien avant eux et personne ne s'apercevrait de rien… Mais il laisserait alors Maheolas s'échapper impunément, lui dont la trace, vue de la cime de ce chêne, était aussi visible que celle d'une harde de sangliers.

Lliane.

Lliane était la seule qui ait partagé leurs conciliabules. Elle saurait que faire.

Pendant que le Dagda parlementait avec les Fomoraig pour fixer la date de la bataille, les chefs des Tuatha Dé Danaan se rassemblèrent autour de Lug. Le roi avait mandé à sa cour tous les gens d'art : sorciers, druides, forgerons et médecins, afin que chacun dise ce qu'il ferait pour aider à la victoire.

« Nous enchanterons les arbres pour qu'ils deviennent une troupe en armes », dirent les sorcières.

« Ceux des nôtres qui seront blessés, à moins qu'on ne leur ait tranché la tête, seront guéris par moi dès le lendemain », dit Diancecht le médecin.

« Aucune arme que j'aurai forgée ne manquera son but, et pour chaque lance, chaque épée qui sera brisée, j'en fournirai une autre », dit Gobniu le forgeron.

Puis Dana elle-même prit la parole : « Je plongerai le cœur de chaque Fomoraig dans la tristesse, l'angoisse ou l'épuisement. »

Et de même chacun des dieux mit tout son art à promettre des prodiges tels que jamais encore on n'en avait vu, si bien que l'armée des Tribus se préparait à aller au combat pleine de courage.

À l'issue de cette assemblée, Nuada-au-bras-d'argent retint les nobles une fois que le roi fut parti.

« Je fus votre roi, dit-il, et je vous ai menés au combat contre les Fir Bolgs, en une bataille où j'ai perdu un bras

et failli perdre ma vie. Il ne faut pas courir de nouveau le risque de perdre notre roi, à moins que vous ne comptiez que sur lui pour remporter la bataille… »

« Nos héros n'ont aucune peur des Fomoraig, répondirent-ils. Nous résisterons à leur furie même si Lug n'est pas avec nous. Mais comment convaincre le roi de rester à l'abri ? »

« Ce soir, nous donnerons un festin où la bière coulera et où les harpistes joueront jusqu'à ce que la fatigue et l'ivresse aient raison du roi. Alors nous l'enchaînerons pour son bien, afin que sa vie soit préservée. »

Et c'est ce qu'ils firent.

11. EN ORDRE DE BATAILLE

Hormis une poignée d'archers pour monter la garde, en haut de la tour et à l'étage, ils étaient tous réunis dans la grand-salle, valides, blessés et mourants confondus dans la même masse silencieuse et grave, attendant que Pellehun prenne la parole. Seigneur, les blessés... Il allait devoir parler devant eux, donner l'ordre qui les priverait de tout espoir. Certains pourraient sans doute se tenir en selle, mais ils ne feraient que les ralentir, et leur sang attirerait les loups...

— Il faut partir! lança-t-il subitement. Les monstres attaqueront de nouveau dès qu'il fera nuit et nous ne pourrons rien contre leurs machines de guerre, ni contre leur nombre...

Le prince porta instinctivement la main à son bras bandé, qu'un éclair de douleur venait de cingler. Le moindre geste un peu vif le mettait au supplice. Lui-même pourrait-il se battre dans cet état? Pourrait-il même chevaucher?

— J'ai envoyé Abbon chercher des secours, mais ils ne seront pas ici avant des jours. Notre seule chance est de rompre l'encerclement et sortir de cette maudite bourgade.

— Et pour aller où ? grommela quelqu'un dans l'auditoire.

— Silence ! cria Dragan.

— Non, laisse-le parler, intervint Pellehun... Si quelqu'un a quelque chose à dire, qu'il avance sans crainte !

Il y eut un temps de flottement, puis un coutilier ventru et rougeaud, sa cotte noircie de suie, se fraya un chemin jusqu'au premier rang pour faire face au prince.

— Pardon, Mon Seigneur, mais ils ont dû prévoir qu'on s'enfuie, c'est sûr... Ici, au moins, on est à l'abri.

Derrière lui, les autres acquiescèrent sourdement.

— Ils nous attendent, tu as raison. Ils nous attendent là...

D'un ample geste de sa main valide, Pellehun désigna le sud, la direction de Loth.

— Si nous devions nous enfuir, comme tu dis, ce serait à coup sûr pour rejoindre les nôtres, pas vrai ?

Le coutilier haussa les épaules avec un sourire stupide.

— Ben, forcément...

— Alors il faut partir par là ! poursuivit Pellehun en désignant l'est. Vers les montagnes !

Cette fois, les murmures furent plus sonores. Même Dragan eut un froncement de sourcils d'incompréhension. Seul Gorlois, au premier rang, hocha la tête avec un sourire amusé.

— Les barbares, murmura-t-il en croisant le regard du prince.

— Oui, les barbares... Il y a ici assez de chevaux pour tous. Les chevaliers formeront l'avant-garde et culbuteront tout ce qu'ils trouvent devant eux. Vous passerez tous derrière. Une fois dans les montagnes, il faudra abandonner les chevaux pour rejoindre Seuil-des-Roches, le village des barbares des Marches. Ils sont avec nous, ils nous aideront. Ce sont eux qui ont prévenu mon père de l'invasion. Depuis des siècles, ils tiennent les montagnes face aux monstres, au moins avec eux on aura une chance.

— À moins qu'ils ne soient tous morts ! lança un garde.

— Je n'ai pas vu de barbare parmi les cadavres qu'ils avaient entassés ici. Tu en as vu ?... Quelqu'un en a vu ?

Nul ne répondit.

— Alors oui, il est possible qu'ils aient été massacrés avant que les monstres s'emparent de Bassecombe. Mais l'armée du roi Ker tout entière n'y a pas suffi, autrefois, alors je gage qu'ils s'en sont tirés.

— Et les blessés ?

Pellehun ressentit comme une forme de trahison le fait que ce soit Gorlois qui ait posé cette question. Il jeta un coup d'œil vers quelques-uns des malheureux allongés à même la terre battue, dont le regard disait l'épouvante. Bienheureux ceux qui avaient été tués au combat...

— Ceux qui peuvent tenir en selle tenteront leur chance jusqu'aux Marches. Vous les aiderez. Les autres... Les autres mourront, de toute façon. Vous le savez. Ils le savent. Et je...

L'instant, soudain, fut d'une clarté soudaine, apaisante, alors que les mots lui venaient à la bouche comme une évidence. Pour la première fois depuis qu'ils étaient entrés dans le bourg, Pellehun eut un vrai sourire.

— ... Et je resterai avec eux.

— Seigneur, vous n'y pensez pas ! s'écria Dragan en se portant au-devant de lui, alors que la salle vibrait des vociférations de la troupe.

— Messire Dragan mènera la charge, reprit Pellehun d'une voix plus forte, afin de couvrir ce brusque vacarme. C'est dit! Préparez-vous. Que des volontaires aillent ramasser des flèches, au-dehors, le plus possible. Les autres, portez les blessés en haut de la tour. Allez!

Tournant le dos aux hommes pour couper court à leurs protestations, Pellehun saisit le banneret par l'épaule et l'entraîna avec lui jusqu'au grabat qui lui avait servi de couche, sur lequel il se laissa lourdement tomber.

— Trouve-moi de quoi écrire, et de la cire. Je vais te donner des ordres cachetés, afin que mon père comprenne. Je vais aussi te faire une lettre pour Ketill... C'est le chef des barbares de Seuil-des-Roches. J'ignore s'il sait lire, mais ces gens-là sont toujours impressionnés par un sceau.

— Mon prince, je vous en conjure... Vous allez vous faire massacrer!

— Toi aussi.

Pellehun dévisagea un moment le banneret, puis rit comme s'il s'agissait d'une bonne plaisanterie.

— Allez, dépêche-toi.

Quand Dragan tourna les talons, le prince s'affaissa, l'esprit vide. Il résista à l'envie de se coucher de tout son long et se contenta de fermer les yeux pour échapper à la frénésie qui s'était emparée de toute la salle. La sensation d'une présence à ses côtés le tira de cet instant d'oubli. Gorlois était devant lui.

— Qu'est-ce que tu veux?

— Vous aider à monter en haut de la tour. Vous êtes blessé. J'obéis aux ordres.

— Prends garde à ton insolence, ça te perdra.

— Bien. Alors j'attends.

— Qu'est-ce que ça veut dire?

— Je reste avec vous, mon prince... De toute façon, comme vous l'avez dit, ici ou là on se fera massacrer. Ici, au moins, on est au chaud et il y a assez à boire pour oublier qu'on est déjà morts.

Pellehun acquiesça en riant, puis lui tendit la main pour qu'il l'aide à se relever.

— Il y a autre chose que de la bière, dans cette bauge ?

— Le seigneur Wefreld, Dieu ait son âme, avait un certain sens du confort. Les hommes ont trouvé sa réserve d'eau-de-vie, mais il en reste bien assez. Du genièvre, je crois...

Quand ils furent debout, Pellehun ramassa le baudrier portant son épée et commença à le nouer autour de sa taille. Gorlois l'observa en silence, puis quand il fut prêt il continua à le mesurer du regard, jusqu'à ce que le prince en prenne ombrage.

— Quoi ?

— Vous allez vraiment le faire...

Pellehun se sentit mis en question, jaugé, et ce, par un chevalier de second rang, qui plus est, guère plus âgé que lui ! L'imminence de la mort ne justifiait pas toutes les audaces.

— De quoi parles-tu, par le sang !

— Vous allez vraiment rester ici et vous faire tuer avec... (Il eut un mouvement de menton pour les éclopés qu'on traînait vers l'escalier de pierre). Avec eux ?

— Comment oses-tu ? murmura Pellehun en tentant de maîtriser sa rage. Ce n'est plus de l'insolence, chevalier. C'est de l'insubordination !

— Pardonnez-moi, Mon Seigneur, mais il y a peut-être mieux à faire que de s'enivrer en attendant qu'on vienne nous égorger.

— Vraiment ?

Gorlois se rapprocha du prince pour resserrer le nœud de son bandage et plaquer plus fermement son bras contre sa poitrine, mais surtout pour pouvoir lui parler sans éveiller l'attention.

— Je ne sais pas trop, commença-t-il à voix basse. Mais je me suis dit que dès que les monstres s'apercevraient que les nôtres tentent une sortie, ils se regrouperaient pour les attaquer. Ce n'est qu'ensuite, s'ils les ont laissés filer ou s'ils les ont anéantis, qu'ils penseront à venir ici... Après tout, il n'est plus censé rester quoi que ce soit dans ces ruines. Rien qui ne vaille vraiment la peine, en tout cas. Des blessés à achever, un reste de pillage...

— Continue.

— J'étais avec vous, là-haut, quand vous parliez à Dragan. Si le Seigneur de la nuit veut attirer l'armée du roi dans un piège, je pense qu'il y a mieux à faire que de crever ici comme des rats. Autant mourir en essayant de prévenir les nôtres et leur éviter de se faire massacrer... Avec deux chevaux frais, on a une petite chance de passer.

Pellehun dévisagea longuement la face carrée, rude, de Gorlois. Ils avaient certes à peu près le même âge, mais le chevalier semblait en avoir déjà vu et vécu bien plus que lui.

— J'ai... J'ai donné ma parole, murmura le prince en balayant du regard la salle qui se vidait peu à peu. J'ai dit que je resterais avec eux.

— Et vous resterez, jusqu'à ce que les autres soient partis. Nul ne saura ce qui s'est vraiment passé.

— Mais... Je ne pourrai jamais tenir en selle avec un bras cassé !

— Je n'ai pas dit que ce serait facile.

Le prince baissa les yeux et revint s'asseoir, le regard vide. Au bout d'un long moment, il acquiesça d'un signe de tête. Gorlois tourna aussitôt les talons et sortit, à la recherche de deux montures. L'air frais du dehors lui fit du bien, après la puanteur douceâtre du donjon. Il s'assit à l'écart, sur les décombres d'une masure effondrée, et ramassa un morceau de bois à demi calciné avec lequel il joua pensivement, étonné par sa propre audace.

Ç'allait être une rude journée...

À moins de deux milles au nord de Calennan, derrière un ultime rideau d'arbres, la grande forêt cédait la place aux collines. L'herbe n'y était certes pas aussi haute que dans la trouée des elfes verts. C'était un paysage tourmenté, sinueux, traversé de maigres ruisseaux – pris par les glaces en cette saison –, avec sur chaque crête des affleurements rocheux pareils à des forteresses en ruines, et dans chaque vallon de la fougère étincelante de givre, des buissons, quelques arbrisseaux, fusains, troènes, sureaux, parfois un boqueteau de pommiers. Ils étaient arrivés là à la croisée des royaumes, l'un des rares passages menant à chacune des terres habitées par les Tribus de la Déesse.

Vers le sud-est, en quittant la lisière des bois, commençait la grande plaine des hommes. À dix lieues à l'est, les collines devenaient plus hautes, les défilés plus abrupts, la neige plus épaisse. Les elfes et les hommes avaient déserté ces territoires, qui marquaient la limite des royaumes nains. Vers l'ouest s'étendaient d'immenses marécages parsemés d'îlots incertains et sur lesquels pesait en permanence un épais brouillard. On nommait cette région Gwragedd Annwh, du nom de l'île la plus grande de ce pays oublié où vivaient encore les elfes gris, parmi nombre d'espèces effrayantes et inconnues.

L'armée d'Arianwen faisait face au nord, au débouché d'une vallée large de deux lieues qui allait en s'étroitisant entre des combes abruptes, jusqu'aux Terres Noires. Les nains appelaient cette coulée Agor Dôl. Les autres ne lui donnaient pas de nom. Rares étaient ceux qui empruntaient cet encaissement sinistre, hormis quelques gnomes marchands de Mag Mor, la cité de la plaine, assez fous ou assez cupides pour tenter de commercer avec les monstres des Basses Terres. Le passage, pourtant, restait ouvert, car les monstres étaient l'un des peuples de la Déesse, et il ne convenait pas qu'ils soient totalement coupés du monde.

Les Daerden s'étaient largement dispersés par groupes d'une dizaine, couvrant ainsi une surface considérable sans risque d'être surpris. Derrière eux, les Hauts-Elfes marchaient en foule, sans ordre apparent. Arianwen était parmi cette troupe désinvolte, suivie comme deux ombres par Dìnris et Olwenn le barde. À trois cents pas en arrière, les Brûnerin du Vieux Bois formaient l'arrière-garde, naturellement. Les Brûnerin ne se hâtaient jamais, mais leurs arcs en bois d'if étaient les plus longs de tous les clans d'Eliande, leurs cordes faites d'un tressage unique de chanvre huilé, et leurs flèches aux pointes d'argent pouvaient transpercer un arbre large d'une paume de part en part. De tous les clans elfiques, c'étaient les seuls dont les cheveux étaient blancs, quels que soient leur âge ou leur sexe. Leurs manteaux de moire grisée, couleur de lichen, leur grande taille et leur raideur les faisaient ressembler à des hêtres, lisses et pâles.

Lorsque à son tour leur groupe sortit des bois par le large vallon qu'avait suivi le reste de la troupe, et alors qu'ils resserraient les rangs pour contourner une brèche rocheuse, une pierre surgie des broussailles frappa l'un d'eux entre les omoplates. L'elfe poussa un cri – de surprise plutôt que de douleur – qui immobilisa tous les Brûnerin. Durant un court laps de temps, chacun d'eux retint son souffle et tendit l'oreille. Les flèches étaient déjà encochées, les arcs prêts à être bandés. Ceux qui marchaient en arrière discernèrent des craquements de bois mort et des cliquetis métalliques, mais à l'instant même où ils allaient donner l'alerte, une pluie de pierres, de flèches et d'épieux s'abattit soudain sur leurs rangs. Comme un seul être, les Brûnerin mirent un genou en terre et tendirent au-dessus de leur tête leurs manteaux, formant ainsi une large bâche sur laquelle s'abattirent les projectiles. Nombre de ceux-ci crevèrent ce mince rideau et quelques-uns des elfes ne se relevèrent pas, mais tous les autres, abattant leur manteau dans un brusque claquement, décochèrent leur première flèche d'une même volée soudaine qui cingla la lisière comme une averse de grêle.

Aussitôt, le silence de la forêt se mua en un tumulte assourdissant, où se mêlaient les ordres lancés d'une voix haute par les chefs des Brûnerin, les sonneries de leurs cors alertant l'armée des elfes, les vociférations d'une nuée d'orcs jaillissant des fourrés et les cris d'agonie de ceux que les flèches d'argent avaient frappés. Les archers aux cheveux blancs eurent tout juste le temps de se former sur deux rangs, le premier agenouillé et l'autre debout derrière, avant de recevoir de plein fouet la meute hurlante. Leur volée, tirée à moins de dix pas, traversa la masse grouillante des monstres comme une fourche dans une meule de paille. La même flèche, pareille à un éclair d'argent, transperçait parfois deux orcs pour se ficher dans un troisième. Il en mourut tant, dans la même seconde, que l'empilement de leurs corps forma un remblai, que les autres durent escalader. Les Brûnerin avaient déjà encoché, mais l'ennemi surgissait de tous côtés, et leur seconde volée se dispersa, tout aussi meurtrière, mais sans l'impact brutal du tir précédent. Engagés sur trois côtés, les elfes eurent à peine le temps de jeter leurs arcs et de dégainer leurs dagues. Des orcs qui leur arrivaient à la poitrine se glissaient entre leurs rangs, frappaient d'estoc et de taille à coups de sabres, de fauchards et de masses cloutées, des armes aux lames noires, luisantes du suc empoisonné dont ils en enduisaient le fer. Trop lents, les Brûnerin s'abattaient comme des tours blanches dans cette sombre marée, rongés un à un par ce venin, mais ils ne reculaient pas.

Alors que les elfes n'étaient plus qu'une poignée, il y eut soudain un claquement, si sonore qu'il couvrit un instant le vacarme assourdissant du combat, celui d'un millier de cordes d'arcs lâchées en même temps, puis le vrombissement d'un millier de flèches survolant le carnage et le choc terrible des dards clouant les lignes arrière de l'attaque.

Arianwen et les Haut-Elfes avaient accouru au bruit de la bataille, depuis le vallon et les crêtes. Dans le même temps, ils se ruèrent à l'assaut, de toute la vitesse de leur course prodigieuse. Leur élan percuta la horde des monstres de plein fouet, les submergea et provoqua chez les survivants une panique qui vida le champ de bataille de tout ce qui pouvait encore s'enfuir. Aussi soudainement qu'ils avaient attaqué, les orcs disparurent dans les bois.

Un silence hébété succéda au vacarme. Alors que les premiers groupes d'elfes verts survenaient à toutes jambes, le spectacle qu'ils découvrirent les hérissa d'horreur. Le passage entre les arbres, un vallon enneigé dont émergeaient encore des touffes d'herbe, était devenu un bourbier sombre et gluant, couvert de cadavres, de blessés et de mourants. Il y en avait tant, par endroits, qu'on n'apercevait plus la terre et que leur sang formait des flaques. De loin en loin, les manteaux des Brûnerin ponctuaient ce magma infâme de taches claires. À l'endroit de la mêlée, leurs corps gisaient en ligne, comme une digue submergée, et à quelques pas en arrière une poignée de survivants, plus raides que jamais, contemplait la tuerie d'un air hagard. Ils devaient être dix ou douze, guère plus...

Dìnris chercha des yeux la reine, et pendant un court moment de panique absolue, ne la vit nulle part, jusqu'à ce qu'elle se relève. Arianwen se tenait le côté. Un coup de masse avait ensanglanté son haubert de cuir et poissait ses doigts crispés sur sa blessure. Dès qu'elle fut sur pied, elle contempla le charnier avec dégoût et, découvrant Dìnris ainsi que tous ceux qui accouraient à son secours, les arrêta d'un signe de tête.

— Reculez ! cria-t-elle de toute la force dont elle était capable. Tout le monde en arrière ! Repliez-vous sur la crête !

Dìnris ne lui obéit pas. Lorsqu'il fut près d'elle, il lui ôta de la main sa longue dague, se pencha pour en essuyer la lame rougie dans la neige et la glissa dans le fourreau qu'elle portait au côté. Puis il écarta doucement son bras et examina sa blessure.

— Ce n'est rien, murmura-t-elle. Ça ira.

Dìnris grommela quelque chose qu'elle ne comprit pas et, d'un coup sec, déchira un pan de son haubert. La masse cloutée d'un orc avait entaillé les chairs. Il chercha l'arme des yeux, la trouva auprès d'un corps recroquevillé et en examina posément les pointes, du nez et de la langue.

— Il n'y a pas de poison. Tu as de la chance...

Le contact glacé de doigts sur sa peau lui fit ouvrir les yeux. Olwenn était là, lui aussi, à genoux devant elle, et plaquait sur sa plaie une des compresses de feuilles que la plupart d'entre eux gardaient dans leur sac. Sans un mot, il se releva, passa un bras autour de sa taille et l'entraîna hors du charnier.

— Attends...

La reine prit une profonde inspiration pour chasser le vertige qui l'avait saisie. De sa main libre, elle toucha le bras de Dìnris.

— Donne les ordres, dit-elle d'une voix plus ferme. Qu'on établisse une ligne d'archers et que les blessés soient ramenés dans le vallon.

Un cri aigu et rauque attira leur attention. Les elfes verts s'étaient répandus à travers le champ de bataille et commençaient à s'occuper des orcs blessés, à coups de dague. Arianwen détourna la tête, mais son regard se fixa malgré elle sur l'un de ceux qui gisaient alentour. Encombré d'une armure d'écailles trop grande pour lui, un orc à la peau d'un jaune grisâtre et aux cheveux hirsutes se traînait à terre, sur le dos, en raclant le sol de ses jambes courtaudes. Une lame elfique avait entaillé son haubert jusqu'au torse, tranchant les chairs et brisant les os. Lorsque la créature tenta de se retourner, son armure s'entrebâilla et la reine eut la vision fugace d'un sein à l'aréole noire. Elle en fut stupéfaite. Jamais elle n'avait songé que ces guerriers difformes pouvaient être autre chose que des mâles. En fait, elle n'avait même jamais songé qu'ils puissent être autre chose qu'une masse hurlante…

— Ma reine, ça va? demanda Olwenn, que cette longue absence inquiétait.

Arianwen ne répondit pas tout de suite. L'expression de l'orc blessée la frappait. Toute trace de folie meurtrière en avait disparu, il ne restait plus que la peur.

Un sentiment.

Le plus commun, sans doute, partagé par toutes les bêtes, mais un sentiment tout de même, la trace d'une pensée derrière ce masque hideux.

— Je me demande si c'est de nous qu'elle a peur…

Olwenn suivit son regard, mais ne vit rien qui puisse valoir le risque de rester ainsi exposés. Tout autour d'eux, un groupe d'archers s'était déployé pour protéger la reine. Obéissant aux ordres de Dìnris, les autres reculaient lentement, les uns portant les blessés et les autres guettant le moindre mouvement dans les bois.

Alors qu'ils enjambaient les corps abandonnés sur le champ de bataille, Arianwen examina chacun des orcs qui y avaient laissé la vie. La plupart, comme la femelle blessée, étaient petits et râblés, mais il y en avait de grands et maigres, d'autres presque semblables à des bêtes, avec de longs bras et des mufles de chiens, d'autres enfin presque nus, couverts de tatouages ou de scarifications. Certains même semblaient faits de boue, tant leur corps était difforme et grossier. Était-ce ainsi que les démons des Terres Gastes leur donnaient vie ? Des ébauches d'êtres vivants, contrefaits, grotesques, comme acharnés dans la laideur avec un soin égal à celui que mettaient les elfes à cultiver leur beauté.

Olwenn s'était mis à chanter et, sans que la reine s'en aperçoive, son chant effaçait peu à peu les tourments de sa blessure. Lorsqu'ils parvinrent à l'abri du vallon, elle avait repris ses esprits et parvenait à marcher sans l'aide du barde.

— Ça ira, dit-elle en s'asseyant dans l'herbe enneigée. Trouve-moi Calen, je dois lui parler.

Olwenn acquiesça d'un signe de tête et partit en courant, comme s'il savait exactement où trouver le seigneur des Daerden. Sans prêter attention aux archers qui prenaient position autour d'elle, la reine observa l'armée qui se reformait, et le va-et-vient des guerriers transportant les blessés. La plupart de ceux qui étaient allongés là – une trentaine, à ce qu'elle pouvait en voir – étaient des Brûnerin. Les guérisseuses s'affairaient autour d'eux, et à voir l'angoisse qui déformait leurs traits, bien peu survivraient. Le poison des orcs, hélas, n'était pas d'origine végétale. La science des druides parvenait à le combattre, jamais à en éliminer complètement les effets. L'un des blessés, un Lasbelin aux cheveux roux du clan de l'automne, agonisait presque sous ses yeux, agité de tremblements convulsifs. Sans doute mourraient-ils tous, s'ils n'étaient rapidement emmenés sous la forêt. Et sans doute aurait-elle connu le même sort, elle aussi, si l'arme qui lui avait entaillé le flanc avait été empoisonnée…

Arianwen se releva en s'appuyant sur son arc et s'avança vers un groupe d'elfes aux cheveux blancs penchés sur l'un des leurs. Lorsqu'elle ne fut plus qu'à quelques pas, ils se retournèrent et se redressèrent brusquement en s'écartant, comme s'ils avaient vu un démon surgi des entrailles de la terre. Il fallut quelques instants à la reine pour réaliser que, la voyant blessée, ils la croyaient mourante. Tous les autres, d'ailleurs, la dévisageaient avec un mélange d'admiration et de frayeur, comme si la Morrigan venait de se pencher sur elle pour l'arracher à la mort. Sans davantage leur prêter garde, elle se pencha sur leur compagnon. Elle faillit ne pas le reconnaître de prime abord, tant la souffrance déformait ses traits. Mais lorsqu'il ouvrit les yeux, elle se souvint aussitôt de lui. C'était Lossrâd, le chef de guerre des Brûnerin.

— Je suis… Je suis désolée, murmura-t-elle en lui prenant la main.

Lossrâd ébaucha un sourire. Sa peau et ses cheveux semblaient plus pâles encore que la neige sur laquelle il gisait.

— Nous n'avons pas failli.

— Non… Les Brûnerin ne reculent jamais. Tous les peuples de la forêt chanteront longtemps votre courage. Tu vas rentrer, avec les tiens… (Il tenta de protester, mais elle le fit taire d'une pression de la main.) Vous avez trop souffert. Et d'ailleurs cette bataille a dû faire fuir les monstres jusqu'aux confins des Terres Noires.

Elle se releva et découvrit autour d'elle tout ce qu'il restait du clan de guerre des elfes aux cheveux blancs. Guère plus d'une vingtaine, dont certains tenaient à peine debout. Arianwen les regarda tous, un à un, puis elle s'inclina respectueusement et les Brûnerin répondirent à son salut.

Dès qu'elle fit demi-tour, elle buta presque sur Calen, qui avait assisté à la scène et se tenait en retrait.

— On m'a dit que vous aviez été blessée, dit-il en s'approchant d'elle avec une émotion réelle.

Arianwen jeta un coup d'œil vers Olwenn, qui baissa la tête comme un enfant pris en faute.

— Olwenn m'a bien soignée, dit-elle en souriant (ce qui réconforta ce dernier et l'emplit de fierté). Ça ira… Mais il faut escorter les blessés jusqu'à Calennan. Et qu'on envoie des faucons porteurs de messages jusqu'à Cill Dara, pour faire venir nos guérisseuses. Le poison…

— Nous connaissons le poison des orcs, coupa le héraut des Daerden. N'aie crainte, les nôtres seront bien soignés.

Calen s'écarta, murmura à ses elfes liges quelques ordres ponctués de gestes tranchants, désigna d'un mouvement de menton le groupe des Brûnerin et revint vers la reine avec un sourire réconfortant.

— Il faut qu'on parle, Calen.

— Je sais. Venez…

Il lui offrit son bras et l'entraîna vers un abri naturel formé par deux larges rochers se rejoignant à leur sommet, comme une tente. Une vingtaine d'elfes pouvaient s'y tenir, à condition de ne pas trop bouger.

À peine la reine fut-elle assise qu'une main lui tendit une écuelle remplie d'un hachis d'herbes dégageant un parfum délicieux. Elle releva les yeux et reconnut Gwyrith, la jeune Daerden dont elle avait accepté les services sur le rocher de Calen. Par les Mères, comme cette nuit paraissait déjà loin…

Ils mangèrent en silence, tandis que les chefs de guerre, les uns après les autres, venaient les rejoindre à l'abri des roches. Au-dehors, il s'était mis à neiger, de fins flocons dont la plupart des Hauts-Elfes, élevés sous la voûte des arbres, n'avaient guère l'habitude. Bientôt, leurs rires allégèrent un peu du chagrin de la reine. Quelqu'un voulut les faire taire, par respect pour les morts, mais elle ne le permit pas. Le plus grand respect qu'on doit aux morts, c'est d'aimer la vie, et ces rires la faisaient renaître dans leurs cœurs. Une heure passa ainsi, puis Arianwen s'ébroua et redressa le dos.

— Il faut tenir conseil, dit-elle d'une voix assez forte pour mettre fin au marmottement des conversations.

Puis, quand le silence fut revenu et que tous les regards étaient tournés vers elle :

— Cette attaque prouve ce que je craignais. Ce n'étaient pas quelques loups, mais une armée entière, assez bien menée pour tendre une embuscade sans se faire déceler par nos pisteurs. Les monstres sont en guerre et, je ne sais comment, ils ont réussi à entrer sous la forêt sans que nous le sachions.

— J'étais d'avis de rester dans les bois! lança Calen, que les derniers mots de la reine semblaient avoir piqué.

— Ce n'étaient que des orcs, murmura le chef des In Deren. Les orcs ne valent guère mieux que des chiens et ils n'auraient jamais pu nous surprendre ainsi. Il doit y avoir des gobelins avec eux, et l'un de leurs commandeurs de guerre…

Cette remarque provoqua une vague de murmures alarmés. Le jour était déjà avancé et la perspective de devoir combattre une armée de gobelins durant la nuit avait de quoi faire frémir les plus endurcis.

— Je ne crois pas qu'il y en ait d'autres, ou en tout cas qu'ils soient assez nombreux pour nous attaquer, intervint Dìnris. Sinon ils l'auraient fait pendant que nous accourions vers la bataille. C'était une occasion rêvée…

— Je suis d'accord, acquiesça le chef des elfes de la Source. Cet assaut n'avait pas de sens. Ils ont sacrifié un millier d'orcs pour…

Il avait failli dire « pour rien », mais il n'acheva pas sa phrase et se voila les yeux, par respect pour les Brûnerin.

— Qu'en pensez-vous, ma reine ? demanda Dìnris.

Arianwen le dévisagea un moment en silence, puis elle parcourut l'assemblée du regard, déchiffrant des expressions diverses. Tous partageaient visiblement la même impatience et la même colère, mais certains semblaient perdus, décontenancés, d'autres avides d'en découdre, d'autres visiblement inquiets.

— On ne sacrifie jamais des troupes pour rien, dit-elle enfin. Même un commandeur gobelin ne ferait pas une chose pareille sans raison. Je crois… Je crois qu'ils cherchent à nous ramener vers la forêt. Qu'ils veulent nous empêcher de marcher vers la plaine.

— Vous ne pensez tout de même pas continuer ? s'écria le héraut des elfes verts en se dressant d'un bond. Calennan est à un jour de marche. Tant que nous n'aurons pas nettoyé les bois, il n'est pas question de laisser les nôtres sans défense !

— Et qui sait si l'attaque des orcs n'a pas servi à couvrir l'avance du reste de leur armée ? lança quelqu'un au fond de la grotte. Ils y sont peut-être déjà !

— Écoutez-moi ! dit Arianwen d'un ton plus ferme. Je suis d'accord avec vous. On ne peut pas…

Des cris lointains l'interrompirent. Devant la grotte, ils virent l'armée s'agiter subitement et eux-mêmes se ruèrent au-dehors. Un Daerden mince et fin comme un enfant fendit la foule en armes et s'arrêta brusquement devant eux, les yeux écarquillés, hors d'haleine.

— Les orcs ! parvint-il à articuler d'une voix hachée. Ils attaquent le convoi des blessés !

Au matin du premier jour, les Tribus marchèrent dans la plaine de Mag Tured. Voyant cela, les Fomoraig sortirent de leur campement et se formèrent en bataillons, puissants, hérissés de fer, indestructibles. Autour d'Indech, leur roi, se tenait Bres, qui avait réuni cette troupe pour reprendre son trône, son père Elatha qui avait épousé une fille des Tribus, et le géant nommé Balor, dont l'œil empoisonné n'était jamais ouvert, hormis sur le champ de bataille. Sa paupière était si lourde qu'il fallait quatre guerriers équipés de crochets pour la soulever.

« C'était à se frapper la tête contre un rocher
C'était mettre la main dans un nid de serpents
C'était se mettre le visage sur le feu
Que de s'en prendre à l'armée des Fomoraig ce jour-là. »

Les Tuatha Dé Danaan avaient laissé le roi à la garde de neuf des leurs, enchaîné à un pilier. Mais nulle chaîne n'aurait pu retenir le Dieu. Dans sa fureur, Lug les arracha et c'est ainsi, les poignets ceints des restes de ses liens de fer, qu'il fit irruption sur le champ de bataille, alors que le combat avait déjà commencé.

Les prodiges promis par les druides et artisans des Tribus avaient affaibli les Fomoraig, qui se désespéraient de voir ceux qu'ils venaient de blesser revenir au combat grâce aux soins magiques de Diancecht. Le feu du ciel, l'hostilité des pierres et des arbres, les clameurs assourdissantes provenant de tous côtés, tout cela faisait fléchir leur volonté.

C'est alors que Balor entra dans la bataille.

Le premier, Nuada-au-bras-d'argent tomba sous ses coups, affaibli par les flots de venin jaillissant de son regard maléfique. Des milliers de braves guerriers périrent à sa suite pour avoir tenté de l'affronter, sans qu'aucun d'eux parvienne à le mettre à mal.

Un seul être, dans toute l'armée des Tuatha Dé Danaan, n'éprouvait aucune crainte à la vue du géant. Cet être était Lug, fils de Cian, et d'Eithe, la propre fille de Balor.

Alors que tous reculaient en se protégeant derrière les boucliers, Lug s'avança vers son grand-père, armé d'une simple fronde. Il se campa devant lui et clama d'une voix puissante : « Je n'ai aucune peur de ton œil horrible et noir ! »

Entendant cela, Balor fit signe à ses gardes de soulever sa paupière en prononçant ces mots : « Fe fe fo fo aicthe aicthe aille aille », qui signifient : « Soulevez ma paupière que je voie le bavard qui me défie. »

Il n'eut que le temps de reconnaître son petit-fils. Lug décocha une pierre de sa fronde avec une force telle qu'elle traversa l'œil et la tête de Balor, qui s'effondra sur ses propres guerriers. Trois fois neuf moururent sous son poids, et leur roi Indech lui-même fut submergé par le venin coulant de l'œil crevé.

Dès cet instant, les Tuatha Dé reprirent espoir et bousculèrent les lignes ennemies. En peu de temps, la bataille se transforma en carnage.

12. LE CHEMIN DES LONGUES LIEUES

Narwain était assise au bord de la rivière, contre le tronc gris et ridé d'un aulne qu'elle avait elle-même planté là, quatre-vingts ou cent hivers plus tôt, quand elle était encore jeune et qu'elle croyait que la vie durerait toujours. L'arbre était vieux, maintenant, et elle plus encore. L'un et l'autre avaient atteint la fin de leur séjour terrestre, et en éprouvaient la même indifférence.

Depuis qu'elle avait dû quitter la sororité des Ban Drui, la vieille elfe avait rapidement perdu le goût de l'existence. On lui témoignait du respect, sans doute, mais ce n'était pas assez pour remplir une vie. La plupart de ceux qu'elle avait aimés étaient morts sans qu'elle s'en aperçoive, durant toutes les années passées au cœur du Bosquet des Sept Arbres. Par une ironie amère dont elle ne cessait de s'étonner, l'illumination de la connaissance l'avait coupée du reste du monde et donc privée de l'essentiel, puisque ce n'est pas la connaissance que recherchent tous les êtres à la surface de la terre, mais le bonheur. Le bonheur, désormais, lui apparaissait comme un manque de lucidité, comme une ignorance niaise et béate de la vraie nature des choses, mais le pire, pour elle, était de savoir qu'elle avait tort.

Nul n'est fait pour l'illumination de la connaissance, hormis les dieux. Seule la quête du savoir, son long apprentissage, peut procurer une forme de bonheur, ce qu'elle avait elle-même ressenti. Mais quiconque recevait l'illumination se brûlait les ailes, comme un papillon attiré par une chandelle, et restait infirme à jamais.

Narwain avait décidé que cela avait assez duré. Depuis la nuit de l'Alban Elved, elle n'avait cessé de méditer sur cette frayeur qu'elle avait perçue, du plus profond de la terre. Le monde était en train de changer. Un temps s'achevait, comme il s'était autrefois achevé pour les Fomoraig, puis pour les Fir, puis pour les dieux eux-mêmes… C'était aussi bien comme ça. Que le temps s'arrête pour elle au pied de cet aulne, qu'elle devienne humus et qu'elle renaisse dans cet arbre…

Enveloppée dans sa robe noire, le visage illuminé d'un sourire qui effaçait ses rides, la vieille elfe ne ressentait ni le froid, ni la bise mordante. Sans doute serait-elle restée là jusqu'à ce que la mort l'éteigne, si un bruit de voix ne l'avait tirée de sa léthargie. Elle ouvrit un œil et tourna la tête vers la sente forestière qui menait jusqu'à Cill Dara. Elle n'eut que le temps de voir disparaître un groupe de chasseurs entre les arbres, et de réaliser après coup qu'ils portaient un brancard et que Morvryn était parmi eux. Durant un moment, elle tenta de retrouver le paisible abandon auquel elle était parvenue, mais en vain. Avec un profond soupir, elle se releva, ramassa son bâton et se mit en route sur leurs traces.

Narwain marchait lentement. Quand elle parvint au cœur de Cill Dara, dans la clairière qui constituait l'équivalent d'une place dans une ville humaine, un attroupement formidable s'y était formé, qu'elle dut disperser à coups de bâton et de piailleries pour se frayer un chemin jusqu'au premier rang. C'était bien Morvryn qu'elle avait aperçu. Il lui tournait le dos, penché sur le brancard où gisait Gwydion. Elle lui toucha l'épaule du bout de son bâton et lui fit signe de s'écarter dès qu'il se retourna. Narwain s'agenouilla avec un gémissement, posa sa main glacée sur le front du druide et lui sourit dès que ce dernier ouvrit les yeux.

— Tu devrais laisser la guerre aux jeunes, dit-elle d'un ton de reproche que son regard attendri démentait.

— Ce n'est même pas une blessure de guerre, répondit Gwydion. Rien d'honorable, j'en ai peur.

Narwain souleva doucement la main que son vieil ami pressait contre son flanc. Un emplâtre de feuilles noirci de sang y resta collé, qu'elle écarta juste assez pour glisser ses longs doigts jusqu'à la plaie.

— Un coup de couteau... Profond. Tu aurais pu te vider de ton sang.

Elle retira ses doigts, les essuya sur la robe rouge du druide et lui saisit le menton pour examiner son visage exsangue, creusé par la souffrance.

— Les guérisseuses ne suffiront pas, marmonna-t-elle en tendant la main vers Morvryn afin qu'il l'aide à se relever. Qu'on le porte jusqu'au Bosquet ! Envoie prévenir les Sœurs, qu'elles préparent ce qu'il faut. Et vous autres, éloignez-vous ! Il lui faut de l'air !

Les elfes obéirent et se retirèrent à contrecœur, bouleversés par l'aspect du maître, celui qu'on nommait l'aîné de la forêt, premier entre les druides d'Eliande. La plupart pensaient qu'il était immortel et de le voir ainsi, si proche de la mort, sans comprendre ce qui avait bien pu lui arriver, ajoutait encore à leur angoisse. Les chasseurs avaient déjà soulevé le brancard et l'emmenaient vers le Bosquet, mais la vieille Ban Drui retint Morvryn par le bras alors qu'il faisait mine de les suivre.

— Que s'est-il passé ? dit-elle en l'entraînant vers une souche où ils s'assirent tous deux.

— Je ne sais pas vraiment… C'est l'enfant-moine, Maheolas, qui l'a frappé, de ça je suis sûr, mais j'ignore comment il a pu se libérer et trouver le couteau avec lequel il l'a blessé.

— Vous l'avez rattrapé ?

— Crois-tu que la peau de ce misérable valait que je risque la vie du maître ?

— Vous ne l'avez pas rattrapé.

— Non.

— Alors c'est ça…

Morvryn se tourna vers la vieille elfe, qui arrêta sa question d'un geste, le temps de rassembler ses pensées.

— Oui, c'est ça, reprit-elle d'un air désolé. Vieille bête… J'aurais dû y penser.

— Est-ce qu'à la fin tu vas t'expliquer ?

Narwain soupira et lui posa la main sur le visage, avec une tendresse apitoyée qui émut le roi d'Eliande autant qu'elle l'effraya.

— Lliane, murmura-t-elle. Lliane est partie depuis hier. J'étais… J'étais auprès de la rivière. Je les ai vus filer, elle et le jeune Llaw Llew Gyffes, qui avait l'air encore plus fou que d'habitude. Elle avait sa dague et un grand arc. Sur le moment, je n'y ai pas fait attention. Tu comprends, j'étais auprès de mon arbre. Il y règne un tel calme…

Morvryn l'interrompit en saisissant sa main et en l'écartant de son visage, avec autant de maîtrise qu'il lui était possible.

— Je ne comprends pas, mère. Quel rapport y a-t-il entre Lliane et la blessure de Gwydion ?

— Bien sûr, tu n'as rien vu… Les pères ne voient jamais rien. Mais moi je ne dors presque plus, et la nuit, avec ma robe noire, on ne me voit pas… Je crois que je préfère la nuit, d'ailleurs. Tout est si calme…

— Narwain !

— Oui, oui… Ta fille et Llaw ont rendu visite plusieurs fois à l'enfant-moine, dans la hutte de Gwydion. Quand le maître n'y était pas, bien sûr. Llaw y passait tout son temps. Je ne sais pas ce qu'ils ont manigancé, mais je suis presque sûre qu'ils sont partis à sa recherche.

— De qui ? Maheolas ?

Narwain ne répondit que par un haussement d'épaules agacé. Morvryn la dévisagea avec effarement, puis se leva d'un bond.

— Par les Mères !

Instinctivement, il se tourna vers le sentier qui s'enfonçait dans la forêt. Sans doute s'étaient-ils croisés. Lliane et l'apprenti avaient dû se cacher en les entendant arriver, et cette pensée l'emplissait de rage.

Aussi loin que porte le regard, on ne voyait rien. Rien que la plaine, jusqu'aux montagnes, la plaine blanche de neige, trouée aux abords des remparts de Bassecombe par les taches noires des incendies. Aucun signe de l'armée ennemie. En haut du donjon, une brise pénétrante saisissait le visage de Pellehun et le glaçait jusqu'aux os, mais il ne se résolvait pas à quitter son poste de guet. Pour ce qu'il en voyait, les monstres pouvaient aussi bien avoir levé le camp… Ce qui n'avait aucun sens, bien sûr. Ils devaient être là, à l'abri de quelque repli de terrain, dans des grottes, Dieu sait où, attendant la nuit pour livrer le dernier assaut. Et en même temps, comment en être sûr ? Ces êtres insensés n'avaient aucune logique humaine. Peut-être étaient-ils vraiment partis…

Le prince se pencha entre deux merlons pour surveiller les préparatifs de la troupe. La place d'armes était encombrée d'une masse de chevaux, autour desquels s'agitaient ses hommes. La plupart étaient déjà prêts, les autres aidaient les blessés à se hisser en selle. Il ne restait que peu de temps… Pellehun distinguait des gardes postés devant les vestiges de la grand-porte, prêts à l'ouvrir dès que Dragan en donnerait l'ordre. La montagne était à moins d'une lieue. Ils s'élanceraient d'un bloc, en silence, au galop, droit devant. Était-il encore possible de les rejoindre, de sauter sur un cheval et de tenter sa chance avec eux ? S'ils réussissaient, s'ils s'en sortaient et qu'ils apprennent plus tard que leur prince s'était enfui, abandonnant les blessés dont il s'était engagé à partager le sort, comment pourrait-il survivre à une telle honte ?

La tête en feu, Pellehun s'arracha à l'enceinte et serra les poings. La seule chose qui n'avait aucun sens, c'était de rester ici. Gorlois avait raison sur ce point. Une simple bande de maraudeurs gobelins suffirait à massacrer jusqu'au dernier les blessés entassés à l'étage. Lui-même tenait à peine debout et ne pourrait se défendre avec honneur. Tout ce qu'il y gagnerait, ce serait une mort atroce, dans les mains de ces monstres.

Il allait redescendre par la trappe qui trouait le plancher lorsqu'un brusque grondement lui fit faire demi-tour et se jeter contre les créneaux. Il eut juste le temps de voir les derniers cavaliers s'engouffrer sous la porte béante.

Le martèlement de leur galopade effrénée lui parvint jusqu'en haut du donjon, à trente pieds de haut. Selon ses propres ordres, une dizaine de chevaliers portant la lance s'était détachée du reste de la troupe, comme une pointe de flèche fendant la plaine immaculée. Derrière, le bloc s'effilochait rapidement. Un homme était tombé de cheval, probablement un blessé trop mal en point pour s'accrocher à sa selle. D'autres avaient réduit l'allure et ne semblaient plus guider leur monture. Du groupe de tête, il ne voyait à présent que le nuage de neige soulevé par leur charge. On n'entendait plus rien, que le sifflement de la brise et le claquement sec d'une bannière, en haut de la tourelle. Bientôt, il ne distingua même plus le gros de la troupe. Ils ne devaient être qu'à un mille de la montagne.

Ce fut ainsi, dans ce silence irréel, que Pellehun vit soudain se dresser devant eux une muraille noire, sur laquelle le nuage blanc sembla s'écraser. Une muraille en mouvement, qui se referma comme une mâchoire.

Le prince resta un long moment ainsi, les yeux écarquillés, tout le corps tendu vers la plaine, guettant le moindre son, le moindre mouvement. Et puis tout à coup, provenant du sud, de l'autre côté du bourg, un mugissement de cornes le fit sursauter. Le temps qu'il se retourne, la plaine se couvrit de colonnes noires hérissées d'étendards et de piques, surgies du néant pour cingler vers la bataille. L'une d'elles longea Bassecombe de si près que Pellehun se jeta instinctivement à l'abri des murailles, de peur qu'on ne le voie.

Comme ils l'avaient prévu, le gros de l'armée des monstres s'était déployé au sud, entre Bassecombe et Loth, et quittait à présent ses positions pour se ruer au combat sans prêter garde au bourg en ruines. Accroupi contre le rempart du poste de guet, Pellehun écouta le grondement de leur charge décroître et commença à sourire. Les monstres n'avaient pas de cavalerie. Quelques-uns de leurs loups noirs étaient montés par des orcs ou des kobolds, mais leur galop était lent et leur meute dispersée. Il leur faudrait un bon moment, une demi-heure peut-être, pour arriver au contact. D'ici là, Dragan et ses hommes seraient morts ou auraient réussi à franchir les lignes ennemies pour trouver refuge dans les montagnes. Cette charge ne servait à rien.

Mais elle leur libérait la route de Loth.

— C'était là, dit Llaw en s'arrêtant brusquement.

Emportée par son élan, Lliane faillit le percuter de plein fouet, infléchit sa course d'un écart et s'arrêta un peu plus loin. Le sang lui battait les tempes, ses jambes étaient raides, son souffle court. Jamais elle n'avait couru aussi longtemps, ni aussi vite. Et Llaw n'avait même pas l'air fatigué. La princesse elfe se débarrassa de l'arc qu'elle portait en sautoir puis enleva le haut de sa tunique, afin que le vent glacé rafraîchisse son corps en sueur.

Lorsqu'elle se retourna vers lui, elle surprit le regard de Llaw s'attardant sur ses épaules nues, sur sa gorge soulignée par le pendentif portant la rune, sur ses seins et son ventre. Cet instant lui rappela l'expression de Llandon, le soir où elle s'était donnée à lui. Mais Llaw Llew Gyffes n'était pas Llandon. Lui n'aurait rien. D'un geste brusque, elle se couvrit, puis ramassa l'arc qu'elle avait laissé tomber dans la neige et le tint serré contre elle. L'apprenti eut un sourire narquois qui exaspéra Lliane prodigieusement, puis il désigna les alentours.

— Tu vois, la neige n'a pas tout recouvert. L'herbe est tassée tout autour de nous et là, c'est le passage que Gwydion s'est frayé dans les buissons avec son bâton.

— Va devant.

Llaw s'exécuta, avec la même moue agaçante. Les deux jeunes elfes avancèrent en silence à travers les fourrés, puis débouchèrent dans une éclaircie où l'on distinguait encore des traces de piétinement, là où Morvryn et son groupe avaient retrouvé le druide blessé.

— Et maintenant ?

Comme il ne répondait pas, Lliane se tourna vers son compagnon. Le visage de Llaw s'était figé. Plus aucune trace d'ironie. Elle suivit son regard et sentit sa gorge se nouer quand elle aperçut, ainsi que lui-même un instant plus tôt, la trace rosâtre laissée à terre par le sang du maître. Les flocons qui tombaient depuis le matin en pluie fine n'avaient pas suffi à faire disparaître ce vestige sacrilège... Lliane se détourna et leva les yeux vers le ciel gris. Des entrelacs de branches noires et nues les surplombaient, faiblement agitées par le vent. Elle soupira et alla s'asseoir contre un arbre.

— Et toi ? demanda-t-elle un peu plus tard, quand Llaw vint la rejoindre. Tu étais où ?

— Là, fit-il en désignant les fourrés devant lui. Et puis je me suis caché là-haut...

Lliane suivit des yeux son geste désignant vaguement un grand chêne dominant la forêt. On ne devait plus être loin de la bordure des bois. À une portée de flèche vers l'est, la futaie laissait déjà place à des arbustes mangés de lierre et de broussailles.

— Tu as vu par où il est parti ?

Llaw lui fit face, furtivement, et elle vit que ses yeux étaient emplis de larmes, comme lorsqu'on se fait mal. Les elfes ne pleuraient pas sous le coup d'une émotion, quelle qu'elle fût, mais seulement lorsqu'ils subissaient une douleur physique. Mais Llaw n'était pas tout à fait un elfe... Lliane ne pouvait comprendre ce qu'il éprouvait, et elle était encore trop en colère contre lui pour s'en inquiéter. Les larmes de l'apprenti ne firent que l'agacer davantage.

— Eh bien ?

— Je ne sais pas ! cria Llaw rageusement. Il s'est enfui et moi, je... Je ne pouvais rien faire. J'étais...

Il se laissa tomber à terre et se voila la face à deux mains. Cela, en revanche, ce sentiment de honte, de culpabilité, Lliane pouvait le comprendre. Elle s'écarta de lui, ainsi qu'il convenait, et en levant les yeux observa le grand chêne qu'il avait désigné quelques instants plus tôt. De là-haut, peut-être, elle pourrait voir la piste de

Maheolas... Décision prise, elle s'enfonça résolument dans les fourrés, sans plus s'occuper de Llaw ni quitter l'arbre des yeux. De longues heures s'étaient écoulées depuis que le jeune moine avait frappé Gwydion et s'était enfui. La neige était tombée entre-temps. Il n'y avait que peu de chances de retrouver sa piste, mais cela valait la peine d'essayer. Un homme laisse autant de traces dans la forêt que toute une compagnie de sangliers. Peut-être verrait-elle quelque chose, une direction au moins...

En chemin, elle repensa à la prédiction des runes et toucha la tablette à son cou. *Thorn, Rad, Eoh...* Son destin lié à celui de cet être étrange, si faible d'apparence et qui pourtant avait blessé Gwydion. C'était cela qui l'avait poussée à se lancer à sa poursuite, sans y réfléchir davantage. Cette connivence entre eux qu'avait vue Gwydion et le fait, justement, que ce soit le vieux druide qui ait été attaqué par Maheolas. Même si cela n'avait pas de sens, elle s'en sentait coupable, elle aussi, salie par ce double maudit... Il fallait le retrouver, le ramener à Cill Dara, dénouer le lien, défaire les runes, même si elle devait y passer sa vie.

Sa vie...

Était-ce cela que Gwydion avait vu? *Milpathas*, le chemin des longues lieues? Une vie entière à pourchasser un inconnu, dont elle n'avait que faire, en réalité? Elle parvint au pied du grand chêne le cœur serré, et se plaqua contre son tronc rugueux jusqu'à ce que la force de l'arbre l'ait apaisée. Puis elle se débarrassa de son arc et de sa dague, crocha ses doigts dans l'écorce et se mit à grimper ainsi qu'on le lui avait appris dès qu'elle avait su marcher, grimper à la manière des écureuils, assez vite pour qu'aucune prise ne supporte entièrement son poids. Bientôt, elle atteignit les premières branches et de là ce fut plus facile, jusque tout en haut, jusqu'au faîte.

Durant un moment, elle reprit son souffle, couchée de tout son long sur une branche qui oscillait dans la brise, l'esprit vidé par l'effort, et savoura la vue qui s'offrait à elle. Les bois finissaient à moins d'un mille du grand arbre, dans une confusion d'arbustes, de ronces et de fourrés qui formaient une sorte d'enceinte, large d'un demi-mille, protégeant les abords d'Eliande. Au loin, elle distinguait un autre massif forestier formant comme une presqu'île, et il lui fallut un bon moment pour réaliser qu'il devait s'agir des terres des Daerden. La trouée de Calen, là où sa mère avait conduit l'armée des elfes... Longuement elle l'observa, dans l'espoir d'apercevoir quelque chose, l'éclat d'une lame, un mouvement. Elle ne vit rien, mais la seule idée d'être aussi proche de sa mère la réconfortait, comme un heureux présage. Quand elle parvint à en détacher les yeux, elle découvrit la plaine, dans son immensité. Une terre couverte d'une herbe rase qui se confondait avec la grisaille du ciel, si bien qu'elle paraissait infinie. C'était à la fois exaltant, nouveau, inconnu et effrayant. Un monde sans arbres, nu, lisse... Elle était parvenue à la frontière des terres habitées par les elfes, à quelques lieues du royaume des hommes. Pourtant elle n'en voyait aucun, ni aucune vie, ni aucune bâtisse. Leur monde était-il si vaste qu'ils laissent au vent de tels espaces?

Nouant ses jambes sous la branche vacillante, elle se pencha pour examiner la forêt (après tout, c'est pour cela qu'elle était montée sur ce chêne) et aussitôt distingua dans le taillis en contrebas une ligne sombre, nette, qui s'enfonçait dans le sous-bois enneigé, depuis l'éclaircie où les elfes avaient retrouvé Gwydion.

Ce ne pouvait être que cela. La piste de Maheolas.

Au lieu de marcher vers l'est et ainsi rejoindre la plaine toute proche, l'adolescent avait avancé tout droit, longeant la lisière sans le savoir. C'était ainsi. Les hommes étaient aveugles dans les bois, incapables de lire les arbres ou de sentir le vent, le maître l'avait assez répété. Tant que leur gibier restait dans les bois, ils avaient une chance de le retrouver...

Lliane s'efforça au calme, puis se laissa basculer dans le vide en se tenant à bout de bras à sa branche. Elle prit le temps d'observer soigneusement l'enchevêtrement de la ramure sous ses pieds puis prit une profonde inspiration et sauta. Elle se reçut sur une fourche, deux toises plus bas, d'où elle plongea aussitôt, et ainsi jusqu'au dernier embranchement sur lequel elle s'assit, le temps de souffler et de masser ses membres endoloris. Llaw était là, au pied de l'arbre. Elle se laissa glisser le long du tronc en s'agrippant aux aspérités de l'écorce et lâcha prise à quelques pieds du sol, où elle tomba plus lourdement qu'elle ne l'aurait voulu.

Quand leurs regards se croisèrent, l'apprenti lui sourit, mais sans aucune trace de cette ironie méprisante qu'il affichait de coutume. Il eut même un hochement de tête admiratif, ou du moins c'est ce qu'elle crut.

— J'ai trouvé sa piste, dit-elle en ramassant ses armes.

— Oui, j'ai vu...

Lliane fronça les sourcils, mais ne releva pas. Ce ne fut que plus tard, alors qu'ils couraient sur les traces de Maheolas, qu'elle réalisa que Llaw, de son propre aveu, avait trouvé refuge sur ce même arbre, juste après la fuite de l'enfant-moine. Se pouvait-il qu'il n'ait pas distingué cette voie, alors qu'elle était encore fraîche ?

Elle n'eut pas le loisir de s'interroger longuement sur cette question. À quelques centaines de pas, un mûrier d'une épaisseur étonnante barrait le layon formé par le fugitif. Sans doute ce dernier avait-il tout d'abord tenté de s'y frayer un passage, à en juger par les lambeaux de vêtement qu'ils y découvrirent. L'épuisement ou le désespoir l'avaient arrêté là un bon moment, comme en témoignaient les traces laissées dans la neige. Il s'y était assis, il avait cassé une branche morte pour balayer les fourrés alentour, puis il était reparti. La voie était récente. Peut-être même les avait-il entendus s'approcher et était-il tout proche. Sa piste longeait les ronces vers l'est et ce mur infranchissable de broussailles, d'épineux et d'orties qui bordait la forêt. Où qu'il aille, Maheolas ne passerait pas.

Lliane dégagea l'arc qu'elle portait en sautoir, saisit une flèche dans son carquois et l'encocha. Un instant, elle croisa le regard de Llaw qui sembla sur le point de dire quelque chose, mais elle se détourna et passa en tête avant qu'il ait parlé. Il n'était plus nécessaire de courir. La piste de Maheolas était visible à une centaine de pas en avant, jusqu'à une crête rocheuse qui faisait saillie hors des buissons. Ils y grimpèrent en silence, scrutant chaque fourré, chaque anfractuosité, puis se courbèrent en arrivant au sommet et s'allongèrent à l'abri des roches pour ramper jusqu'à un à-pic du haut duquel ils jetèrent un coup d'œil en contrebas.

Avant même d'y distinguer quoi que ce soit, l'un et l'autre ressentirent le même malaise oppressant. Derrière ce mur de roches et de ronces s'étendait un vallon couleur d'ardoise, encaissé de falaises couvertes de lierre et percées de grottes à demi enfouies, pareilles à des bouches béantes d'où suintait une boue noire et luisante. L'odeur n'était plus celle de la forêt, mais un remugle de cendres et de terre qui prenait à la gorge. Ils s'étaient rejetés en arrière, à l'abri, saisis d'effroi, et il leur fallut un moment pour se raisonner, admettre qu'ils n'avaient rien vu d'autre qu'une cuvette sombre, embroussaillée, inhospitalière mais déserte. Lliane, la première, rampa de nouveau jusqu'au bord de la paroi. De nouveau, il lui fallut lutter contre le sentiment de frayeur qui s'empara d'elle à la seule vue du vallon, mais un mouvement attira son attention et son angoisse se dissipa immédiatement lorsqu'elle distingua une silhouette à demi ployée, progressant de buisson en buisson, et qu'elle reconnut Maheolas.

L'adolescent avançait avec peine, courbé sur son bâton comme un vieillard et visiblement terrifié, lui aussi, par le vallon obscur dans lequel il s'était aventuré. Lentement, d'un geste hésitant, elle ramena jusqu'à elle son arc. Maheolas se distinguait par sa pâleur dans l'obscurité de l'endroit, mais à cette distance elle n'était pas certaine de pouvoir placer sa flèche avec précision. Alors qu'elle se relevait, sans savoir si elle allait viser les jambes ou le torse, une rumeur sourde, guère plus perceptible qu'une vibration dans le sol, suspendit son geste. Cela venait de loin, au-delà des arbres... Les oreilles effilées de l'elfe s'orientèrent d'elles-mêmes et elle plissa les yeux pour tenter d'apercevoir quelque chose à travers le rideau de branchages qui les séparaient de la plaine.

Son cœur s'arrêta de battre. La rumeur était celle d'une troupe en marche, peut-être même celle d'une bataille. Elle posa son arc et ferma les yeux.

— *Geseon ufan treow. Geseon ofer telga...*

— Que dis-tu ? murmura Llaw, couché à côté d'elle.

Lliane ne répondit pas, mais quand elle ouvrit les yeux, son regard transperça les branchages et les broussailles avec la force d'une flèche. Durant un court instant, elle vit la plaine aussi nettement que si elle s'était tenue à la lisière des bois.

Une masse grouillante d'êtres contrefaits, agitant des armes aux lames noires. Du sang souillant l'herbe enneigée. Une troupe d'elfes verts courant à toutes jambes et, au-delà, la ligne claire des archers d'Eliande.

Puis le sort prit fin et elle tomba en arrière, comme si on l'avait giflée.

Privés de leur champion, les Fomoraig ne pouvaient échapper à la fureur des tribus. Leur roi Indech fut tué en combat singulier, ainsi qu'Elatha, Bres et une quantité considérable de combattants, dont le nombre est rapporté ainsi par la tradition : « Cinq mille, trois fois vingt et trois, deux mille et trois cinquantaines, quatre fois vingt mille et neuf fois cinq, huit fois vingt et huit, quatre fois vingt et sept, quatre fois vingt et six, huit fois vingt et cinq, deux et quarante, c'est le nombre des rois suprêmes et des nobles fomoraig qui sont morts dans le combat. »

Gisant à terre, Balor appela son petit-fils, le roi Lug.

— Ô fils d'Eithne, brave héros, ton courage mérite ma bénédiction. Souviens-toi de l'amour de ton grand-père pour sa fille Eithne, ta mère. Ne me cause pas davantage de tourments.

— Je ne peux entendre ces mots, dit Lug. Ce serait une honte pour toi de demander la vie sauve.

— Je ne la demande pas, dit Balor. Mais accorde-moi un souhait : si tu es victorieux, coupe ma tête et place-la au sommet de ta propre tête pour que viennent en toi ma richesse, la terreur que j'inspire et ma valeur au combat. Car je ne vois personne qui ne les mérite autant que toi.

Lug fit ainsi qu'il lui avait été dit et le décapita, mais au lieu d'obéir à son monstrueux grand-père, il plaça la tête de Balor au sommet d'une grande pierre levée. Aussitôt, la tête se mit à brûler, tant et si bien que sa chaleur extrême brisa la roche.

Voilà ce qu'il serait advenu de Lug s'il avait obéi.

13. DANS LA SOMBRE LISIÈRE

Chaque pas était une souffrance, et pourtant il fallait courir.

Arianwen avait conscience de l'inquiétude de Dìnris et d'Olwenn. Les deux elfes l'encadraient étroitement en ne cessant de l'observer, comme si elle allait s'effondrer d'un instant à l'autre. Elle savait également que sa blessure au côté s'était rouverte et que du sang poissait son flanc. Mais il ne faisait pas de doute que, si elle s'arrêtait, tous les archers d'Eliande en feraient autant et se formeraient défensivement autour d'elle. Cela, il fallait l'éviter à tout prix, tant qu'elle le pouvait... Dès qu'ils avaient appris que les orcs étaient revenus pour s'attaquer aux blessés, les Daerden s'étaient rués à l'assaut, sans autre plan que d'exterminer les monstres jusqu'au dernier. Arianwen n'avait eu d'autre choix que de lancer l'armée d'Eliande à leur suite, afin d'éviter, au moins, que leurs forces se séparent.

De la colonne de blessés remontant vers Calennan, il ne restait rien. Chacun, en atteignant les vestiges du convoi, avait pu voir ce que les orcs leur avaient fait subir. L'acharnement des monstres sur les malheureux tombés entre leurs mains dépassait l'entendement. C'était comme si une frénésie de sang et de cruauté s'était emparée d'eux au péril même de leur propre vie, car certains dépeçaient encore leurs victimes quand la charge furieuse des elfes verts les avait bousculés. Ce qu'Arianwen, comme tous les Hauts-Elfes, découvrait en traversant le charnier n'était pas la guerre, mais un carnage sans nom. Il n'avait pas suffi aux orcs de tuer. Ils avaient pris le temps de faire souffrir, d'écraser, d'éviscérer, de réduire chacun des blessés en une horreur sanguinolente. Les derniers Brûnerin survivants étaient morts en tentant de protéger le seigneur Lossrâd et le convoi. Il ne restait plus un seul de leurs cent archers qui avaient rejoint l'armée. Malgré eux, les elfes des six clans survivants avaient ralenti leur allure en découvrant ce massacre qui dépassait en atrocité les pires horreurs qu'ils pouvaient concevoir.

Arianwen ne dit rien et continua d'avancer, mais cette vision de cauchemar l'avait brisée. Tout cela était de sa faute. Elle avait ordonné de poursuivre la marche vers les plaines au lieu de nettoyer la forêt, comme le voulait Calen, et les survivants de l'armée des monstres s'étaient attaqués aux plus faibles dès qu'ils en avaient eu l'opportunité. Peu importe en vérité que l'ordre de la reine n'ait pas été exécuté. Elle s'était trompée devant le conseil des chefs de guerre, cela suffisait à sa honte. C'était Calen, à présent, qui menait la bataille et il ne lui restait plus qu'à le suivre.

Sur les traces des Daerden, les Hauts-Elfes atteignirent un repli de terrain du haut duquel ils eurent une vue dégagée. À une portée de flèche devant eux, les elfes verts s'étaient déployés sur toute la largeur du vallon que l'armée avait emprunté quelques heures plus tôt, bordé sur leur droite par la grande forêt et à gauche par les boqueteaux épars marquant la limite extrême de Calennan. En avant, une centaine d'orcs, tout au plus, se sauvaient à toutes jambes le long des bois, abandonnant leurs armes pour courir plus vite. Mais au lieu de se disperser en tous sens comme l'aurait fait toute troupe en débandade, ils restaient groupés et fuyaient droit vers la trouée de Calen, vers les villages des Daerden, leurs épouses, leurs enfants…

— Arrêtez ! cria-t-elle.

Comme la reine l'avait prévu, les Hauts-Elfes resserrèrent aussitôt les rangs autour d'elle. Arianwen voulut parler, mais ses jambes se dérobèrent et elle s'effondra à terre, exsangue, à bout de souffle. Elle entendit Dìnris lui parler, sans comprendre ce qu'il disait, puis la redresser doucement tandis qu'un autre, sans doute Olwenn, s'occupait de sa blessure.

— Que font-ils ? murmura-t-elle. Calen ?

Dìnris secoua la tête négativement puis relevant les yeux, interrogea du regard un Lasbelin aux cheveux roux, qui tendit le cou en direction de la grande plaine.

— Ils doivent les avoir rattrapés, dit l'elfe du clan de l'automne. Ils ont l'air de se battre.

— Aide-moi à me relever.

— Ma reine, s'écria Olwenn, votre blessure…

— Ça ira !

Arianwen lui sourit pour atténuer la sécheresse de son ton.

— Ça ira… Il faut juste que je me repose un instant. Que font-ils à présent ?

— Ils s'en vont, répondit le Lasbelin sans attendre qu'on l'interroge.

Appuyée contre Dìnris, Arianwen se remit sur pied et, comme eux tous, vit l'armée des elfes verts obliquer et prendre le chemin de Calennan, laissant derrière eux les corps sans vie des derniers orcs.

— Ils rentrent chez eux, grommela Dìnris. C'est une infamie !

— Non… Ils vont protéger leurs familles. Calen avait raison.

— Que fait-on, ma reine ?

Arianwen adressa au maître argentier un regard d'une infinie tristesse, puis elle dévisagea ceux qui l'entouraient.

— On les suit, dit-elle. Je suis certaine que les orcs nous ont attaqués pour nous empêcher de rejoindre la plaine et que c'est pour la même raison qu'on les a renvoyés s'acharner sur les blessés… Mais on les suit. Lorsque Calen sera rassuré, nous pourrons peut-être le convaincre de reprendre le combat… En cas contraire, nous ne serons pas assez nombreux pour aller plus loin. Il faudra se replier et se préparer à défendre la forêt… Dìnris, donne les ordres !

Le maître argentier s'inclina et se mit aussitôt en mouvement, rassemblant les clans autour de lui. Olwenn était resté auprès de la reine, et elle sourit en réalisant qu'ils s'étaient sans doute répartis la tâche de veiller sur elle.

— Olwenn, cher Olwenn, murmura-t-elle en lui caressant la joue. Dès que nous les aurons rejoints, je veux que tu files comme le vent jusqu'à Cill Dara. Préviens le roi, je t'en prie. Qu'il prépare la défense de la forêt. Tu le feras ?

— Je ferai tout ce que tu demandes, ma reine. Mais d'abord tu devras te faire soigner.

— Bien sûr…

En revenant à elle, Lliane découvrit un visage grimaçant penché sur elle et le repoussa d'un geste instinctif. Dans l'instant, elle reconnut Llaw, trop tard pour retenir son coup. Mais elle se laissa faire quand l'apprenti lui saisit les poignets et l'écrasa durement contre le sol.

— Du calme ! souffla-t-il à son oreille. C'est moi, Llaw ! Tu m'entends ?

— Oui. Ça va…

Le souffle court, il resta un moment au-dessus d'elle, puis glissa sur le côté et la dévisagea d'un air sombre, en se massant la joue. Peut-être avait-elle frappé plus fort qu'elle ne l'aurait cru.

— Tu n'as donc rien appris ? murmura-t-il d'un ton cassant. Il ne faut pas lancer un sort sur soi-même. Jamais ! Le choc en retour aurait pu te tuer, ou te rendre aveugle !

— Ce n'est pas le cas, dit-elle en se redressant en position assise.

— Eh bien, qu'est-ce que tu as vu ?

Lliane ferma les yeux, saisie d'un vertige. Elle s'était relevée trop vite et sa tête semblait comprimée dans un étau. Durant un moment elle put à peine respirer, puis la douleur s'atténua et les images de la bataille lui revinrent.

— Ma mère… Les archers d'Eliande. Des orcs en fuite… Ils couraient droit vers nous.

Lentement, elle pivota pour s'allonger jusqu'au bord du promontoire rocheux, essaya vainement de distinguer quelque chose au-delà des broussailles puis reporta son attention vers le fond du vallon. Durant un moment, elle en scruta les tréfonds obscurs sans plus trouver trace de Maheolas.

— Là, murmura Llaw en désignant un recoin d'ombre.

Le jeune moine était appuyé contre un arbre, immobile, haletant comme s'il tenait à peine debout.

— Qu'est-ce qu'on fait ?

Lliane réfléchit un moment avant de répondre.

— Il n'a pas l'air d'être en état de courir… Je vais descendre et le rattraper. Toi, reste ici pour me guider si jamais il repart.

— Et après ?

— Après on le ligote et on rejoint les nôtres, dans la plaine, dit-elle d'un ton sec. Quoi d'autre ?

— Tu as réfléchi à ce que tu allais dire à ta mère ?... Tu as réfléchi à ce que *lui* pourrait dire, quand on l'interrogera ?

— Tu as mieux à proposer ?

Comme l'apprenti ne répondait pas, elle commença à ramper à reculons, mais Llaw lui empoigna soudainement le bras. Elle se libéra aussitôt d'un geste agacé et avait déjà ouvert les lèvres pour le tancer, lorsqu'elle aperçut à son tour ce que son compagnon venait de voir. En bas, Maheolas s'était remis en route. Derrière lui, les buissons se soulevaient et des formes indistinctes, aussi sombres que la végétation du vallon, s'en détachaient, sans faire le moindre bruit. Aux yeux des deux elfes, couchés sur leur promontoire, c'était comme si la forêt elle-même enfantait des créatures monstrueuses, comme si les arbustes et les fourrés se transformaient en guerriers. Car ces formes vomies par la terre, par dizaines, étaient armées et vêtues pour la guerre, à n'en pas douter. Maheolas, lui, n'avait rien vu ni entendu. Comme il continuait à avancer, les buissons qui lui faisaient face se dressèrent brusquement. Ils l'entendirent pousser un long cri terrifié. Ils le virent se jeter en arrière et tomber dans les bras de ceux qui le suivaient.

Dès cet instant, des ordres rauques retentirent, poussés par des voix caverneuses. Tout cela ne dura qu'un instant, dans la pénombre de cet affreux vallon, mais durant cet instant, les deux elfes reconnurent avec horreur les silhouettes recouvertes de branches et de feuilles qui semblaient avoir jailli de terre.

Des gobelins.

Les guerriers d'élite de Celui-qui-ne-peut-être-nommé.

Ni Lliane ni Llaw n'en avaient encore vu, mais les

récits abondaient sur ces êtres repoussants, et ceux-là étaient en tous points conformes aux monstres de cauchemar des légendes elfiques. Les créatures, d'une taille et d'une force effrayantes, sous le tressage qui camouflait leurs armures de métal, semblaient deux fois plus hautes et plus larges que le malheureux Maheolas. Lliane vit l'un d'eux lever le poing et l'abattre d'un coup sec sur l'adolescent, ce qui interrompit net ses hurlements. Un autre le ramassa à terre, le jeta sur son dos comme un sac et prit la direction de l'une des grottes qu'elle avait remarquées dans les parois rocheuses.

Paralysés d'effroi, des deux elfes virent toute la lisière à présent qui commençait à se soulever, sur une longueur fantastique. Les gobelins n'étaient pas qu'une poignée, mais des centaines, des milliers peut-être, tapis sous un épais manteau de broussailles, confondus au mort-bois. Et devant eux, de l'autre côté des ronces et des buissons qui formaient la limite de la forêt, l'armée des elfes, inconsciente du danger, défilait dans la plaine.

Un cri étouffé, lancé de cette voix basse et gutturale, les fit sursauter. Les gobelins, rappelés à l'ordre, se baissèrent lentement et redevinrent invisibles.

Lliane se plaqua un peu plus contre la roche, le cœur au bord des lèvres, les membres gourds. Quand elle osa regarder de nouveau, elle ne vit plus rien. Le vallon avait retrouvé son calme sépulcral. Rampant sur le dos, elle s'écarta du bord et, du bout du pied, ramena son arc jusqu'à elle.

— Qu'est-ce que tu fais ? souffla Llaw.

Elle recula encore, jusqu'à ce qu'elle puisse se redresser sans être vue d'en bas, puis mit un genou en terre et saisit une flèche dans son carquois.

— Tu es folle ! Arrête !

L'apprenti rampa vers elle précipitamment, mais Lliane avait déjà tiré. Llaw baissa la tête instinctivement lorsque le trait fila au-dessus de lui, roula au sol et suivit des yeux sa longue courbe, jusqu'à ce qu'il plonge en contrebas, hors de vue. Presque aussitôt, ils entendirent un cri sourd. La flèche avait touché. D'une main qui tremblait convulsivement Lliane en saisit une autre. En la voyant encocher, son compagnon l'attrapa par sa tunique et la renversa en arrière.

— Ils vont nous tuer ! cracha-t-il, tout près de son visage. Ils vont nous tuer !

Lliane n'avait pas lâché son arc. À demi étranglée, elle en cingla le visage de Llaw, qui poussa un glapissement aigu et s'écarta hors de portée.

— Tu ne vois pas ? dit-elle en essayant de dominer la rage qui l'avait saisie. Ce sont les nôtres, dans la plaine ! Et ces monstres vont les prendre par surprise si nous ne faisons rien !

— Et qu'est-ce qu'on peut y faire, hein ?

— Tu vas voir... Ramasse des pierres ou dépêche-toi de filer. Maintenant, ils savent où nous sommes.

L'apprenti secoua la tête d'un air de dégoût effaré puis, d'un bond, se mit sur pied et s'enfuit. C'était mieux ainsi... Lliane se défit de son carquois, planta une à une dans le sol neuf des dix flèches qui lui restaient, puis, saisie d'une brusque inspiration, arracha son pendentif frappé de la rune d'Eoh. Fébrilement, elle noua étroitement le lien de cuir sous la pointe d'une flèche, l'encocha et banda son arc de toutes ses forces, droit vers le ciel. Le trait, alourdi par la plaque de bois, siffla avec un vrombissement inhabituel, puis décrivit une courbe et disparut au-delà de son champ de vision. Lliane ferma les yeux. La Morrigan veuille que sa flèche ait dépassé la bordure des bois et que l'un des siens, dans la plaine, la retrouve... Quand bien même, ce ne serait pas suffisant. Il lui restait encore à donner l'alerte.

Elle arracha une flèche du sol, prit une profonde

inspiration et se releva en hurlant à tue-tête. Bien campée sur ses jambes au bord de l'éperon rocheux, elle décocha son trait à tir tendu, au hasard dans les fourrés, sans résultat, puis en tira un second dont l'effet fut tout autre : touché au cou, un gobelin surgit hors de terre dans un jaillissement de feuilles mortes, puis tituba grotesquement en essayant d'arracher la flèche. Lliane avait déjà encoché et visa deux toises plus à droite. Transpercé, un autre monstre hurlant souleva les fourrés avant de s'abattre à terre. Leurs grognements d'agonie, ainsi que les cris et les éclats de rire stridents de Lliane réveillèrent le vallon à la vitesse d'une vague déferlante. Tout le long de la lisière, par groupes entiers, les monstres se jetaient hors de leur abri. Certains cherchaient des yeux cet ennemi invisible qui les frappait dans le dos, mais la plupart ne sortaient de leur cachette que parce que les autres l'avaient fait, et les ordres braillés par leurs chefs ne faisaient qu'ajouter à la confusion. Parmi toute cette masse grouillante, Lliane eut encore le temps de tirer deux autres flèches avant d'être repérée.

— *Sakah ilid!* rugit l'un des monstres en la pointant de son large cimeterre. *Bazagan ta!*

D'instinct elle se jeta au sol, à l'instant même où une grêle de billes de plomb criblait son promontoire. Les gobelins, en ces temps-là, dédaignaient les arcs et ne se servaient que de frondes, qu'ils maniaient avec plus de force que de précision, mais dont l'effet était effroyable. Chacun de leurs projectiles de plomb était fendu pour éclater à l'impact. Certains étaient creux et emplis de poison.

Lliane boula sur elle-même en se protégeant le visage des éclats de roche. Au jugé, elle arracha de terre deux ou trois des flèches qui lui restaient puis se jeta à l'abri d'un épais buisson de buis. Le temps de reprendre son souffle, elle entendit les cors des Haut-Elfes résonner dans la plaine, aussitôt couverts par les hurlements assourdissants de l'armée gobeline qui se ruait à l'assaut. Ce vacarme soudain l'effraya tout d'abord, puis l'emplit de fierté. Quoi qu'il lui arrive, à présent, les siens avaient été prévenus. L'embuscade tendue par les monstres avait en partie échoué... Il fallait sauver sa peau, à présent, quitter l'abri illusoire de ce buisson, trouver un nouveau poste pour ajuster ses dernières flèches, ou bien fuir, comme Llaw, fuir et survivre. Tout plutôt que rester là, où on la trouverait immanquablement !

Lliane ne put faire le moindre mouvement ; son corps ne lui répondait plus. Elle regarda ses mains salies, écorchées, douloureuses, de nouveau agitées de tremblements incontrôlables, et les porta à son visage. Un éclat de pierre lui avait entaillé la joue. Sa gorge lui faisait mal à force d'avoir crié. Son bras était engourdi. Tout ce qu'elle ressentait, en ce moment, était une confusion de sentiments si étouffants qu'elle en avait le souffle coupé. L'exaltation meurtrière qui lui avait servi de courage s'en était allée, laissant en elle un sillage de honte, de dégoût et de peur. Elle aurait voulu se coucher là, à l'abri du buis, fermer les yeux et dormir. Ne plus entendre la rumeur assourdie de la bataille qui lui parvenait par vagues, au gré du vent. Se coucher et dormir, puis se retrouver dans un monde redevenu normal, ou bien ne plus jamais se réveiller...

Lliane demeura ainsi jusqu'à ce qu'une pierre roulant sur le sol en pente attire son attention. Elle la suivit des yeux jusqu'à ce que la neige arrête sa course, tout d'abord avec indifférence, puis avec une angoisse croissante lorsqu'elle perçut des bruits de pas, des souffles lourds, le crissement du cuir et le cliquetis du métal, le bruit d'une petite troupe progressant lentement, à moins de deux toises de sa pauvre cachette. Paralysée d'effroi, l'elfe ne respirait plus, plaquée sous le buisson. Puis des éclats de voix soudains la firent sursauter, aussitôt suivis d'un ordre bref :

— *Atkât !*

Gwydion, autrefois, avait essayé de leur apprendre quelques rudiments de la langue sombre. Elle se souvenait de leurs fous rires quand Blodeuwez, Llandon ou elle-même essayaient de prendre des intonations rocailleuses, assorties de mimiques grotesques qui se voulaient terribles. Mais ni Gwydion ni aucun de ses élèves n'avaient approché le ton de celui qui venait d'ordonner le silence. On eût dit que la terre elle-même vibrait, tant sa voix était sourde, caverneuse. Un gobelin… Et avec lui un groupe d'orcs, dont elle percevait les marmottements nerveux. Il y eut un craquement sec, puis les tronçons brisés des flèches qu'elle avait laissées sur le promontoire furent projetés avec rage juste devant elle, sur le sol enneigé.

Lliane regarda son arc posé à terre, trop loin pour qu'elle puisse s'en saisir sans faire bouger le buis, puis chercha à tâtons sa dague d'argent. À l'instant même où ses doigts se refermaient sur sa poignée, elle les entendit se remettre en mouvement, dépasser le buisson par la droite et suivre la ligne de crête. Tous les sens aux aguets, elle suivit leur progression jusqu'à ce qu'elle n'entende plus rien, jusqu'à ce que leur lourde odeur animale se soit dissipée, jusqu'à ce que le sol ne tremble plus sous leurs pas. Alors seulement, elle poussa un long soupir et se releva, juste assez pour risquer un œil à travers les fourrés.

— *Aznân ash ilid…*

Lliane se retourna d'un bond qui la fit rouler à terre, se releva avec un glapissement et brandit à deux mains sa dague d'argent devant elle. L'être qui venait de parler, de cette même voix puissante et sourde, et qui lui faisait face à présent, était un guerrier gobelin haut d'une toise, couvert d'une armure de cuir et de mailles sombres. Enserré dans un casque de fer, son visage d'un gris olivâtre était éclairé d'un sourire méprisant laissant voir des dents taillées en pointe. Ses bras étaient croisés, son arme au fourreau. Solidement campé devant elle, il semblait s'amuser... Comme Lliane ne bougeait pas, le gobelin tendit une main et lui fit signe de laisser tomber son arme ou de s'agenouiller, puis émit une sorte de hoquet qui devait être un rire lorsqu'elle secoua la tête négativement. Alors, avec une lenteur suave, il dégaina son arme, un cimeterre, dont la lame noircie crissa le long du fourreau. D'autres rires, plus criards, ainsi que des jappements rauques, résonnèrent derrière elle. Les orcs... Sans qu'elle les ait entendus revenir, ils l'avaient contournée et l'encerclaient.

— *Matug, ilid*, murmura le gobelin en balançant son arme effroyable.

Meurs, elfe... Même si elle n'avait pas compris ces mots, leur sens était évident, à voir la face affreuse du monstre et sa façon de balancer lentement son cimeterre. Un seul coup de cette lame épaisse briserait sa dague d'argent et la fendrait elle-même en deux. Le gobelin n'était plus qu'à deux ou trois pas, déjà il écartait le bras pour porter son coup, lorsqu'il s'immobilisa et eut un froncement de sourcils étonné en la voyant abaisser son arme et rejeter les épaules en arrière, avec un regard de défi. Sans plus attendre, Lliane pivota brusquement et poussa un hurlement strident qui saisit d'effroi les trois orcs qui lui faisaient face.

— *Bregean, eal haerdingas! Hael Hlystan!*

Durant un court instant, l'elfe leur sembla hideuse, spectrale, pareille aux vampires de la nuit, et ils s'écartèrent avec panique lorsqu'elle se rua sur l'un d'eux. D'un éclair d'argent, sa dague trancha la gorge d'un orc qui vacilla en gargouillant. Avant qu'il ait touché terre, elle l'avait bousculé et s'élançait hors de leur portée, mais deux autres, un peu plus loin, lui barrèrent le chemin et elle perdit des secondes précieuses à chercher une voie libre. Quand elle se retourna, elle n'eut que le temps de voir le poing massif du gobelin s'abattre sur sa tempe.

Au moins, l'air était frais.

Dès qu'ils avaient franchi les portes de Bassecombe, la brise avait chassé l'odeur écœurante dans laquelle ils avaient vécu ces jours derniers, un remugle poisseux de fumée, de chair grillée, de corps en décomposition. Et ce silence… Ils avaient fini par s'habituer au croassement incessant des corbeaux, venus d'on ne sait où à travers la plaine déserte pour se repaître des cadavres amoncelés, et au battement continu des tambours de guerre gobelins.

C'était aussi pour fuir tout cela que Pellehun avait supporté le galop. Les jambes tendues sur ses étriers, il avait enduré autant qu'il lui en avait été possible les trépidations de la cavalcade, jusqu'à ce que chaque martèlement de sabot sur le sol durci cingle son bras brisé comme un coup de masse, jusqu'à ce qu'il se sente sur le point de défaillir.

Ce fut Gorlois qui arrêta le cheval du prince. Peut-être ce dernier n'en était-il plus capable… La joue posée sur l'encolure de sa monture, les yeux fermés, Pellehun reprit son souffle un moment puis se redressa, rassura son compagnon d'un regard et jeta un coup d'œil en arrière. Le bourg, un demi-mille plus loin, semblait étrangement, odieusement intact. Les fumerolles qui s'en échappaient ressemblaient à des feux de cheminée. À cette distance, on ne voyait ni les murs effondrés, ni la noirceur de l'incendie, ni les morts, ni les vivants…

— Il faut continuer, dit Gorlois. On peut encore nous voir.

Pellehun le dévisagea d'un air mauvais, mais il ne réagit pas quand le chevalier saisit les rênes de sa monture et l'entraîna à sa suite, au pas. Agrippé de sa main valide au pommeau de sa selle, le prince fixait la large carrure de son compagnon, l'esprit vide. Ce qu'il lui restait de volonté lui permettait tout juste de ne pas sombrer dans l'inconscience.

Il ne vit rien.

Il n'entendit pas les cris, les feulements immondes.

Mais il éprouva une douleur fulgurante dès que son cheval se mit brusquement au galop, un instant de terreur quand il faillit être désarçonné et une bouffée de rage meurtrière, plus forte encore que la souffrance, envers Gorlois. Puis il comprit.

Surgissant d'une crête enneigée, un groupe de cavaliers, trois ou quatre, galopait droit sur eux. Pellehun empoigna ses rênes de sa main valide et les arracha d'un coup sec de celles de Gorlois, qui lui lança un bref regard avant de dégainer son épée.

— Là-bas !

Le prince se tourna vers la direction indiquée par le chevalier. Un boqueteau d'arbustes couverts de neige. Et alors ? Cela n'avait rien d'un abri. Vainement, il essaya de maintenir ses rênes de sa main gauche afin de pouvoir lui aussi dégainer, mais ses doigts ne lui répondaient plus. Tant qu'ils galoperaient, il ne pourrait se défendre, et en réalisant cela il comprit le plan de Gorlois. S'engouffrer dans ce petit bois, descendre de cheval, se battre à pied.

Malgré les cahots de la cavalcade, il se retourna vers leurs poursuivants. Des êtres de petite taille, sans doute des orcs, montés non pas sur des chevaux, mais sur des bêtes noires, épaisses, qui semblaient bondir sur la neige plutôt que galoper. Des loups noirs venus des Terres Gastes…

— Prenez garde à vous !

Pellehun n'eut que le temps de rentrer la tête dans les épaules et de se serrer contre l'encolure de son cheval. Un nuage blanc l'aveugla lorsqu'ils s'engouffrèrent dans le bosquet. Une branche frappa sa jambe et lui arracha le pied de son étrier, puis l'arrêt brutal de sa monture acheva de le déséquilibrer. Emporté par son élan, il tomba tête en avant dans un buisson de ronces enneigé. Le souffle coupé, il resta là sans parvenir à se dépêtrer, jusqu'à ce qu'une branche casse sous son poids et qu'il verse à terre, laissant des lambeaux de sa cotte et de ses chairs sur les épines du roncier. Dans une semi-inconscience, il vit Gorlois se jeter de côté pour éviter la charge de l'une de ces bêtes monstrueuses, puis frapper son cavalier d'un coup de taille qui sembla l'ouvrir en deux, dans une gerbe de sang noir. À tâtons, le prince chercha la poignée de son épée, fit l'effort de se relever et dégaina. Des points de lumière scintillaient devant ses yeux, le sol tanguait comme le pont d'un navire. Il vit la bête monstrueuse à terre, tressautant encore, et Gorlois éclaboussé de zébrures sanguinolentes qui tendait sa main gantée vers lui en criant des mots qu'il ne comprenait pas. Une brûlure cuisante l'arracha brutalement aux brumes qui l'engloutissaient. D'un revers de son épée, il fracassa la hampe du fauchard qui venait de mordre sa cuisse, puis frappa de toutes les forces qui lui restaient la silhouette sombre d'un orc pas plus haut qu'un enfant de dix ans. La violence du coup lui arracha son arme de la main. Il tomba en arrière, incapable désormais du moindre mouvement. Au-dessus de lui, à travers des branches nues, le ciel était sombre, roulant de gros nuages gris. Il entendait le fracas du combat, tout proche, le grognement des bêtes, le choc métallique des épées et les cris enragés de Gorlois. Puis tout cela cessa et il ressentit, comme venant de la terre elle-même, un grondement sourd, puissant, qui lui sembla étrangement familier.

Peut-être perdit-il connaissance. Il se souvint du visage effrayant de son compagnon penché sur lui. Il sentit ses mains l'empoigner rudement, le remettre sur pied et le traîner hors du boqueteau. Puis il perçut, comme à travers un brouillard, une foule mouvante tout autour d'eux, des éclats de voix, le grondement, de nouveau, qu'il identifia enfin. Des chevaux. Des centaines de chevaux, montés par des chevaliers en armure.

La silhouette altière d'un cavalier couvert d'un manteau rouge se détacha de la masse indistincte. Dès l'instant où il le reconnut, Pellehun ferma les yeux et cessa de lutter.

— Est-il vivant ? dit le roi Ker d'une voix rude.

Soutenant le prince évanoui, Gorlois s'efforça de mettre un genou en terre, ainsi que le voulait l'usage. Un homme survint opportunément pour le décharger de ce fardeau. Lorsqu'il le vit soulever Pellehun comme s'il se fut agi d'un enfant, Gorlois reconnut Abbon, le garde du corps taillé en colosse que le prince avait envoyé chercher des secours.

— Eh bien ? tonna Ker. Mon fils est-il en vie ?

— Oui, Seigneur, répondit le jeune homme en s'agenouillant avec une grimace de douleur.

Le combat contre les orcs et le loup l'avait marqué plus qu'il ne l'aurait cru. Une part du sang qui maculait sa cotte d'armes devait être le sien.

— Mon prince a un poignet cassé, des brûlures au visage et plusieurs blessures sans gravité, mais il vit.

Ker poussa un soupir de soulagement, descendit de cheval et s'avança vers lui, aussitôt entouré d'une garde de chevaliers portant l'épée.

— Que s'est-il passé ?

— Nous... Nous sommes tombés dans une embuscade,

Mon Seigneur. Les monstres ont pris Bassecombe et ses environs.

— Je sais. Abbon m'a déjà dit tout ça... Mais pourquoi le prince n'a-t-il pas ordonné la retraite?

— Seigneur, il n'y avait âme qui vive, à Bassecombe. Personne... Ce n'est que plus tard que nous avons retrouvé le baron Wefreld et ce qu'il restait des habitants du bourg... Tous tués. Nous avons tenté une sortie, mais...

Gorlois suivit du coin de l'œil le géant qui emmenait Pellehun vers un chariot bâché. Le prince allait vivre. Ce qu'il était advenu là-bas devait à jamais rester un secret entre eux deux.

— Nous avons réussi à percer leurs lignes, mais ils nous ont poursuivis, reprit-il d'une voix hachée. Ceux que vous avez mis en fuite étaient les derniers. Le gros de leur armée est resté autour du bourg, avec leurs machines de guerre.

— Des orcs?

— Non, sire... Des gobelins. Au moins deux mille... Nos deux conrois ont été perdus. C'est un miracle si nous avons pu passer.

Durant un moment, Ker sembla jauger ses propres troupes, puis il considéra le chevalier agenouillé à ses pieds. Un jeunot qui ne devait pas avoir vingt ans, et qui semblait sur le point de perdre connaissance, lui aussi. Son haubert de cuir déchiré, sa cotte ensanglantée et son visage marqué de coups disaient assez ce qu'il avait dû endurer.

— Ton nom?

— Gorlois de Tintagel, Seigneur. J'appartiens au duc d'Erbin.

— Tu ne lui appartiens plus. Je te prends avec moi. Erbin sera fier de ce que tu as fait aujourd'hui. Tintagel, tu dis?... Je me souviens. Un village et une motte fortifiée sur des rochers, au bord de la mer. Ton père a servi avec moi, autrefois...

— Il est mort, Mon Seigneur.

— Alors il vous appartient désormais de défendre ce nom et votre baronnie, messire Gorlois.

Il lui fallut un moment pour réaliser ce que les paroles du roi signifiaient et quand il comprit enfin, Ker et ses chevaliers s'amusèrent de son expression éberluée.

— À vous revoir, baron! lança le roi avant de s'éloigner.

Quand il fut parti, deux des chevaliers de sa garde vinrent aider Gorlois à se relever. Tandis qu'ils l'emmenaient avec égards vers le chariot des mires, il s'efforça d'écouter les ordres lancés à la troupe. L'armée du roi faisait demi-tour et se repliait vers Loth. Personne, à Bassecombe ou ailleurs, ne viendrait plus jamais témoigner de ce qui s'était vraiment passé.

À la fin de la bataille, alors qu'on relevait les corps de tant de héros, Ogme le champion trouva l'épée de l'un des rois fomoraig, la ramassa avec respect et la nettoya. Alors l'épée s'adressa au héros. Elle lui révéla son nom, Orna, et raconta tout ce qu'elle avait accompli. C'était l'habitude des épées, à cette époque, que de faire le récit de leurs exploits, en échange du tribut de nettoyage qui leur était dû dès qu'elles étaient sorties de leur fourreau. Les sortilèges et les démons enfermés dans les lames ne parlaient qu'à ceux qui leur rendaient hommage et comprenaient leur valeur.

Ainsi fut l'épée de Nudd-au-bras-d'argent, que les nains nommèrent Caledfwch et les hommes Excalibur, cause de tant de joies et de malheurs.

Ainsi fut également la harpe du Dagda, que des Fomoraig survivants avaient volée. Accompagné de Lug et d'Ogme, le Dagda se lança sur la piste des voleurs et retrouva sa harpe liée à un mur, dans la maison de Bres. Depuis qu'elle avait été volée, elle n'avait pas joué une seule note, car seul le Dagda connaissait ses deux noms et le sort d'appel qui l'animait. Tandis que les Fomoraig sortaient leurs épées et se ruaient au combat, le Dagda prononça ces paroles :

« Que vienne Daurblada
Que vienne Coir Cethar Chuir
Que vienne l'été puis l'hiver
Bouches de harpe, sacs et cornemuse. »

À ces mots, l'instrument se libéra et tua tous ceux qui étaient présents, hormis les dieux qui, désormais, furent les seuls à pouvoir entendre la plainte du Daurblada sans perdre l'âme ou la raison.

14. UNE DAGUE D'ARGENT

L'odeur de la terre, des feuilles mortes.

Lliane ouvrit les yeux, tout était sombre, humide et froid. Elle découvrit à quelques pas sur sa droite l'embouchure béante d'une grotte dont les parois étaient couvertes de lierre, et sur le sol, les traces du passage d'une troupe nombreuse. Ce devait être l'une des galeries que les monstres avaient empruntées pour se glisser sans être vus jusqu'à la lisière de la grande forêt, dans cet affreux vallon.

Tout doucement, elle tourna la tête de l'autre côté et aperçut entre les fourrés un groupe d'orcs qui lui tournaient le dos, observant la bataille et s'affairant à quelque besogne obscure. Le gobelin n'était nulle part en vue. Peut-être était-il là, derrière elle, à l'observer en ce moment même, mais les sens de la jeune elfe ne lui étaient d'aucun secours. Les relents de l'humus couvraient la puanteur des monstres, le fracas des combats l'assourdissait, son champ de vision se limitait à quelques arpents de terre boueuse. Elle ne percevait rien d'autre. Du sang avait séché sur sa joue, elle en gardait le goût dans sa bouche, mais n'éprouvait ni douleur, ni aucune forme d'appréhension. Tout juste l'étonnement d'être encore en vie et la sensation de vivre un rêve éveillé. Pour quelque raison, le monstre avait choisi de ne pas la tuer. Le reste l'indifférait.

Un mouvement brusque de l'un des orcs dégagea soudainement un espace de lumière dans la pénombre et Lliane reçut l'éclat bleuté de sa propre dague, jetée à terre parmi des armes disparates. Le cœur battant, elle osa détacher son visage du sol pour mieux estimer la distance qui la séparait de son arme. Puis elle écarta imperceptiblement ses bras et ses jambes. Aucun lien ne l'entravait.

L'elfe ferma les yeux, palpa la terre sous ses doigts, renifla une dernière fois son âcre senteur puis, d'un brusque jaillissement, elle se releva et courut droit vers sa dague. Les orcs ne lui accordèrent pas même un regard, tandis qu'elle la ramassait et se rejetait en arrière. Puis elle comprit ce qu'ils étaient en train de faire et elle se sentit vidée de son sang.

Le feu.

Les monstres se répartissaient des pots de terre cuite emplis de braises ou d'huile enflammée et dont les anses étaient garnies de longues lanières. Alors qu'elle se cachait tant bien que mal derrière un buisson d'orties, elle vit à quel point les siens étaient proches. L'armée de sa mère livrait bataille à moins d'un jet de pierre, repoussait les gobelins vers la forêt. Vers elle… Elle vit des monstres empêtrés dans les ronces, refluant en désordre, d'autres percés de flèches elfiques, d'autres enfin qui se battaient avec une fureur telle que tout était dévasté autour d'eux, arbustes, broussailles, orties, piétinés, écrasés, frappant, hurlant contre les elfes qu'elle ne pouvait que deviner à travers la violence confuse des combats.

Fiévreusement, elle chercha un moyen de passer, de se glisser sous les fourrés, au moins de trouver un abri, mais à cet instant le groupe des orcs se disloqua et chacun d'eux courut prendre position au plus près de la mêlée. Lliane n'eut que le temps de se jeter à terre, avec l'espoir qu'ils ne feraient pas attention à elle.

Les orcs en étaient incapables, tout entiers accaparés par leur besogne. Comme des frondes, ils se mirent à faire tourner au-dessus de leurs têtes leurs pots enflammés et à les projeter dans les broussailles, contre les arbres, parfois jusqu'au-dessus des lignes adverses. Malgré la neige et l'humidité glacée du vallon, le feu prenait tout au long de la lisière, et les siens reculaient. Couchée à terre, Lliane resta là, interdite, saisie par la frayeur animale des elfes envers les flammes, la main crispée sur sa longue dague d'argent, dérisoire et comme oubliée de tous dans cette mêlée effroyable.

Elle ne pourrait pas passer. Plus encore que l'armée des monstres, le feu l'en empêchait. Et elle ne pouvait rester là, si près des flammes... La grotte. Dans ses ténèbres, elle trouverait bien où se cacher.

Quand enfin elle réagit et se leva pour courir à l'abri, le gobelin qui l'avait assommée était là, assis sur la racine saillante d'un hêtre aux formes torturées, à la regarder d'un air de profond dégoût. Il baissa les yeux et elle eut l'impression qu'il murmurait quelque chose mais dans le même temps il se leva d'un bond, écarta les bras et renversa la tête en poussant un rugissement effroyable. Lliane n'entendit pas ce hurlement de bête, pas plus qu'elle ne vit son cimeterre large comme la paume. Comme si le temps s'était figé, elle ne vit que la gorge offerte, nue, large. Sa dague d'argent fendit l'air avec un sifflement aigu, traversa les chairs grises du monstre et, fendant sa nuque, se ficha dans le tronc du hêtre. Le gobelin n'eut pas un cri. Ses bras retombèrent, son cimeterre chuta sur le sol boueux et lui resta debout, cloué à l'arbre, la tête affaissée contre la garde de la dague.

Sans même lui accorder un regard, la petite elfe courut droit vers la caverne la plus proche.

Le grondement de la bataille avait alerté Morvryn bien avant qu'il atteigne la trouée de Calen. Sans un mot, sans un ordre, lui et son groupe de chasse s'étaient élancés à toutes jambes, saisis de la même appréhension. Toute la forêt bruissait d'un vent d'angoisse que chacun d'eux ressentait au plus profond de sa chair : les monstres étaient entrés sous la voûte des arbres ; les elfes d'Eliande avaient engagé le combat ; des flammes attaquaient les bois.

Ils jaillirent de la grande forêt et parvinrent à Calennan au moment où les derniers bataillons d'elfes verts la quittaient, courant eux aussi vers la bataille, à l'autre bout de l'immense clairière. Hors d'haleine, le cœur serré d'appréhension, Morvryn découvrit en passant des alignements d'elfes blessés gisant parmi les hautes herbes, soignés par les guérisseuses et les druides du peuple des collines. Ni lui ni aucun des chasseurs de son groupe ne s'arrêtèrent, mais ils avaient tous reconnu des Hauts-Elfes de Cill Dara parmi les victimes, ainsi que nombre de Lasbelin, d'Anorlang aux épées d'or et de membres de chacun des autres clans.

Lorsqu'ils débouchèrent enfin en vue du champ de bataille, le spectacle les figea d'horreur. Des flammes ravageaient la lisière de la forêt. Une fumée épaisse balayait toute la plaine, constellée de corps sans vie, où l'on distinguait des lignes entières d'elfes tombés sous les assauts des monstres, ainsi que d'invraisemblables empilements de cadavres d'orcs et de gobelins attestant de la fureur des combats. Mais ils virent aussi que les monstres reculaient, qu'ils étaient repoussés vers la forêt, et que des centaines de Daerden s'étaient engagés dans la mêlée.

Morvryn jeta son arc, inutile dans l'enchevêtrement du corps à corps, dégaina sa dague et s'élança vers les bois en feu, suivi des siens. Bientôt, les chasseurs durent ralentir leur allure, puis prendre garde où ils mettaient les pieds. À quelques toises de la lisière, personne ne pouvait courir. Il fallait se frayer un chemin à travers les dépouilles emmêlées d'elfes, d'orcs et de gobelins, morts, blessés ou agonisants, qui couvraient littéralement le sol. Par endroits, les tués s'entassaient jusqu'à deux coudées de hauteur en d'atroces monticules ruisselant de sang. La plupart des monstres étaient transpercés de flèches ; l'orée des bois, ou du moins tout ce qui n'avait pas brûlé, en était hérissée, arbustes et buissons, ainsi que la terre elle-même.

Comme la plupart des elfes, Morvryn n'avait guère l'expérience des batailles rangées, mais la disposition des corps aurait permis au plus novice d'entre eux de retracer le déroulement des combats. Quel qu'ait été le plan des commandeurs gobelins, il avait échoué : les elfes avaient eu le temps d'organiser leurs lignes d'archers et d'accabler les monstres d'une pluie de traits, dès que ceux-ci s'étaient rués hors de la forêt. Des centaines d'entre eux étaient morts avant d'avoir pu porter le moindre coup, mais les premières lignes elfiques avaient néanmoins été submergées. C'était là, parmi ces rangs entiers d'elfes morts sur place sans reculer que s'était dessinée la victoire. D'une façon ou d'une autre, peut-être grâce au renfort des Daerden, les monstres avaient été repoussés vers les bois, où leur repli était en train de tourner en déroute. Le feu était leur dernier rempart.

Dès qu'il entra dans le combat, Morvryn eut l'impression d'être devenu sourd et aveugle. Les flammes qui rongeaient le vallon détrempé dégageaient des nuages épais d'une fumée qui prenait à la gorge et dont semblaient surgir tour à tour, dans la confusion la plus effrayante, les faces hideuses des monstres et les taches claires des elfes. Le roi d'Eliande chercha un instant un adversaire, puis bondit à travers les fourrés vers un guerrier gobelin à l'air hébété, dont le bras ballant était transpercé d'une flèche. Le monstre n'eut aucune réaction en voyant l'elfe devant lui, ni lorsque Morvryn lui trancha la gorge d'un revers de sa lame d'argent. Il tomba lentement et son corps se confondit aussitôt avec la noirceur des fourrés. Alors qu'il se penchait vers son adversaire, le roi sentit des mains griffues l'empoigner. Il plongea sa lame au jugé et une giclée de sang lui éclaboussa le visage. Puis d'un geste il balaya les fourrés et y distingua le corps recroquevillé d'une femelle orc à demi nue. C'était une vision pitoyable, que le buisson masqua charitablement en reprenant sa place, mais le venin de la honte avait empoisonné l'âme du roi.

Pour son malheur, Morvryn était arrivé trop tard. Il n'y aurait ni noblesse ni gloire dans ces derniers combats. Tout au plus pouvait-il achever ce que les autres avaient accompli. Achever était le mot. Tuer des fuyards, des blessés, des orcs terrifiés qui avaient jeté leurs armes, des gobelins épuisés ou mourants. Il y en avait aussi qui tenaient bon et qui parfois même les contraignirent à reculer. Il y en eut que les archers de Calen durent accabler sous une pluie de traits avant que les Hauts-Elfes puissent briser leur résistance, mais ce n'étaient que des combats d'arrière-garde. Des sacrifices, volontaires ou non, destinés à protéger la retraite de l'armée des Terres Noires.

Après des heures à batailler ainsi, et des heures encore à tenter d'éteindre l'incendie, Morvryn et les siens franchirent enfin les broussailles et débouchèrent dans le vallon, devant les grottes béantes où s'engouffraient les derniers fuyards. Une dizaine de guerriers gobelins en gardaient les entrées, et ceux-là n'étaient ni blessés, ni résignés à mourir. Le roi d'Eliande les salua en inclinant sa longue dague, puis leur donna l'assaut.

Ce combat fut le dernier haut fait de la journée. Quand le dernier gobelin tomba à terre, le jour commençait à décliner.

Il faisait nuit lorsque Dìnris le retrouva, assis dans la boue noire du vallon, la nuque ployée et le visage presque entièrement masqué par sa longue chevelure. Le roi était seul, environné des corps sans vie de ses ennemis et des guerriers elfes qui l'avaient suivi jusque-là.

— Morvryn ?

Le roi releva lentement la tête. Son visage s'éclaira d'un bref sourire lorsqu'il reconnut son ami, mais il resta inerte, comme incapable du moindre mouvement.

— Tu es blessé ?

Pour toute réponse, le roi écarta la main qu'il pressait contre son ventre. Elle était luisante de sang.

— Comment va la reine ? murmura-t-il.

— Je vais t'emmener.

Dìnris s'agenouilla à son côté et lui passa un bras autour de la taille pour l'aider à se relever. Quand il fut sur pied, le maître argentier raffermit sa prise et commença à l'entraîner hors des bois, mais Morvryn se raidit.

— Attends... Je voudrais... Tu vois ce gobelin, là-bas, contre l'arbre ?

Dìnris suivit des yeux la direction qu'il indiquait d'un geste ébauché et, dès qu'il le vit, eut un sursaut alarmé.

— Ne t'inquiète pas, il est mort, dit Morvryn. Moi aussi, j'ai cru qu'il vivait encore, mais il a été tué debout. Regarde... L'une de nos dagues lui a traversé la gorge et l'a cloué contre le tronc.

— Un beau tir...

— Oui... Presque impossible, n'est-ce pas ? Tu sais,

j'étais parmi les premiers à arriver jusqu'ici. Et je n'ai vu personne… Je veux dire, tout le monde se battait au corps à corps. Aucun des nôtres n'a lancé sa dague.

— Tu n'as peut-être pas tout vu.

— Non. Non, ce n'est pas ça… Laisse-moi, je tiendrai debout. Et va voir, tu veux ?

— Mon frère, la reine…

— Je t'en prie.

S'il avait pu discerner l'expression de son compagnon, le roi n'aurait sans doute pas insisté, mais il vacillait dans un brouillard qui ne lui permettait plus de distinguer grand-chose. Dìnris comprit qu'il n'avait pas d'autre choix que d'obéir. Il le lâcha avec réticence, resta à côté de lui un moment pour s'assurer qu'il ne s'effondrerait pas, puis se dirigea rapidement vers le gobelin. D'une main, il releva sa tête inerte et l'examina brièvement. Des runes en langue sombre étaient gravées sur son casque de fer. « Chaw, commandeur des Azandûm ». Les Sombres Demeures… C'était un nom qui revenait souvent dans les légendes des elfes gris, ceux qui vivaient dans les marais, au plus près des Terres Gastes. D'une brusque traction, il arracha l'arme et le monstre s'affala à ses pieds. Il en essuya la lame contre les vêtements du mort puis revint vers son ami.

— Donne…

Dès qu'il eut saisi l'arme, Morvryn poussa un gémissement lugubre. Sans doute se serait-il écroulé si Dìnris n'avait été là pour le soutenir.

— Qu'y a-t-il ?

Le roi le regarda éperdument, puis à la stupeur de son ami, il s'arracha de son étreinte et hurla de toutes ses forces :

— Lliane !

Le cri du roi, déchirant le silence de la nuit, était si désespéré, si éraillé que Dìnris en fut saisi d'effroi. Il n'eut que le temps de se précipiter vers lui avant qu'il ne s'abatte contre terre.

Dans l'obscurité presque totale à présent, la lame d'argent dans la main du roi semblait nimbée d'une lueur bleutée. Nul homme n'aurait pu distinguer quoi que ce soit dans pareilles ténèbres, mais les yeux d'elfes de l'argentier purent examiner en détail les entrelacs et les runes gravées sur la garde. Moins que tout autre, il ne pouvait s'y tromper. C'était lui-même qui avait forgé cette arme, autrefois, pour l'offrir à la princesse d'Eliande... Il ne faisait pas de doute qu'il s'agissait bien de la dague de Lliane, mais il ne pouvait imaginer cette petite – une elfe qu'il avait portée dans ses bras au jour de sa naissance! – tuer un gobelin de la taille de ce Chaw. Ce ne pouvait être qu'elle, pourtant, à moins... Dìnris jeta un coup d'œil vers son ami et s'en voulut de la pensée qui lui venait à l'esprit : « À moins qu'elle n'ait été tuée, dépouillée de ses armes et que son meurtrier s'en soit servi pour transpercer la gorge de ce monstre. » Cela n'avait guère plus de sens. Mais si Lliane avait bien porté ce coup, par quelle étrange volonté des Mères s'était-elle trouvée ici, à l'endroit même où les monstres s'amassaient avant de donner l'assaut? Sitôt qu'il eut formulé cette question, la réponse lui apparut avec une clarté évidente... Comme Morvryn, il se mit à scruter les alentours, essaya de reconnaître les corps des elfes tués devant les grottes et de sonder chaque fourré avec autant d'espoir que d'appréhension.

Aucun d'eux ne trouva trace de la princesse.

— Viens, murmura Dìnris. Il faut alerter les autres, ils feront une battue...

— Il faut prévenir la reine...

— Oui.

Morvryn ne luttait plus. Il se laissa emmener à travers les vestiges dévastés et fumants de la lisière, jusque dans la plaine. À l'instant où ils sortirent des bois, les hautes silhouettes d'un groupe d'archers de Carantaur surgirent devant eux, leurs arcs déjà bandés, qu'ils abaissèrent aussitôt en s'écartant dès qu'ils eurent reconnu le roi.

Une brume s'était levée dans la nuit, comme suintant des morts répandus parmi les herbes enneigées. Pour ce qu'ils purent en voir, un plessis de bois mort, d'épieux et de ronces s'élevait à présent autour de ce qui devenait un campement. Des elfes verts de tous âges s'activaient autour des survivants, ramassaient les armes et entassaient les cadavres d'orcs ou de gobelins dans un silence pesant que nul n'aurait osé briser. Les blessés étouffaient eux-mêmes leurs gémissements sous d'épais bâillons. Ceux qui étaient le plus gravement atteints étaient évacués sur ces civières de branchages, vers les tanières souterraines de Calennan, mais tous les autres, tant qu'ils pouvaient tenir debout, épiaient les ténèbres. Les monstres pouvaient revenir, surgir de terre de nouveau à la faveur de la nuit. Peut-être étaient-ils là, sous d'autres galeries, dans d'autres grottes inconnues... Pour la première fois, le peuple des arbres commençait à craindre les ombres de la forêt.

En s'approchant du centre du campement, les deux compagnons croisèrent des Daerden qui allumaient de petits feux, dont ils s'écartèrent instinctivement. Plus tard, il faudrait brûler les morts, et le bûcher serait autrement plus grand, mais les flammes leur faisaient horreur, surtout après ce qu'ils venaient de vivre... À bout de forces, Morvryn aurait voulu se laisser glisser à terre, confier ses blessures aux guérisseuses de Calennan et dormir, mais Dìnris le tenait bon et continua à avancer jusqu'à ce qu'ils arrivent en vue d'un groupe de Hauts-Elfes, massés en cercle, l'arc à la main, comme une tour vivante au centre du retranchement.

Lorsqu'ils furent assez près, le roi reconnut nombre de guerriers de Cill Dara et leur sourit, mais ces derniers baissèrent les yeux et s'écartèrent, jusqu'à former un couloir au bout duquel Morvryn distingua une forme allongée, couverte d'une cape blanche.

— Non...

Dìnris sentit les mains du roi se crisper sur son bras et son corps s'affaisser un peu plus, refuser de tout son être ce que ses yeux ou son âme avaient déjà compris. Arianwen... Il dut presque le porter pour franchir les derniers pas qui le séparaient d'elle.

Lorsque Morvryn s'abattit à son côté, la reine ouvrit les yeux et leva la main pour caresser le visage de son époux. Sa tête était posée sur les genoux d'Olwenn le barde et tout autour d'eux les elfes de Cill Dara avaient refermé leur cercle, pareils à des spectres dans le brouillard.

— Tu es blessé, murmura-t-elle.

Morvryn secoua la tête, incapable de parler. Il tremblait sans même s'en rendre compte, les mains crispées sur la dague de Lliane, les yeux hagards. Au milieu du manteau dont on avait recouvert la reine, à hauteur de sa poitrine, une tache noire, pas plus large qu'une paume, luisait à la lumière de la lune. Cela n'avait l'air de rien, mais tous les visages étaient murés et la reine restait là, étendue, comme si le moindre mouvement lui était devenu impossible.

— Tu me ramèneras chez nous ? Dans notre hutte ?

De nouveau, Morvryn ne put répondre. La nuit se refermait sur lui, un poids écrasant le ployait vers la terre et pourtant il ne parvenait pas à sombrer. Tout son être était suspendu aux lèvres d'Arianwen, aux dernières lueurs de son regard. Elle posa la main sur celles du roi et sentit la dague qu'il tenait toujours.

— Qu'est-ce que...

— Ma reine, c'est la dague de Lliane, murmura Dìnris

en s'agenouillant près d'eux. Nous l'avons retrouvée dans les bois…

Elle fronça les sourcils, puis ferma les yeux avec une expression de détresse absolue.

— Ma reine, vous ne comprenez pas ! insista-t-il avec empressement. Cela ne peut vouloir dire qu'une chose : c'est Lliane qui a tiré la flèche qui nous a avertis !

Un marmonnement sourd répondit aux paroles du forgeron, tout au long du cercle des elfes. Morvryn lui-même émergea de son atonie et le dévisagea d'un air égaré.

— Olwenn, donne-moi la flèche, reprit Dìnris un ton plus haut.

Le barde se pencha et lui tendit aussitôt la hampe brisée d'un trait auquel était encore accroché le pendentif de la princesse.

Morvryn le considéra un moment d'un air absent, puis il avança la main et saisit la tablette de bois qui pendait au bout du lien de cuir. La rune d'Eoh…

— C'est elle, murmura-t-il. Gwydion lui avait donné cette rune pour lui porter chance… Lliane… Tu dis que Lliane vous a prévenus ?

— Nous avions été attaqués, plus haut vers le nord, raconta Dìnris. Nous étions en train de nous replier vers la trouée de Calen en longeant les bois lorsque nous avons entendu des cris dans la lisière. Puis cette flèche est venue se planter presque sous nos pieds. Nous avons eu le temps de former les lignes… Tu connais la suite.

— Où est-elle ? souffla la reine.

Dìnris hésita, jeta un coup d'œil vers le roi.

— Elle va bien, dit Morvryn. Elle se cache, mais je la trouverai… Tu sais comme elle est.

Arianwen lui sourit, puis elle ferma les yeux.

— Elle est la reine, à présent…

— Non… Pas tant que tu vivras. Je vais te ramener, puis j'irai la chercher, je t'en fais le serment. Et ce sera comme avant. Tous les trois…

— J'aimerais tant…

Au lever du jour, Arianwen était morte.

Après que la bataille eut été gagnée, la Morrigan, fille d'Enmas, annonça la victoire aux collines, aux eaux et aux embouchures, mais elle prophétisa aussi la fin d'un monde.

« Je verrai un monde qui ne me plaira pas
Étés sans fleurs,
Vaches sans lait,
Femmes sans pudeur,
Hommes sans courage,
Captures sans roi,
Arbres sans fruits,
Mer sans frai,
Mauvais avis des vieillards,
Mauvais jugement des juges,
Un mauvais temps,
Le fils trahira son père,
La fille trahira sa mère. »

Le temps des dieux s'achevait, au moment même de leur victoire. Ce seraient leurs enfants, les Tribus de la Déesse, les Tuatha Dé Danaan, qui régneraient désormais sur la terre. Et longue serait leur histoire…

15. CELUI-QUI-NE-PEUT-ÊTRE-NOMMÉ

L'hiver avait recouvert les ravages de la bataille.

Sur plus de dix perches de large et deux cents de long, le feu avait dévoré la lisière de la grande forêt, ne laissant que les squelettes noircis de quelques arbres, plantés comme des mâts rongés dans le moutonnement indistinct des buissons et des corps enfouis sous la neige. Des semaines avaient passé, et pourtant des nuées de corbeaux disputaient encore aux renards ou aux loups les restes de la tuerie. D'autres charognards, plus avides, glanaient dans les bois et s'enfuirent à l'approche de Morvryn.

Des gnomes…

Ce que ces pauvres créatures pouvaient faire des armes ou des pièces d'armure qu'ils dénichaient sous la neige indifférait le roi. Aucun elfe n'était resté sur cette plaine. Il leur avait fallu des jours pour retrouver chacun de ceux qui étaient tombés, afin de leur rendre les honneurs funéraires. Durant toutes ces journées, un bûcher immense n'avait cessé de brûler, emportant dans ses cendres les corps de centaines de leurs compagnons. Celui de la reine avait disparu parmi eux, dans cet atroce grésillement. L'odeur, aujourd'hui encore, en restait imprégnée à ses vêtements.

Morvryn était seul, comme la plupart du temps, désormais.

Il n'avait conservé aucun souvenir des jours qui avaient suivi la mort d'Arianwen. Tout juste lui restait-il des images indécises, des bribes de phrases, des visions assez saisissantes pour qu'il ne puisse les oublier.

Le bûcher, bien sûr. De la neige sur les branches hautes des arbres se découpant sur un ciel terne, alors qu'on le ramenait au pays d'Eliande. Le visage des guérisseuses penché sur lui. Celui de Gwydion qui murmurait ses sortilèges. Il avait dormi durant des jours entiers, abruti de drogues, et quand enfin il avait pu se remettre sur pied, ç'avait été pour découvrir avec amertume que la vie avait repris son cours, à Cill Dara.

La reine était morte, Lliane n'avait pas été retrouvée, les vivants étaient rentrés chez eux.

On l'avait installé sous la hutte de Gwydion afin qu'ils se tiennent compagnie, mais Morvryn avait peu parlé et il écoutait mal. Le vieux druide marmonnait sans cesse, d'un ton monocorde, mêlant peut-être à son soliloque des incantations destinées à l'endormir. Dìnris venait les voir presque tous les jours, mais rien de ce qu'il pouvait dire ne parvenait à briser la carapace d'indifférence qui enserrait le roi.

Les Hauts-Elfes, disait-il, avaient laissé soixante des leurs auprès du seigneur Calen, en convenant qu'un conseil réunirait les clans après les cérémonies de Samain. C'était sage. Rien ne pouvait être fait, aucune grande décision ne devait être prise avant la fête des morts. Il fallait avant tout que leurs âmes soient apaisées, afin qu'ils acceptent de quitter le monde des vivants.

Samain était passé. Le conseil aurait lieu à la prochaine lune.

Sans doute lui confierait-on la régence du royaume puisque, selon la loi, Lliane était devenue reine. Peut-être refuserait-il… D'autres pouvaient régner, s'il décidait d'abdiquer au nom de sa fille. Maerhannas, l'épouse de Dìnris. Ou dame Silivren, du clan des Lasbelin. Abdiquer… Laisser à d'autres le soin de mener la guerre ou de négocier la paix. Abdiquer et partir à la recherche de Lliane, comme il en avait fait le serment…

Morvryn serra contre lui son manteau de moire et en ramena la capuche sur son front, en partie pour ne plus entendre les criaillements rauques des corbeaux. Lentement, il s'avança vers la longue trouée que le feu et la bataille avaient creusée dans la lisière. La neige crissait à chacun de ses pas. Parfois, une branche craquait brusquement sous son poids. Une branche ou autre chose… Il y avait eu tant de morts.

La neige, en recouvrant également le vallon, l'avait lavé de son obscurité. Il ne reconnut les lieux des ultimes affrontements qu'à l'abrupte paroi rocheuse qui les dominait, encore noire de suie. Des éboulis et un monceau de terre avaient comblé les galeries empruntées par l'armée des monstres.

Ceux qui parlaient aux arbres, druides et sorciers, avaient fait pousser du lierre et des mousses qui recouvraient l'amas de roches et l'affermissaient comme un ciment. Plus personne ne passerait par là, ni dans un sens ni dans l'autre. Cette porte vers les Terres Noires était fermée. Sans doute en restait-il d'autres…

Morvryn s'avança encore, jusque devant le hêtre tordu au pied duquel pourrissait le corps de Chaw. Nul n'y avait touché, hormis les oiseaux et les bêtes de la nuit. Il n'en restait que d'affreux vestiges, que seule son armure et ses vêtements maintenaient ensemble.

Surmontant son dégoût, Morvryn s'approcha du cadavre décomposé et posa la main sur l'écorce grise du hêtre qui le surplombait. Bientôt, ses doigts trouvèrent l'entaille laissée par la dague de Lliane.

Le roi d'Eliande demeura ainsi un long moment, puis il saisit un sac de tissu noir glissé sous sa tunique, contre sa peau. Il s'agenouilla pour dénouer les liens qui le fermaient, déplia l'étoffe et contempla son contenu. La dague, longue d'une coudée, étincelait au creux du sac, à côté du pendentif lesté de la rune d'Eoh.

Voilà tout ce qu'il restait de Lliane.

Les elfes l'avaient cherchée durant des jours, vivante ou morte, tandis que lui-même oscillait entre la mort et la vie. Gwydion avait interrogé les runes, la vieille Narwain avait rejoint les Ban Drui du Bosquet sacré pour sonder le Chaudron, le jeune Llandon lui-même s'était fait brancarder jusqu'ici pour fouiller chaque arpent du vallon et de ses abords, mais nul n'avait trouvé la moindre réponse, le moindre indice. Même les plus acharnés avaient fini par renoncer. La vie finissait toujours par reprendre son cours.

Morvryn saisit la poignée de la dague, se releva avec un profond soupir et, d'un geste brusque, la planta dans le tronc, de toutes ses forces, à l'endroit précis de l'entaille. Puis il y noua le pendentif et, dégainant sa propre dague, grava profondément dans l'écorce la rune de Tir, une flèche pointée vers les étoiles.

Byth tacna sum, healdeth trywa wel
With aethelingas a bith on faerylde
Ofer nihta genipu, naefre swiceth

Tir est un signe particulier.
Aux princes il garde l'espoir, luttant toujours
Contre les ténèbres de la nuit. Il n'échoue jamais.

« Tant qu'elle la porte, il ne lui arrivera rien », avait dit Gwydion. Mais Lliane ne la portait plus. Qu'au moins elle la retrouve, si les Mères voulaient qu'elle soit en vie et qu'elle revienne ici un jour.

La chaleur était insupportable.

De part et d'autre de l'entrée, deux immenses braseros, d'une taille à rôtir un cheval entier, étaient remplis à ras bord de charbons ardents, qui se consumaient avec des craquements sinistres et jetaient des ombres rougeoyantes sur le dallage, à dix pieds alentour. Du reste de la pièce, Maheolas ne distinguait rien, mais elle semblait immense à en juger par l'écho de leurs pas sur la pierre, et l'obscurité y était telle qu'une armée entière de gobelins aurait pu s'y tenir sans qu'il la voie.

Le crissement d'une lame sortant de son fourreau le fit sursauter, mais avant même que son esprit usé par des semaines de terreur et d'abominations ne s'en alarme, il comprit qu'on tranchait ses liens. Puis les orcs qui l'avaient conduit jusque dans ces ténèbres le projetèrent au sol. Il s'y reçut durement, sur le coude et le flanc, sans que ses bras ankylosés aient le temps de le protéger.

Le souffle coupé par le choc, il entendit le grondement des immenses portes de bronze qu'on refermait derrière lui.

Puis plus rien.

L'adolescent se releva lentement, le visage luisant de sueur et de larmes, qui bientôt tracèrent sur sa peau incrustée de crasse de longues rigoles claires. Il ne s'était plus lavé depuis des semaines. Ses vêtements étaient en lambeaux, infestés de vermine, souillés d'immondices. Ses cheveux pendaient comme des baguettes. Il n'était pas une parcelle de son corps émacié qui ne soit marbrée de bleus ou d'écorchures. Pourtant, Maheolas vivait. Pour quelque raison qu'il ne cherchait plus à deviner depuis longtemps, les monstres ne l'avaient pas tué et s'étaient même souciés de le maintenir en vie. Il avait mangé leurs infâmes brouets, bu l'eau terreuse qu'on lui laissait. Il avait été porté quand ses jambes ne le soutenaient plus...

Le novice se traîna aussi loin que possible de la fournaise, mais dès qu'il fut plongé dans les ténèbres, une terreur panique l'envahit. Sans aucune transition, un froid atroce régnait hors du halo rougeoyant des gigantesques braseros.

Au même instant, du plus profond de la nuit, un battement sourd commença à résonner, pareil au pas d'un géant. Chaque coup, renvoyé par l'écho, emplissait la salle jusqu'à former une nappe assourdissante qui faisait vibrer le sol lui-même. Puis, soudainement, l'infernal martèlement prit fin et une voix éraillée et puissante retentit du fond de la pièce :

— À genoux devant le maître! À genoux devant le roi de Gorre et de l'Infern Yên[1], par la grâce de Lug le Lumineux, Lug à la Longue Main, Lug Grainainech, Samildanach, Lug Lamfada, dieu de la lance et du feu!

Maheolas obéit, recroquevillé sur lui-même, les yeux au sol. Même s'il avait voulu, il n'aurait pu se tenir debout. Malgré l'épouvante qui annihilait ses dernières forces, il avait enfin compris où il se trouvait et qui l'avait fait venir jusque-là.

— Approche...

À ces mots, il bascula à terre, la tête transpercée d'une insupportable douleur. Cette voix nouvelle, bien plus violente que les hurlements qui l'avaient précédée, n'était qu'un murmure, mais elle lui avait vrillé les oreilles et pénétré jusqu'au plus profond de lui, comme un fer chauffé à blanc.

Quand la douleur s'estompa suffisamment pour qu'il puisse ouvrir les yeux, il distingua la forme imprécise d'un trône, là où il n'y avait qu'une insondable obscurité

1. L'enfer froid.

quelques instants plus tôt. Malgré lui, comme si ses membres n'obéissaient plus à sa volonté propre, il se remit sur pied et s'avança alors qu'il aurait voulu fuir, le corps secoué de tremblements incoercibles. Chaque pas révélait un peu plus de la silhouette immobile qui l'attirait à lui, drapée dans une cape rouge dont le capuchon baissé masquait les traits. Il en distingua bientôt les mains, grises et décharnées, posées sur les accoudoirs du trône, et le souvenir d'une image peinte sur les murs du monastère lui revint en mémoire. C'était ainsi que les frères représentaient l'Innommable, l'Ange déchu, l'antéchrist... Un frère l'avait battu, au monastère, quand il avait demandé pourquoi un nom, quel qu'il fût, ne pouvait être prononcé dans une enceinte consacrée à Dieu. Depuis, il n'avait plus posé la question. Personne ne posait jamais la question.

Quand il ne fut plus qu'à un pas du trône, Maheolas tomba à terre, au bord de l'évanouissement.

— Un homme, murmura Celui-qui-ne-peut-être-nommé. Un jeune moine affublé de vêtements d'elfe. Étrange... On me dit que les hommes ont oublié les dieux et qu'ils vénèrent désormais une croix. Est-ce vrai?

La souffrance causée par la voix s'estompait peu à peu, mais chacun des mots qu'elle prononçait restait en Maheolas comme un lest de plomb et l'écrasait un peu plus contre le sol dallé.

— Est-ce vrai?

— Oui, Maître...

— Alors tu as beaucoup à m'apprendre... Approche encore. Regarde-moi.

Maheolas se redressa sur les coudes et releva les yeux. Ce qu'il vit alors détruisit ce qu'il lui restait de volonté. Comme un pantin dont on aurait coupé les cordes, il s'évanouit aux pieds du Maître.

Longtemps, le rire de Celui-qui-ne-peut-être-nommé résonna sous la voûte de son palais.

SOURCES

Marijane Osborn et Stella Logland, *Rune Games*, Routledge and Kegan Paul.

Robert-Jacques Thibaud, *La symbolique des druides*, Dervy.

Nigel Pennick, *The Sacred World of the Celts*, Thorsons.

Viviane Crowley, *Celtic Wisdom*, Thorsons.

Miranda J. Green, *Exploring the World of the Druids*, Thames and Hudson.

Jean Markale, *Petite encyclopédie du Graal*, Pygmalion.

Roland Villeneuve, *Le dictionnaire du diable*, Omnibus.

Le dragon de brume – Hiswelókë – *Sindarin Dictionary*, The Sindarin Dictionary Project.

Christian-J. Guyonvarc'h, *Textes mythologiques irlandais*, Ogam-Celticum.

TABLE

Achevé d'imprimer sur les presses de

BUSSIÈRE

GROUPE CPI

à Saint-Amand-Montrond (Cher)
en avril 2008

FLEUVE NOIR
12, avenue d'Italie
75627 Paris Cedex 13

— N° d'imp. : 081367/1. —
Dépôt légal : mai 2008.

Imprimé en France